LABIRYNT NAD MORZEM

海上迷宫

Zbigniew Herbert

[波兰] 兹比格涅夫·赫贝特 / 著

赵刚 / 译

南方出版传媒
花城出版社
中国·广州

图书在版编目（CIP）数据

海上迷宫 /（波）赫贝特著；赵刚译. -- 广州：花城出版社，2014.10（2020.7重印）
（蓝色东欧 / 高兴主编. 第2辑）
ISBN 978-7-5360-7097-4

Ⅰ. ①海… Ⅱ. ①赫… ②赵… Ⅲ. ①随笔－作品集－波兰－现代 Ⅳ. ①I513.65

中国版本图书馆CIP数据核字（2014）第247701号

合同版权登记号：图字19-2012-086号
LABIRYNT NAD MORZEM
Zbigniew Herbert
Copyright：©2004，The Estate of Zbigniew Herbert
All rights reserved

出 版 人：	肖延兵
丛书策划：	肖建国　朱燕玲　孙虹
出版统筹：	李倩倩
责任编辑：	杜小烨
技术编辑：	薛伟民　凌春梅
装帧设计：	棱角视觉 ANGULAR VISION

书　　名	海上迷宫 HAI SHANG MI GONG	
出版发行	花城出版社（广州市环市东路水荫路11号）	
经　　销	全国新华书店	
印　　刷	恒美印务（广州）有限公司（广州南沙经济技术开发区环市大道南路334号）	
开　　本	880毫米×1230毫米　32开	
印　　张	7.25　2插页	
字　　数	190,000字	
版　　次	2014年10月第1版　2020年7月第2次印刷	
定　　价	42.00元	

本书中文专有出版权归花城出版社独家所有，非经本社同意不得连载、摘编或复制。
如发现印装质量问题，请直接与印刷厂联系调换。
购书热线：020-37604658　37602954
欢迎登陆花城出版社网站：http://www.fcph.com.cn

海上迷宫

献给卡霞*

* 赫贝特的妻子。

目　录
CONTENTS

记忆，阅读，另一种目光（总序）/ 高兴 / 1
旅行到极致（中译本前言）/ 赵刚 / 1

海上迷宫 / 1
试写希腊风景 / 58
微末灵魂 / 87
雅典卫城 / 94
萨摩斯旧事 / 135
关于伊特鲁里亚人 / 147
拉丁语课 / 167

记忆，阅读，另一种目光

(总序)

高兴

昆德拉说过："人的一生注定扎根于前十年中。"我想稍稍修改一下他的说法："人的一生注定扎根于童年和少年中。"童年和少年确定内心的基调，影响一生的基本走向。

不得不承认，二十世纪五六十年代出生的人都有着不同程度的俄罗斯情结和东欧情结。这与我们的成长有关，与我们的童年、少年和青春岁月有关。而那段岁月中，电影，尤其是露天电影又有着怎样重要的影响。那时，少有的几部外国电影便是最最好看的电影，它们大多来自东欧国家，几乎吸引了所有人的目光，是我们童年的节日。在某种意义上，甚至可以说，它们还是我们的艺术启蒙和人生启蒙，构成童年最温馨、最美好和最结实的部分。

还有电影中的台词和暗号。你怎能忘记那些台词和暗号。它们已成为我们青春的经典。最最难忘的是《瓦尔特保卫萨拉热窝》。"'空气在颤抖,仿佛天空在燃烧。''是啊,暴风雨来了。'""看,这座城市,它就是瓦尔特。"简直就是诗歌。是我们接触到的最初的诗歌。那么悲壮有力的诗歌。真正有震撼力的诗歌。诗歌,就这样和英雄主义和浪漫主义,紧紧地连接在了一道。

还有那些柔情的诗歌。裴多菲,爱明内斯库,密支凯维奇。要知道,在二十世纪七八十年代,读到他们的诗句,绝对会有触电般的感觉。而所有这一切,似乎就浓缩成了几粒种子,在内心深处生根,发芽,成长为东欧情结之树。

然而,时过境迁,我们需要重新打量"东欧"以及"东欧文学"这一概念。严格来说,"东欧"是个政治概念,也是个历史概念。过去,它主要指波兰、捷克斯洛伐克、匈牙利、罗马尼亚、保加利亚、南斯拉夫、阿尔巴尼亚七个国家。因此,在当时,"东欧文学"也就是指上述七个国家的文学。这七个国家,加上原先的东德,都曾经是以苏联为首的华沙条约组织的成员。

一九八九年底,东欧发生剧变。此后,苏联解体,华沙条约组织解散,捷克和斯洛伐克分离,南斯拉夫各共和国相继独立,所有这些都在不断改变着"东欧"这一概念。而实际情况是,波兰、捷克、匈牙利、罗马尼亚等国家甚至都不再愿意被称为东欧国家,它们更愿意被称为中欧或中南欧国家。同样,不少上述国家的作家也竭力抵制和否定这一概念。在他们看来,东欧是个高度政治化、笼统化的概念,对文学定位和评判,不太有利。这是一种微妙的姿态。在这种姿态中,民族自尊心也发挥着不可估量的作用。

但在中国,"东欧"和"东欧文学"这一概念早已深入人心,有广泛的群众和读者基础,有一定的号召力和亲和力。因此,继续使用"东欧"和"东欧文学"这一概念,我觉得无可厚非,有利于研究、译介和推广这些特定国家的文学作品。事实上,欧美一些大学、研究中心也还在继续使用这一概念。只不过，今日，当我们提到这一概念，涉及的就不仅仅是七个国家，而应该包含更多的国家：立陶宛、摩尔多瓦等独联体国家，还有波黑、克罗地亚、斯洛文尼亚、塞尔维亚、黑山等从南斯拉夫联盟独立出来的国家。我们之所以还能把它们作为一个整体来谈论，是因为它们有着太多的共同点：都是欧洲弱小国家，历史上都曾不断遭受侵略、瓜分、吞并和异族统治，都曾把民族复兴当作最高目标，都是到了十九世纪末二十世纪初才相继获得独立，或得到统一，第二次世界大战后都走过一段相同或相似的社会主义道路，一九八九年后又相继推翻了共产党政权，走上了资本主义发展道路。之后，又几乎都把加入北约、进入欧盟当作国家政策的重中之重。这二十年来，发展得都不太顺当，作家和文学都陷入不同程度的困境。用饱经风雨、饱经磨难来形容这些国家，十分恰当。

换一个角度，侵略，瓜分，异族统治，动荡，迁徙，这一切同时也意味着方方面面的影响和交融。甚至可以说，影响和交融，是东欧文化和文学的两个关键词。看一看布拉格吧。生长在布拉格的捷克著名小说家伊凡·克里玛，在谈到自己的城市时，有一种掩饰不住的骄傲："这是一个神秘的和令人兴奋的城市，有着数十年甚至几个世纪生活在一起的三种文化优异的和富有刺激性的混合，从而创造了一种激发人们创造的空气，即捷克、德国和犹太文化。"[1]

克里玛又借用被他称作"说德语的布拉格人"乌兹迪尔的笔为我们描绘了一个形象的、感性的、有声有色的布拉格。这是一个具有超民族性的神秘世界。在这里，你很容易成为一个世界主义者。这里有幽静的小巷、热闹的夜总会、露天舞台、剧院和形形色色的小餐馆、小店铺、小咖啡屋和小酒店。还有无数学生社团和文艺沙龙。自然也有五花八门的妓院和赌场。布拉格是敞开的，是包容的，是休闲的，是艺术的，是世俗的，有时还是颓废的。

---

[1] 见伊凡·克里玛《布拉格精神》第44页，崔卫平译，作家出版社1998年版。

布拉格也是一个有着无数伤口的城市。战争、暴力、流亡、占领、起义、颠覆、出卖和解放充满了这个城市的历史。饱经磨难和沧桑,却依然存在,且魅力不减,用克里玛的话说,那是因为它非常结实,有罕见的从灾难中重新恢复的能力,有不屈不挠同时又灵活善变的精神。如果要用一个词来形容布拉格的话,克里玛觉得就是:悖谬。悖谬是布拉格的精神。

或许悖谬恰恰是艺术的福音,是艺术的全部深刻所在。要不然从这里怎会走出如此众多的杰出人物:德沃夏克,雅那切克,斯美塔那,哈谢克,卡夫卡,布洛德,里尔克,塞弗尔特,等等,等等。这一大串的名字就足以让我们对这座中欧古城表示敬意。

布拉格如此,萨拉热窝、华沙、布加勒斯特、克拉科夫、布达佩斯等众多东欧城市,均如此。走进这些城市,你都会看到一道道影响和交融的影子。

在影响和交融中,确立并发出自己的声音,十分重要。不少东欧作家为此做出了开拓性和创造性的贡献。我们不妨将哈谢克和贡布罗维奇当作两个案例,稍加分析。

说到捷克作家哈谢克,我们会想起他的代表作《好兵帅克》。以往,谈论这部作品,人们往往仅仅停留于政治性评价。这不够全面,也容易流于庸俗。《好兵帅克》几乎没有什么中心情节,有的只是一堆零碎的琐事,有的只是帅克闹出的一个又一个的乱子,有的只是幽默和讽刺。可以说,幽默和讽刺是哈谢克的基本语调。正是在幽默和讽刺中,战争变成了一个喜剧大舞台,帅克变成了一个喜剧大明星,一个典型的"反英雄"。看得出,哈谢克在写帅克的时候,并没有考虑什么文学的严肃性。很大程度上,他恰恰要打破文学的严肃性和神圣感。他就想让大家哈哈一笑。至于笑过之后的感悟,那就是读者自己的事情了。这种轻松的姿态反而让他彻底放开了。借用帅克这一人物,哈谢克把皇帝、奥匈帝国、密探、将军、走狗等等统统给骂了。他骂得很过瘾,很解气,很痛快。读者,尤其是捷克读者,读得也很过瘾，很解气，很痛快。幽默和讽刺于是又变成了一件有力的武器，特别适用于捷克这么一个弱小的民族。哈谢克最大的贡献也正在于此：为捷克民族和捷克文学找到了一种声音，确立了一种传统。

而波兰作家贡布罗维奇与哈谢克不同，恰恰是以反传统而引起世人瞩目的。他坚决主张让文学独立自主。在二十世纪三四十年代，贡布罗维奇的作品在波兰文坛显得格外怪异离谱，他的文字往往夸张扭曲，人物常常是漫画式的，他们随时都受到外界的侵扰和威胁，内心充满了不安和恐惧，像一群长不大的孩子。作家并不依靠完整的故事情节，而是主要通过人物荒诞怪僻的行为，表现社会的混乱、荒谬和丑恶，表现外部世界对人性的影响和摧残，表现人类的无奈和异化以及人际关系的异常和紧张。长篇小说《费尔迪杜凯》就充分体现出了他的艺术个性和创作特色。

捷克的赫拉巴尔、昆德拉、克里玛、霍朗，波兰的米沃什、赫贝特、希姆博尔斯卡，罗马尼亚的埃里亚德、索雷斯库、齐奥朗，匈牙利的凯尔泰斯、艾什特哈兹，塞尔维亚的帕维奇、波帕，阿尔巴尼亚的卡达莱……如此具有独特风格和魅力的当代东欧作家实在是不胜枚举。

某种程度上，东欧曾经高度政治化的现实，以及多灾多难的痛苦经历，恰好为文学和文学家提供了特别的土壤。没有捷克经历，昆德拉不可能成为现在的昆德拉，不可能写出《可笑的爱》、《玩笑》、《不朽》和《难以承受的存在之轻》这样独特的杰作。没有波兰经历，米沃什也不可能成为我们所熟悉的将道德感同诗意紧密融合的诗歌大师。但另一方面，需要注意的是，由于语言的局限以及话语权的控制，东欧文学也极易被涂上浓郁的意识形态色彩。应该承认，恰恰是意识形态色彩成全了不少作家的声名。昆德拉如此。卡达莱如此。马内阿如此。赫尔塔·米勒亦如此。我们在阅读和研究这些作家时，需要格外地警惕。过分地强调政治性，有可能会忽略他们的艺术性和丰富性。而过分地强调艺术性，又有可能会看不到他们的政治性和复杂性。如何客观地、准确地认识和评价他们，同样需要我们的敏感和平衡。

一个美国作家，一个英国作家，或一个法国作家，在写出一部作品时，就已自然而然地拥有了世界各地广大的读者，因而，不管自觉与否，他，或她，很容易获得一种语言和心理上的优越感和骄傲感。这种感觉东欧作家难以体会。有抱负的东欧作家往往会生出一种紧迫感和危机感。他们要用尽全力将弱势转化为优势。昆德拉就反复强调，身处小国，你"要么做一个可怜的、眼光狭窄的人"，要么成为一个广闻博识的"世界性的人"。别无选择，有时，恰恰是最好的选择。因此，东欧作家大多会自觉地"同其他诗人，其他世界，和其他传统相遇"（萨拉蒙语）。昆德拉、米沃什、齐奥朗、贡布罗维奇、赫贝特、卡达莱、萨拉蒙等等东欧作家都最终成为"世界性的人"。

关注东欧文学，我们会发现，不少作家，基本上，都在出走后，都在定居那些发达国家后，才获得一定的国际声誉。贡布罗维奇、昆德拉、齐奥朗、埃里亚德、扎加耶夫斯基、米沃什、马内阿、史沃克莱茨基等等都属于这样的情形。各种各样的原因，让他们选择了出走。生活和写作环境、意识形态原因、文学抱负、机缘等，都有。再说，东欧国家都是小国，读者有限，天地有限。

在走和留之间，这基本上是所有东欧作家都会面临的问题。因此，我们谈论东欧文学，实际上，也就是在谈论两部分东欧文学：海外东欧文学和本土东欧文学。它们缺一不可，已成为一种事实。

在我国，东欧文学译介一直处于某种"非正常状态"。正是由于这种"非正常状态"，在很长一段岁月里，东欧文学被染上了太多的艺术之外的色彩。直至今日，东欧文学还依然更多地让人想到那些红色经典。阿尔巴尼亚的反法西斯电影，捷克作家伏契克的《绞刑架下的报告》，保加利亚的革命文学，都是典型的例子。红色经典当然是东欧文学的组成部分，这毫无疑义。我个人阅读某些红色经典作品时，曾深受感动。但需要指出的是，红色经典并不是东欧文学的全部。若认为红色经典就能代表东欧文学，那实在是种误解和误导，是对东欧文学的狭隘理解和片面认识。因此，用艺术目光重新打量、重新梳理东欧文学已成为一种必须。为了更加客观、全面地翻译和介绍东欧文学，突出东欧文学的艺术性，有必要颠覆一下这一概念。蓝色是流经东欧不少国家的多瑙河的颜色，也是大海和天空的颜色，有广阔和博大的意味。"蓝色东欧"正是旨在让读者看到另一种色彩的东欧文学，看到更加广阔和博大的东欧文学。

二〇一三年十月三十一日定稿于北京

主编简介：高兴，诗人、翻译家，一九六三年出生于江苏省吴江市。中国作家协会会员。现为中国社会科学院外国文学研究所研究员，《世界文学》主编。曾以作家、翻译家、外交官和访问学者身份游历过欧美数十个国家。出版过《米兰·昆德拉传》、《东欧文学大花园》、《布拉格，那蓝雨中的石子路》等专著和随笔集；主编过《二十世纪外国短篇小说编年·美国卷》（上、下册）、《伊凡·克里玛作品系列》（5卷）、《水怎样开始演奏》、《诗歌中的诗歌》、《小说中的小说》（2卷）等大型图书。主要译著有《梵高》、《黛西·米勒》、《雅克和他的主人》、《可笑的爱》、《安娜·布兰迪亚娜诗选》、《我的初恋》、《索雷斯库诗选》、《梦幻宫殿》、《托马斯·温茨洛瓦诗选》等。

旅行到极致

（中译本前言）

赵刚

如今，许多人憧憬"一次说走就走的旅行"。的确，能做到说走就走，需要一点超出常人的洒脱和勇气。这样的旅行之所以诱人，在于它充满未知，让人怀着无数的期待和遐想。旅途中遇到的人和事，看到的山和水，经历的苦与乐，共同构成旅行的魅力所在。年轻时，谁又没有过这样的冲动呢？哪怕只是偶尔的一闪念。

然而，对于这样的旅行，我却始终不敢苟同："旅行若真是说走就走"，出发时大概就已经损失了大半，因为"旅行，是要做足功课的"。

人生很短，世界很大。许多地方我们一生也许只能探访一次。而这一生一次的机会，如果被毫无准备地轻易浪费掉，实在是一件憾事。

波兰著名诗人、散文家、剧作家兹比格涅夫·赫贝特的《海上迷宫》不是一本游记，但却最好地诠释了一场旅行所能达到的极致。

按照当今流行的一种说法，赫贝特绝对算得上是一位杰出的文化学者。他的视野之宽、知识之广和思想之深，都达到了令人惊叹的程度。这与他早年的经历大概不无关系。

赫贝特早年的求学经历十分复杂。中学尚未毕业就赶上二战爆发，这使他不得不在地下的秘密中学完成了学业。大学阶段，开始时赫贝特在利沃夫的大卡吉米日国王学院学习波兰语言文学，后前往克拉科夫经贸学院学习经济。在此期间，赫贝特经常到克拉科夫雅盖隆大学和美术学院听各种讲座。一九四七年从经贸学院毕业后，他前往托伦的哥白尼大学学习法律专业并于一九四九年获得法律硕士学位。同年，他又被哥白尼大学哲学系录取为二年级学生。一九五一年迁往华沙，在华沙大学继续学习哲学。从这段经历可以看出，赫贝特的知识领域极其宽广，这为他后来的文学创作打下了坚实的基础。

赫贝特的早年生活一直十分窘迫，甚至一度不得不靠卖血维持生活。这种情况直到一九五六年，他的第一本诗集《光弦》出版后才出现转机。一九五七年，赫贝特获得了波兰文学家联合会的一笔资助，促成了他的第一次出国旅行。

由于对地中海文明始终心向往之，而且对当时波兰国内的氛围感到压抑，因此赫贝特总是想尽办法出国旅行，并尽量延长在国外旅行的时间。尽管由于经济原因，他总是想方设法节俭度日，甚至后来影响到了他的健康，但这些旅行使他有机会直接地了解一个"美丽而多样的世界"。第一次出国旅行是在一九五八年，他途经维也纳前往法国，然后访问了英国、意大利，直到一九六〇年才返回波兰。这次旅行的成果之一，是他写出了"散文三部曲"中的第一部——《花园里的野蛮人》。一九六三年初，赫贝特再次出国旅行。这次他前往英格兰和苏格兰，之后去往法国。一九六四年的夏天是在意大利和希腊度过的，直到一九六四年底回到波兰。

一九六五年十月的第三次出国旅行，是为去维也纳领取一份奖项。他在奥地利停留到一九六六年春，之后到德国各地旅行，在法国也停留了很长一段时间，并造访了荷兰和比利时。一九六八年三月，赫贝特在波兰驻巴黎使馆与卡塔日娜·捷杜什茨卡举行了婚礼。一九六八年夏天，赫贝特应邀前往美国，先后访问了纽约、加利福尼亚、新墨西哥、新奥尔良、华盛顿、洛杉矶等地。这期间，他的诗歌英文版在美国出版，获得巨大成功。从美国回到欧洲后，他在德国柏林停留到一九七〇年九月，之后再度前往美国，在洛杉矶州立大学担任客座教授。

一九七一年，赫贝特回到波兰，客居在华沙一位朋友家中。一九七三年，赫贝特再次前往维也纳领奖，之后前往希腊。回国后曾在格但斯克大学短暂任教。一九七五年至一九八一年，赫贝特再度到国外生活，先后在德国、奥地利和意大利等地生活。一九八一年，诗人回到华沙，在波兰生活五年后，一九八六年迁居巴黎。二十世纪九十年代，他回到波兰，其间尽管身体已经十分衰弱，但仍曾经前往以色列、荷兰等地旅行。

从诗人一生的经历可以看出，旅行几乎成为赫贝特的一种生活方式。中国古人推崇的"读万卷书、行万里路"，在赫贝特身上得到了绝佳的体现。更重要的是，除了读万卷书、行万里路，赫贝特还立万世言，成万世名，这就不得了了。

诗人的这些旅行，除了产生出大量论及欧洲文明的诗歌作品外，更集中反映在他的三部散文集——《花园里的野蛮人》《带马嚼子的静物画》以及《海上迷宫》里。

《海上迷宫》是赫贝特三部散文集中的最后一部，也是唯一一部未能在诗人生前付梓的作品。该书的出版曾颇费周章。一九七三年，作者将书稿交给出版社，但由于未能通过审查而被搁置。一九八一年，诗人让妻子从出版社取回了手稿。九十年代，诗人曾经打算出版这本书，但由于健康原因，再度被搁置。直到诗人去世后的一九九九年，他的遗孀最终将《海上迷宫》的手稿交给出版社并于二〇〇〇年出版。

《海上迷宫》并非一部赫贝特前往希腊旅行的游记，因为书中所收的七篇散文，并不都与古希腊直接相关。例如《关于伊特鲁里亚人》和《拉丁语课》，就分别记述了古罗马的起源和罗马对欧洲大陆的征服。而即便是关于希腊的文章，也并非都是基于作者的亲眼所见，而更多的是源于作者的阅读和研究，例如《萨摩斯旧事》中描述的萨摩斯岛，诗人就从未踏足。

然而即便从未踏足，赫贝特对所描写对象的了解之深，也远胜很多到过当地，甚至在当地生活的人。可以想象，诗人对笔下的每一处遗址、每一个景致、每一个人物、每一件史实，都在精神上进行过无数次的造访和探寻。正是这样的现实之旅和精神之旅，最终为我们呈上了一部详述欧洲人精神家园的文化经典。

《海上迷宫》也不是一部系统介绍欧洲古代文明的教科书，因为作者既不注重教科书必须拥有的系统性，也不关注那些历史上所谓的宏大事件、重要人物和典型案例。他在书中关注的是细节，是普通人，是被众人遗忘或者忽视的东西。然而可贵的是，作者总能从这些被忽视、被遗忘的细节里，发掘出一些令人眼前一亮的全新视角和思考。

德国哲学家黑格尔曾经说过："在有教养的欧洲人心中，提到古希腊，就会涌起一种家园之感。"那么在我看来，赫贝特的这本《海上迷宫》就应该被看作是一本寻找欧洲精神家园的旅游手册。每一个想探究欧洲文明的游客，在开始自己的现实之旅或精神之旅之前，都应该认真读一读这本书。

海上迷宫

一

> 在如葡萄酒般漆黑莫测的大海中央,有一片波涛环绕的美丽富饶之地,那就是克里特岛。岛上居民众多,有九十座城池……克诺索斯是其中最大的一座,统治它的是伟大宙斯最信任的人,每九年推选一次的米诺斯王。①
>
> ——荷马

即将送我去克里特岛的是忒修斯号,但它尚未抵达比雷埃夫斯港②,而且没人能告诉我,它何时才能到达。寻常的班轮时刻表,在这个神话的国度里并不起作用。在这里,钟表衡量的是千年的时光。而我只得以农夫般的耐心在港口酒肆里闲逛。

我就这样待在比雷埃夫斯,等待着轮船的到来。因为无所事事,

---

① 选自《奥德赛》,荷马著,由 J. 帕兰多夫斯基的波兰文译本转译。——译注(以下未特别注明均为译注)

② 希腊的重要港口,位于雅典西南,萨罗尼科斯湾畔。

所以只能观察各色人等的面孔。这不是我在古代花瓶上所常见的那些面孔,身材——正如我之猜想——也与普拉克西特利斯①的雕像迥然不同。混入的阿尔巴尼亚人、保加利亚人和土耳其人的特征是如此惊人,以致完全抹去了游客们期待在此邂逅的那种希腊式的美。

难道说弗勒马瑞耶博士②言之有理? 斯拉夫人从公元七世纪开始对希腊的入侵,彻底改变了本地居民的种族构成?

此时此刻,我想起了一则有关雪莱的轶事。那位伟大的浪漫主义诗人正在潜心创作他那部抒情诗剧——《希腊》,这时他的挚友特里洛尼③建议他去见一见真正的希腊人。于是,两人一道前往里窝那④,去探访一艘希腊轮船,船上拥挤的人群"像茨冈人一样大呼小叫、比比画画、抽烟、吃东西、打牌,与野蛮人别无二致"。不仅如此,那艘船的船长还抛弃了自己的祖国,因为他认为,独立战争对他的生意不利。

我想,从这则轶事中可以得出一个结论:相对于关注是否符合浪漫主义人文思想家们设定的那些完美范式来说,各民族有一些更重要、更基本的事业要去完成。

在长达六个小时的漫长等待之后,忒修斯号终于靠岸了。我在人群里被挤来挤去,腿边有一只咩咩叫的山羊,而头顶上则是些硕大的行李包,我就这样挤上了甲板。这条躁动不安,充满嘈杂、污秽、恶臭和美妙生活的轮船,将载着我驶过美丽的爱琴海。

黎明时分,我来到轮船的上层甲板。在被焦油和橄榄油弄得斑斑驳驳的木头甲板上,男男女女的身体横七竖八地倒卧着,仿佛一场最

---

① 普拉克西特利斯,公元前4世纪的古希腊雕塑家。
② 雅各布·菲利普·弗勒马瑞耶(1790—1861),提洛尔旅行家、历史学家和记者,对希腊人的种族来源有独特见解。
③ 爱德华·约翰·特里洛尼(1792—1881),英国传记作家、小说家,雪莱的挚友。
④ 意大利城市。

后以屠杀告终的盛筵。我独自置身于四周此起彼伏的鼾声里。我想亲眼目睹，克里特岛如何从海中喷薄而出。

在雾霭沉沉的海平面上方，可以隐约看到一抹不太清晰、混杂着深蓝与铅灰的色彩。它渐渐露出了形状，于是我看清了，那是山峰悬浮于空中，就如同日本风景画上的景象一般。那份美简直难以言表——一块遥远的山岩，因为雾霭的原因飘浮在空中。我始终注视着它，山峰渐渐变大，缓慢下降。终于，在我面前的海面上，涌起一片庄严肃穆的山峦，占满了整个视野。

是一个岛。

对我来说，克里特岛就是这样开始的。它从天而降，像众神降临。

伊拉克利翁是一座港口，威尼斯人修筑的城墙、炮台环绕着这座白房子构成的城市。窗板紧闭，一片静谧。

我沿着一条坡道向城里走去，那条路似乎遥无尽头，尽管双目告诉我事实并非如此。时光的尺度似已停滞，虽能听到脚下沙粒的簌簌声和自己的脚步声，但我大概根本没有移动，而是彻底淹没在酷暑和光芒之中。令人痛苦不堪的幻觉开始出现。此刻的我如同在梦中，从第三者的角度旁观，却无法与自己的身体沟通。身体像钟摆一样前后摇晃——我被定在原地一动不动，似乎被钉死在一片白色的虚空里，又像被永远定格在照片上，抑或是被轮廓的兽夹捕住，背后拖着沉重的阴影。这幅画面和沿着坡度很陡的汉达克斯街艰难前行的记忆，还有被束缚的景象——那一刻，在正午刺眼的阳光里，死神仿佛第一次触到了我——这一切在未来漫长的岁月里将一直折磨着我。

我租了一间白色的房间，屋里有一张铁床，床上挂着一幅画，画的是圣乔治屠龙的可怕场景。我一刻也不拖延，马上动身去博物馆，好让自己置身于展品之中，许许多多的展品之中，冀望以此忘掉刚才那瞬间脱离现实的感觉，那段令人脸红和不快的插曲。

二

伊拉克利翁博物馆给我准备了一份意外，一份令人不快的意外，类似的经历我在任何其他博物馆或者艺术作品面前都未曾有过。那时的我已不是个喜欢离经叛道的年轻人。众所周知，想离经叛道，只要当个反传统的叛逆者就行了：对杰出的艺术品不屑一顾，对权威大师不理不睬，对传统习俗嗤之以鼻。而这种态度对我来说始终是陌生的，甚至是敌对的，除了四五岁时有过一段短暂的时期外——心理学家将其称为叛逆期。我总是希望去爱，希望去崇拜，在"伟大"面前心怀敬意、顶礼膜拜。尽管"伟大"总是超越我们，让我们震撼，可要知道，假如"伟大"不能超越我们，不能让我们震撼，那又如何称得上"伟大"呢？

我清楚地记得那一天：我在闭馆前两个小时走进博物馆，跑遍了（多天真！）一楼所有的展厅，那里展出的主要是陶器、青铜小雕像、泥塑、彩陶塑像、印章和宝石饰品，可以说是些我们将其归为次要艺术品、实用工艺品的物件。我怀着激动的心情来到二楼，我那位名叫布勒的宝贝导游曾多次向我保证，那里展出的是一些我早已从无数的艺术史中耳熟能详、被专家学者们誉为古代绘画艺术珍品的壁画。

结果呢？没有激情，没有感动，我木然地注视着出没在蔚蓝色海水中的《海豚》和《百合花丛里的王公》。开始我将这些归罪于自己身体的不适，乘那艘老旧的忒修斯号航行让我有些疲惫，正午的酷热又让我头晕目眩，肚子也有点儿饿了，尽管还不至于饿得一命呜呼。

我尝试归纳自己的各种疑惑：首先，壁画的色彩很平庸，鲜亮浅薄得让人生疑。广告色般的赭石、湛蓝和大红搭配在一起，让人心生厌烦，要不是那毫无张力的线条，这些画顶多被看作是马蒂斯的作品（还要差得多）。我的美术老师要是看到这样的线条，一定会发出失望的"哎——"，而不是惊叹的"哇——"。这样的线条勾勒出乏味的轮廓，里面涂上本地产的颜料。作品都没有纵深感，既不庄重，也不优美，仅有一些小幅的庭院壁画和著名的《巴黎女人》算是例外。

我只能努力唤醒沉睡的知识，来帮助自己已经迟钝的鉴赏力。我回忆起专家们如何评说克里特绘画。他们说的真是恰如其分：克里特艺术中出现了一种非常逼真的视角，就像新石器时代法国和西班牙的壁画以及罗德西亚丛林人[①]的艺术中出现过的那样。

有可能，甚至是很有可能，我对米诺斯壁画的本能抗拒与不适应，是由于突然接触到了一种与我之前所熟知的埃及壁画、伊特鲁里亚壁画或者庞贝壁画都截然不同的艺术。因为实际上，克里特艺术家们的绘画作品可能原本就是一种独一无二的艺术。

因此我想，吉尔托·斯内德[②]说的大概不无道理：克里特人是一些具有遗觉[③]能力的人。这种视觉特点（在儿童中比较常见）及其再现实景的效果，每个人都可以在自己身上进行试验。我们先注视太阳或者亮着的灯泡，然后将目光转向空白的墙壁，此时我们就能看到灯泡或太阳跃动的红色轮廓。那些具有遗觉能力的人，就是以这种近似的方式看待现实的，而斯内德就试图用这种异能——或者说是才能，也可以说是残障，来解释克里特艺术的独到之处：用一个简单的轮廓就能捕捉处于运动中的形体，其轻松自如的程度令人叹服。那种轻松

[①] 罗德西亚人是生活在12.5万年至60万年前的早期人类，遗骸主要发现于南部非洲、东非及北非等地。

[②] 吉尔托·斯内德（1896—1992），荷兰考古学家。

[③] 艾内奇·鲁道夫·杨施于1920年提出的概念，也称为遗觉影像或知觉影像。例如有人看了一张画片后，会在灰墙上看到同样的画像，有时关于这种画像的影像鲜明得同画片相似。后来发现，这种遗觉影像是主观的，随年龄的不同而异。儿童时期的遗觉影像最明显，青少年和成人就较少见。

自如伴随着某种柔弱,就仿佛物体的轮廓是被一只柔弱无力的手勾勒出来的;与之相伴的还有缺乏骨架、缺乏肌肉、缺乏物质、缺乏结构等特点(这些在文艺复兴绘画中得到了完美的体现);此外,就是那些违背万有引力定律悬浮在空中的人物、动物和无根植物所具有的非物质特点。

由于这些原因,伊拉克利翁博物馆里展出的壁画未能打动我。我开始走马观花地浏览,然后很快发现,那些壁画的表面有一些龟裂的、说不出颜色的厚涂料,它们大概只构成壁画面积的很小部分。正如我后来得知的,这些部位恰恰是原作仅存的片断。《百合花丛里的王公》和《牧师王》两幅画作其实只保留下一小截小腿、躯干、肩膀和帽缨。剩余的所有部分都是后人修复、推测或者想象的结果。这就像有人在重新发现的古代史诗片段中,加入了几个现代专有名词。

后来,当我翻阅参考文献时,事情变得更加清晰明朗起来。当年,那些在克诺索斯宫进行挖掘的考古学家所见到的壁画处于非常糟糕的状态。画作上面覆盖一层灰,只要稍稍一碰,就会灰飞烟灭。伦纳德·科特雷尔[①]在《米诺斯牛》一书中写道:阿瑟·埃文斯[②]爵士,克诺索斯宫的发现者,"非常明智地延请了瑞士杰出艺术家吉列荣[③]先生参与工作,后者拥有非凡的才能,能够耐心搜集那些残存下来的零散片断,并以敏感和严谨的方式,将那些遗失的部分复原,然后再制作出精致的复制品,这些复制的壁画被安置在当初原作所在的位置"。[④]

[①] 伦纳德·科特雷尔(1913—1974),英国作家、记者,主要从事有关埃及考古方面的写作。

[②] 阿瑟·约翰·埃文斯(1851—1941),英国著名考古学家、牛津阿什莫林博物馆馆长(1884—1908)。1900年起在克里特岛发掘出克诺索斯王宫遗址,被誉为20世纪考古学最伟大的成就之一。

[③] 埃米尔·吉列荣(1851—1924),瑞士文物修复专家。

[④] 《米诺斯牛》,伦纳德·科特雷尔著,伦敦,1953年。——原注

我没能在任何地方邂逅吉列荣大师本人的作品，哪怕只是关于这位艺术家的只言片语，但我怀疑，埃文斯延请他参加工作，很可能并非出于他那被科特雷尔大加赞赏的所谓天分，而是因为他对克诺索斯宫的发现者总是唯命是从。我不太理解，为什么一个瑞士人对克里特壁画的想象，能够被当作原作，堂而皇之地跻身于各种艺术史教科书中。

相对其他被发现的克里特艺术品来说，米诺斯壁画为数不多，且在发现时已经残缺不全，曾被火焚烧，又被修复人员那些令人生疑的措施糟蹋过。这项艺术尽管在成就上要远低于埃及壁画，但仍带有一些独一无二的印记。

白色、蓝色、灰色、黄色、黑色、红色和绿色——无论是克里特岛还是尼罗河畔的画家们，都是用这些色彩来调色，但其差异性要远大于相似性。

米诺斯人在仍然湿润的墙壁上作画，而与此同时，埃及人则使用了胶画颜料技法。这两种技法带来了重大的差异：第一种方法——要求快速作画、一气呵成、忽略细节，接近于即兴创作；而第二种方法——允许润饰修整，可以更加全神贯注、舒缓细腻、反复斟酌。

埃及人的绘画乃至他们的整个艺术，处于富甲一方的神权统治之下，大概不同于世界上任何其他的艺术。而与此同时，最平凡的生活场景——芦苇中的野鸭、池塘里的鲤鱼——都被以近乎科学的精确表现出来，使我们可以毫不费力地区分那些出自无名的古埃及大师们笔下的动植物种类。该如何解释自然主义与崇高的灵魂事业之间这种令人不安的怪异组合呢？

那些细致入微的、田园诗般的埃及人日常生活场景，几乎总是伴随着一些符号、说明和象形文字。它告诉人们，在生活的五光十色的帷幔后面，存在着一个严酷的、唯一的世界，那是神和寻求永生的灵魂的世界。有时舍弃现实主义的精准，实际上表达了对生活的快乐的认同以及对周围所见现实的赞美。如博物图志里的图片般画得一丝不苟的荷花，画得无比逼真的拨弄竖琴琴弦的手，甚至一根野鸭的羽毛，这些既不意味着赞美，也不意味着认同，而只是为了让人能够从这些片断中读出纯粹的感伤——对韶光易逝的感伤。

克里特绘画中鲜有力量与激昂，哲学的沉思和宗教的激情对克里特绘画来说也比较陌生。它更易令人想起轻佻而肤浅的洛可可风格。这是一种出于本能、略显神经质的艺术，不太关注细节，鸟儿、鱼类和花朵在这里似乎都只是为表达对大自然的整体理念，因此有时候很难说它们属于什么品种。然而在这一切之中，有着被神化的大自然充满活力的呼吸、魅力、微笑和舞姿。

几乎所有未遭毁坏而侥幸保存下来的米诺斯绘画作品，都收藏在现代化的、光线充足的伊拉克利翁博物馆里。壁画展区设在二楼标有字母K的展厅里，其数量并不多，一共只有三十八幅大小各异的作品，既有高度在十七到八十厘米之间的微型作品，也有宗教巡行主题的大幅画作，上面表现的人物形象接近真人大小。

我们知道，克里特岛的绘画，至少在某个时期曾经非常普及，覆盖了许多宫殿和府邸的墙壁。米诺斯的艺术家们既画我们今天所说的"抽象"装饰主题——装饰图案、建筑、立柱、门廊、花卉图案等，也画直接取自周遭世界的动物、人物和风景。对于克里特艺术家来说，"自然写实"的概念没有太多意义。他们肯定没有为自己设定用于复制的范本，他们的范本在自己的心中，那是取之不竭的形式与色彩的宝库。他们是媒介，能够传递缤纷世界的那不断流淌的涓流。仿佛那时并没有主客体之分，艺术家们不是努力借助几何学知识去探究自然的人，而是作为宇宙的一部分，像树木、水和石头一样，是大自然各种基本成分的汇聚之地。他们也从未想过，自己是创造者，是受到天启的独特生命。

能保存至今，并且依然光鲜亮丽的作品并不多见。值得惊讶（应该说是惊喜）的是，竟有如此多的人类敏感和天赋的明证留存至今。在艺术的百花园里有一所大医院，收治各种残缺和垂死的形式。时光的大磨无情地转动，所以漫步于伊拉克利翁博物馆的展厅时，我就像走过一间间病房,努力在古老的壁画中找寻青春的光彩。它们就像病人,期待着我们的同情和理解。而假如我们吝惜这份同情和理解,它们就会远去,空留我们在孤独寂寞之中。

《蓝色的鸟》是在被称为"克诺索斯壁画宫"的地方被发现的,它出自约公元前一六〇〇年,因此是在中米诺斯时期完成的。从时间顺序上看,这是现存较早的克里特绘画作品之一。

从岩石上一个深棕色的斑点处,"长出"一只蓝色的鸟——只是寥寥几笔,就像老百姓家里盆盆罐罐上画的装饰——大概是趴在石头上,伸着脖子,高昂着头,脸上的黄色眼睛像念珠般溜圆。一切都发生在非现实的空间里。在那里,物质的三种状态之间不断发生转化——岩石变成水,水变成空气。此外还画着不少植物——大片的鸢尾、芦苇,还有不知名的花朵绽放,它们在空中四处飞翔,就像是风景的五线谱。那只鸟儿一边饮水,一边倾听植物们的歌唱。溪边的场景令发现者感动,这幅田园牧歌般的小画,没有神话的注释,没有恶魔的形象,是摆脱死亡恐惧的对永生的赞美。

另一幅灰泥①浅浮雕是在克诺索斯宫北部入口的所谓警卫室里发现的。那是一幅用暗红中透出棕色的颜料画出的公牛侧影。牛吐着舌头,因愤怒而微合双眼,张开鼻翼去嗅正在靠近的敌人,这一切似乎证明,作品描绘的是捕猎的场景(与瓦斐奥②金杯上雕刻的景象颇为相似)。牛的身体处于运动之中,四蹄腾空而起。这是对力量的探究,这是愤怒的赋格,令人联想起拉斯科洞窟壁画③。在克里特岛柔和的世界里,这头野性的公牛是个另类,让人联想起浪漫主义者,而德拉克罗瓦④肯定很愿意复制它。

---

① 原文为意大利文。
② 希腊拉科尼亚的一个古代遗址,位于埃夫罗塔斯河右岸,斯巴达以南约8公里。
③ 位于法国多尔多涅省蒙特涅克村的韦泽尔峡谷,是著名的石器时代洞穴壁画。
④ 欧仁·德拉克罗瓦(1798—1863),法国著名浪漫主义画家。

《海豚》是一幅以暗淡的蓝色和土黄色为主色调的巨幅壁画，该作品得到伊拉克利翁博物馆馆长尼古拉斯·普拉登①的青睐，尽管他对埃文斯团队的文物修复工作颇有微词——埃文斯曾断言，他们的文物修复工作做得精益求精。然而，这幅"集体像"并不让我特别兴奋：画面的色彩浑浊黯淡，线条生硬做作。但是应该牢记的是，这幅画是从建筑上取下来的，它的装饰意义对我们来说是很难理解的。

那幅著名的《巴黎女人》（名称源自埃文斯，正如他给那些宫殿起的名字一样，也透露出其浪漫主义的品位）曾被反复复制，是一张克里特妇女的小幅肖像画。人们曾经在画面上发现了埃及艺术的影响。但这荒谬之极，画面上人物的眼睛很大，是埃及式的，但脸型用粗线勾勒，鼻子微微上翘，有着一副性感的嘴唇，还有线条清晰的下腭和头发。特别是她的头发，发型十分独特，脖颈上的发髻和前额上的长发以及整体的绘画技法，都与我们在埃及壁画上所见到的用干涩线条勾勒的轮廓完全不同。这幅年轻女士的肖像画，与这里本应习以为常的宫廷式呆板毫无瓜葛，恰恰相反，整幅画作仿佛充盈着一种高傲之美。

题为《斗牛》的壁画（破损严重）本应是克里特岛在米诺斯时期不举行血腥竞赛的明证，而且埃文斯还留下了一幅图解，说明画上表现的杂技是如何完成的。一个杂技演员用双手抓住奔牛的双角，像从跳板上弹射出去一样反弹到牛背上，然后再跳下来，跳到另一个杂技演员的肩上。这种虚构出来的神奇技巧是真正的"致命一跳"②，它证明那位杰出的考古学家并不太了解公牛。根据斗牛士们的一致意见，也就是专家们的意见，这样的杂技没有人能够完成。壁画上处于狂奔之中的公牛身体，因为速度的原因被刻意拉长，显得很不自然，但却与始终处于运动之中的克里特艺术趋向相一致。

---

① 尼古拉斯·普拉登（1909—1992），希腊著名考古学家。
② 原文为意大利文。

最打动我的是两幅袖珍壁画。它们出自米诺斯时代晚期,埃文斯将其分别命名为《宫女们》和《花园盛宴》①。我以为,克里特人恰恰在这些袖珍壁画上达到了自己的艺术巅峰。

人群聚集在宗教建筑周围（装饰着牛角图案的柱子分两行排列）,似乎正注视着祭祀仪式。他们仿佛是在一座大剧院的内部——因为那里的氛围更像是在歌剧大厅里,而非与威严的神祇或其严厉的代言人进行对话的圣殿里。

> 一群妇女,发式精巧细腻,衣着鲜艳入时,坐在那里交谈正欢,对面前发生什么毫不在意……可以轻而易举地认出那些身穿典雅礼服的宫女。她们刚刚去理发师傅那里打理过自己的头发,头发盘在头和肩膀上,箍住前额的发带将头发拢住,然后与道道珠链一起垂到脑后……长裙的袖子宽松,但袖口扎得很紧,裙带和褶皱能令人立刻联想起当今的时尚风格……乳头清晰可见……这是开口极低的衣领造成的效果。长裙色彩艳丽明快,衬着带白色条纹或红色标记的蓝、红和黄色丝带。
>
> 右边第三位女士（头发上戴着丝网）与邻座的女士之间生动的谈话场景,能立刻引起观众的注意。画面上后者向前探出右肩,以加强自己的语气,大腿几乎碰到了交谈者,而对方则耸起双肩,仿佛在尖叫:"你在说什么呀!"这一女人们闲聊、饶舌和"八卦"的场景与历代经典艺术作品有天壤之别。这种生动的日常生活场景和洛可可氛围,立刻将我们带入了当代。

我引用这么长一段埃文斯的话,有些居心不良。因为这段话出自其随笔文章,而非学术著作。克诺索斯的发现者妙笔生花,简直是自己作品的宣传部长。年轻时代的记者生涯让他受益匪浅,而他写给

---

① 原文为英文。

《时代》周刊和其他杂志的大量普及性文章,为这个新发现的文明赢得了大批拥趸。

埃文斯清楚地知道,对于非专业人士来说,最能打动人心的莫过于这样的论断:"他们与我们一样,也喜欢杂耍,也喜欢欢愉的聚会,而他们的女人也与惠斯勒①描绘的我们的女人别无二致。"因此埃文斯向这些人物形象并不比小拇指大多少的壁画中,注入了极具维多利亚风格的氛围,而这种在久远的文明中找寻贴近其所生活时代的特征的愿望,推动他进行了一种过于先锋派的复原和阐释。

《采番红花的男孩儿》是一幅不太大的壁画,在克诺索斯宫的东北部被发现,是由吉列荣根据埃文斯本人的直接授意修复完成的。后来,杰出的米诺斯艺术专家,我们前面提到过的那位尼古拉斯·普拉登发现,那个采番红花的男孩儿体形很奇怪。不仅如此,男孩儿的身体用蔚蓝色画成,而这种颜色从未被用于表现人物形象。后来,人们又发现了一些零散的碎片,一小段尾巴,番红花的花朵,最后还找到了蓝色的、非人类的脑袋。于是这幅《采番红花的男孩儿》变成了《宫殿花园里的猴子》。

《拿角形杯的年轻人》是一幅修复过的壁画片段,整幅画表现的是宗教巡行场面。这幅画在考古发掘工作开始不久就在克诺索斯宫被发现。

埃文斯在自己的日记中写道:

> 清晨,我们在中央大厅向左的通道里,又移除了一层土灰,然后发现了两大幅迈锡尼②壁画的残片。一幅残片上面能看到一个人的头颅,而另一幅上则能看到腰部和一部分妇女的躯体(后

---

① 惠斯勒(1834—1903),美国著名印象派画家。
② 埃文斯尚未想出"米诺斯文明"这一说法,但他从一开始就意识到,他找到了比施里曼所发现的文明更古老的文化。——原注

来确定为男性躯体），那个人手里拿着一只很长的迈锡尼角形杯——一种很高的锥形容器，通常用于葬礼仪式。真人大小的人物形象被画成暗红色，就像伊特鲁里亚坟墓中的形象和埃及绘画中的克夫提①人一样。脸部的侧影很高贵，饱满的嘴唇，下嘴唇用一条弯曲的线条加以强化。黑色的眼眸，核桃般的眼睑侧影。双臂造型优雅……这无疑是迄今为止发现的最令人赞叹的迈锡尼时期人物形象之一。

然而这种提示性的描写并不能激发我的热情。这幅壁画破损严重，如凝血般的颜色已经斑驳脱落。就像号称杰作的《百合花丛里的王公》一样——真人大小的男子，在装饰性的植物丛中缓步前行，人物轮廓用平庸的线条勾勒。从这里大概最能看出修复者的影响力，因为原作少量支离破碎的残片，被按照吉列荣并不令人信服的推测连成一体，他还自作主张地在画面上加了蝴蝶和花朵。

而正当我开始考虑，米诺斯绘画中可能没有什么能打动我时，我看到了来自圣地特里亚达的石棺，精神立刻为之一振。这无疑是一件伟大的作品，在它面前，所有克里特壁画立刻都黯然失色。我带着虔敬之心走近它，围绕它从四面观赏，而就在此时，铃声响了——博物馆要闭馆了。于是乎我又有了一个梦想——独自封闭在这里，待上一夜直到天明，不去参加那些恼人的游览行程，而是将这件杰作的所有细节，它的颜色和线条，通通记在脑海里，使得将来无论我身在何方，只要一闭上眼睛，就能像放电影一样激起自己的回忆，比所有复制品都更加清晰准确。

---

① 在埃及的坟墓中，人们曾发现一些文字和绘画，某些学者认为，这些文字和绘画涉及米诺斯人。画上的人物身穿的不是埃及服饰。他们携带礼物——花瓶和器皿——其造型和装饰都符合克里特文明晚期的陶器风格。其中一段文字写道："克夫提和绿海诸岛（或诸海岸）的伟大统治者。"但关于克夫提是否就指克里特岛及岛上的居民，学者们仍各执一词。——原注

我给这个区起了个名,叫作"鲜肉水果区"。它位于伊拉克利翁市中心。每当烈日当空,这里的生活就陷入一片死寂,而每当薄暮低垂,山中凉爽的空气流淌到城市里,喧嚣和繁华就在这里上演,然后一直持续到深夜。空气中弥漫着血腥味、面包房甜香的味道和草药的酸涩气息。到处是花园里的水果和各种海鲜。而萦绕在这一切之上的,是土耳其集市的喧闹和嘈杂。这里是亚洲之角。

沿街的单层木头房屋开着便宜的饭馆。简陋的木桌摆到大街上,这再合适不过。服务生上前也不问话,直接端上一杯冰水,立刻让你全身充盈了泉水的清凉甘洌。我点了一盘整条煎烤的小鱼、羊奶酪、橄榄和能要人命的辣椒作为前菜,当然还有绝不能错过的被称为 ouzo 的茴香酒。然后是一道最普通的主菜——希腊匹萨①:用长茄子、土豆酱和肉馅制作,然后放在滚烫的铁板上烧烤出的千层饼。白色的面包带着甜味,烤熟的表皮上撒着榨油用的草籽。萨摩斯岛白葡萄酒加上松脂,就像在荷马时代一样。然后还有巨大的圣饼。希腊饮食具有乡村特色,实现着人们关于天堂的梦想,而在天堂里,食物就应该是甜蜜而肥腻的。

我在一家肉铺对面找了个地方坐下。体格健壮的屠夫上演了一场免费的演出,戏名叫"庖丁解牛"。尖刀从肉峰上轻盈地划过,然后用砍刀斩断牛骨——将一件完美的物品分成小块儿。从牛肚子里取出肝脏、心脏的动作一气呵成,然后将这些东西轻盈地抛到菜墩上。那一刻,我想到的是那些将要对我们进行研究的批评家,将会盲目地绞尽脑汁,抽丝剥茧,只为搞清我们留下了些什么。

我也想到了那个被清空的石棺,想到了艺术品相对于文学作品的优势。石棺本身就是平等的,能有效地抗拒各种不同的解读,不接受

---

① 又译木莎卡、茄子肉酱千层匹萨、希腊茄盒,以茄子为主要原料,也流行于巴尔干和中东地区。

各种喧嚣吵闹、自作聪明的点评,不能被分解为首要因素、次要因素等等。此刻它静静地躺在玻璃展柜里,在博物馆的死寂中孤独地守候着自己的秘密——人与动物的静止的巡行。

第二天我又回到了那里,而推延了去斐斯托斯的行程。我也没有去克诺索斯的宫殿,因为我遵循一个原则,即不能过于贪婪,一次吞下太多东西,而应该在众多的对象中选择最出色、最具代表性的作品,为其隆重加冕,让其享王者之尊、正杰作之名。来自圣地特里亚达的石棺毫无疑问就是这样一件伟大的杰作——它的创作者抓住并且向我们传递了那个幸福的时刻、令人目眩的知识和灵光乍现的理性的时刻,那一刻,文明如对镜自省,开始意识到自己的边界、力量和形态。

据说,这个石棺发现于圣地特里亚达一处埋葬着王室成员遗骸的不大的拱形墓室里。考古学家们将这个王族墓室的年代确定为王宫前时期,所以那里就像是克里特诸王的圣丹尼①。然而石棺本身来自米诺斯文化晚期。

石棺由石灰岩制成。体积不大,长度为一百三十七厘米。由于它的原因,我在那里进行了好几个小时的幸福冥想。我当时就想,假如发生了火灾,我要救出的一定是这个石棺,以此作为它让我对克里特美术的辉煌成就恢复了信念的报答。修复人员的手没有触碰过它,所以它是米诺斯艺术的绝佳证明。它丰富的色彩——赭石色、天蓝色、红色、绿宝石色和土黄色交织在一起,散发着内敛而高贵的光芒。

描写是一件恼人的事。因为我需要对这个石棺进行描写,而描写就是描写,必然冗长乏味,就像记流水账一般,对各种形象和物品进行分门别类的记述。我们也无法避免像解绷带一样展开句子,从左到

---

① 圣丹尼(?—250),又译为圣丹尼斯,基督教圣徒与殉教者。曾任巴黎主教,公元250年,罗马皇帝德西乌斯迫害基督教时遇难,于是成为法国与巴黎的守护圣人。在巴黎近郊的圣丹尼市建有圣丹尼大教堂,自克洛维一世以来几乎所有的法国君主均葬于此。此处指哈吉亚-特里阿达是克里特诸王的埋葬之地。

右,完全违反人的视觉规律,因为人的视觉在亮光突然出现时,总是能给人总体的印象。

我们先看石棺两侧的立面,其中一侧从左边开始:先是三条彩色的灯笼裙下露出几只平滑的埃及式赤足。剩余的部分已不复存在,人物形象的上部被毁,只留下一片空白。画面中间是供奉用的石桌,上面放着缚住的公牛。牛的喉咙已经被割断,血流到桌下的容器里。牛的眼睛大睁着,充满哀伤。桌子下面还有两只跪坐的小羊,背景是一个吹奏双笛的人,他的发辫随风飘散。我们就这样被带到了一个祭坛前,女祭司把手伸到祭祀器皿上,而上方则是违背万有引力定律,在空中飘荡的果篮。在整个画面的边缘,祭坛的侧壁装饰着牛角图案,还有两把双刃斧,斧把儿像柱子般高大。画面上还有一棵树,被小心翼翼地画在这个盛大而近乎神秘的场景中。

石棺另一个侧面似乎被分成两个场景,以不同的背景颜色加以区分。画面左侧,在两柄双刃斧的斧把儿中间(有鸟儿落在斧头顶端),有一只巨大的酒罐。穿着束腰上衣和皮裙的妇女正向这个酒罐里注入祭牲的鲜血。我们猜那是女祭司,而在她身后,一位身穿蓝紫色长裙,头戴冠冕的女子(或者如某些解读者所说,是位公主),用一根扁担挑着两个桶。这个仪仗队伍的最后一个人身穿长至脚踝的金色长裙,弹奏着一只巨大的类似里拉琴的乐器。以明黄色为背景的部分就此结束。

所有人物形象都是侧影。绘画过程似乎是一气呵成,没有不必要的细节刻画和多余的手势。使用的色彩包括天蓝色、金黄色和棕色。竖线条占据画面主体,从而强化了画面的庄重感和宁静感。

接下来,仪仗队伍突然改变了方向。天蓝色背景上描绘出三个男子的形象(画家用棕色表现男子的面庞,以区别于女性的浅色肌肤)。两个人捧着羊羔,而第三个,也是最接近画面边缘的一个,则捧着一个小舟的模型——这一主题在埃及墓葬绘画中也屡见不鲜。接下来,蓝色背景戛然而止,我们终于接触到整个画面的核心、最神秘的部分、神秘的起因。

先是一座有三层台阶的建筑轮廓，后面的树被认为是一株柏树。整场剧目的主人公从地面浮现出来。他的形象像个雕像，又像一根带赫尔密斯①头像的方形石柱，浑身被浅色的长袍严密包裹，看起来活像个茧子，又神秘得像个幽灵，紧绷得像块石头。他被祭物、音乐和咒语所吸引，重新回到地面，冷漠而高傲。这葬礼上的酒祭、悲伤的笛音和鲜血都是为了奉献给他。

石棺两端的立面，其中一面描绘着一辆套着几匹马的战车，驾车的是两个人，头上的头盔已经漶漫不清。而另一面画的还是这两个人（如分析家们猜想，应是死者在神祇的陪伴之下），但车驾却不同寻常——驾车的是两头长着鸟头和双翼的狮子，也就是所谓的狮身鹰面兽。在它们巨大的蓝色/金色翅膀上停着一只鸟，那是神明存在的象征。

这个石棺不仅是一件艺术杰作，而且是唯一一件完整保存下来的米诺斯文化丧葬典籍——它详细刻画了丧礼的过程，以美术的方式记载了古代习俗，因此有着重要的史料价值。画面上任何一个人物形象都不是装饰性的，而是在整个仪式中"扮演"某种角色。在这里，我们也可以毫不费力地找到米诺斯宗教的所有重要象征：双刃斧——"迷宫"一词就由它而来，装饰性的牛角——被称为祭祀角，树木和鸟——它们的象征意义毋庸置疑，还有就是乐器——弦乐器伴随没有血腥气的酒祭，而吹奏乐器则专属动物祭牲。画面的整个布局看起来严格遵守规定的宗教仪轨。

针对石棺上的绘画，学者们给出了一系列说服力或高或低的阐释。一些人从中看到的是与农业崇拜相关的仪式——祈祷春天归来；而另一些人则从中看到宙斯与赫拉的神秘婚礼。我以为，以死者崇拜为出发点的阐释最具说服力。葬礼仪式、祭祀品、宗教手势都有着实际的目的：就是关照死者的生活——因为生死轮回是自然规律，就像

---

① 又译为赫尔墨斯，是宙斯与迈亚之子，奥林匹斯十二主神之一。

四季更替、秋天树叶飘落、春天作物发芽一样，乃是大自然的法则。

　　艺术家向我们传达了比记载祭礼更丰富的内容。从石棺上的绘画里流露出对永生的不可遏制的信仰，即坚信生命不灭。这是对重生的一种强烈的、几乎是欢愉的礼赞。这样的礼赞我们在几个世纪后的皮特里亚①石板上可以再次读到：

> 从冥王宫殿向左，你能找到喷涌的泉眼，
> 一排排白色的柏树，环立在泉眼的周边，
> 且停住脚步，远远站住，不要靠到近前。
> 离记忆之湖不远，去寻找另外一处涌泉。
> 冰冷的泉水涌出，有卫士站在泉水旁边。
> 你说：我是大地和星空之子，我的族人
> 来自上天。关于这一点，人们全都知晓。
> 是渴望把我燃烧，让我把命丢掉。所以
> 快给我水，记忆之湖里泡沫翻腾的冷泉。

---

① 意大利南部小镇。

三

> 在评价诸如图坦卡蒙墓、克里特岛的米诺斯宫或者乌尔的国王墓等考古发现时,我们很难立刻获得相应的判断。这些考古发现极其独特,构成了有序的历史画卷中的一部分,同时也是对历史背景的展示,在这一背景上,我们所有人有意或无意地扮演着自己的角色。①
>
> ——伦纳德·伍利

发现米诺斯文明应归功于一个人,他就是阿瑟·埃文斯。实际上他并不是第一个关注这座位于漆黑大海之上的神秘岛屿的人。在他之前的几十年里,众多考古学家和考古爱好者就在岛上四处寻找。一位西班牙领事甚至声称,在克诺索斯附近有一处深埋地下的宫殿,长一百八十步,宽一百四十步。上个世纪七十年代末②,特洛伊的发现者施里曼③,也就是那个绝对相信荷马,而荷马也从未让他失望的人,卷入了一场复杂的交易。交易对象就是那片地表长着橄榄树,而地下在几千年里一直埋藏着米诺斯宫殿的土地。交易未能达成,因为那片土地的克里特所有者是个狡猾的骗子,对此诚实的施里曼是绝对不能容忍的。

---

① 《搜寻过去时光》,伦纳德·伍利(1880—1960)著,华沙,1964年。——原注
② 指十九世纪七十年代末。
③ 海因里希·施里曼(1822—1890),德国考古学家,特洛伊、梯林斯和迈锡尼的发现者。

埃文斯之前，意大利考古学家费德里科·哈尔布赫和他的法国同伴茹班也曾在岛上工作过，此外还有美国记者兼考古爱好者斯提尔曼。但对他们来说，轰动世界的伟大考古发现依然缥缈。

在叙述这一切之前，且让我们先抵近了解一下阿瑟·埃文斯其人。这样自有益处，因为我们慢慢会明白，为什么发现者的荣耀恰恰落在了他的头上，这也将解释，他为什么会将克诺索斯以这种形态呈现到我们面前。

阿瑟·埃文斯是个其貌不扬的小个子，点火就着的性格为他增加的敌人要远多于朋友，但不屈不挠的意志、良好的教育和充沛的精力却弥补了他那些天生的缺陷和性格上的弱点。命运对他的恩惠包括长寿和个人财富，这使他能够进行长达四十年的考古发掘工作，并且完成了充满个人想象的修复工作。

一八五一年，埃文斯出生在一座名叫赫默尔-亨普斯特德的小镇，他的家庭是一个富裕的企业主和学者之家。他的祖父和外祖父分别凭借刀剑和纺锤，成为了（英国）皇家学会成员，而父亲则是一位杰出的地质学家和人类学家，也是史前考古专家和古代文物收藏家。

在题为《时间与机遇》的书中，关于自己这位同父异母的兄弟，琼·埃文斯曾这样写道：

> 埃文斯患重度近视，所以成天戴着眼镜。没有眼镜他只能看到一些细小的物体，但前提是得将这些物体靠近到他眼前几厘米的地方，但也正因如此，使他能够观察到各种最微末的细节。与此同时，周围的一切对他来说都是混沌一片。而恰恰是那些他以显微镜般的精确所看到的细枝末节，仿佛从周围的世界剥离开来，对他来说比其他人要重要得多。[1]

---

[1] 《时间与机遇——阿瑟·埃文斯和他的祖先的故事》，琼·埃文斯（1893—1977）著，伦敦，1943年。——原注

然而埃文斯的所有特点和个性都与我们通常所说的"书虫"截然不同。早在著名的哈罗公学读书时，未来的克诺索斯发现者就被看作是个才华横溢，但又放荡不羁的年轻人（他曾主编学生讽刺刊物《毒蛇》，在发行第一期后就被老师叫停。同时，他还是游泳好手和出色的骑手，这对于他将来的探险家生涯有着至关重要的意义。因为在英雄时代，考古学要求自己的从业人员体格强健、耐力十足，而且还需要有勇往直前的精神）。太阳炙烤下的荒原、传播瘟疫的蚊虫大军、蜷缩在窝棚蚊帐里的漫漫长夜、危险的疟疾、大字不识的工人们发起的暴动，还有孤独——这些都是司空见惯的场景，而且是必须坦然付出的代价，只为挽救一块石头、一篇铭文、一座雕塑。

年轻的埃文斯在牛津大学学习时，就把空闲时间和假期全部用来旅行，而且绝非是去罗马、巴黎之类的平淡之旅。吸引他的是那些地处欧洲文明边缘地带的土地——如萨米①、芬兰、克里米亚、保加利亚、罗马尼亚，当然还有希腊。

埃文斯对南部斯拉夫国家给予了特别的青睐。达尔马提亚②海岸连同那里五彩缤纷的文化、风光旖旎的景色和当地具有强烈历史感，正孤独地为自由而战的人民，都让他分外痴迷。这个保守家庭的后代成为了一个自由主义者，一个格莱斯顿③的拥趸。他不顾在其祖国占主流的社会舆论和帝国主义之间的尔虞我诈，毅然投身到保卫处于土耳其人压迫之下的斯拉夫人的事业之中。

埃文斯生命中的这一章可以冠名为"考古学家的政治生涯"。未来的考古发现者此刻热衷于政治，就像不同时代那些比较敏锐的年轻

---

① 位于北欧斯堪的纳维亚半岛的北部，横跨挪威、瑞典及芬兰北部和俄罗斯科拉半岛北部，大部分在北极圈之内，是萨米人传统居住的文化区域。

② 克罗地亚南部、亚得里亚海东岸的地区。

③ 威廉·尤尔特·格莱斯顿（1809—1898），英国政治家，曾作为自由党人四度出任英国首相。

人身上经常发生的那样。造成这种情况的原因,大概还有其在学术道路上所遭受的挫折。这位青年学子以优异成绩完成了大学学业,但在牛津大学保守的环境中却难以容身,大概是出于对不被见容的报复心理,他成了一个政治上的"坏小孩"①。

实际上埃文斯做这一切显然是为了反抗家庭,但他的行为意义重大、充满活力且成果丰硕。他勇敢地闯入了巴尔干问题的密林(甚至曾被指控为替俄国工作的间谍并被逮捕),撰写关于波黑的书并寄送给杰出的政治家们。一八七七年,他成了颇具影响力的优秀刊物《曼彻斯特卫报》的巴尔干事务特别记者,并在拉古兹(今杜布罗夫尼克)定居。

埃文斯从骨子里就是个记者,一个伟大的新闻人。他多次冒着生命危险,投身于被压迫的斯拉夫人的事业,热衷于为真理提供证明。他不知疲倦地穿越黑山的高原和旷野,跨过一道道河流,徒步或骑马前往起义者的营地,愤怒地报道土耳其对当地居民的暴行,而当英国领事声称他的一系列文章是虚幻之作时,他向《卫报》寄去了一份被烧毁的村庄和土耳其暴行受难者的详细名单。

在这段时间里,他迎娶了自己的新娘。那是他的一个朋友——牛津大学一位历史学家的女儿。他在杜布罗夫尼克购买了一处漂亮的威尼斯式宅院,房子的名字叫作"圣拉扎罗府邸"②。但这绝不意味着他放弃了公共政治活动。当又一场反抗奥地利的起义爆发时,埃文斯与起义者保持着联系,并且满怀热情地书写他们的胜利。至此,占领者的耐心已然耗尽。他被奥地利当局逮捕,并于一八八一年春天被迫与妻子一起离开了达尔马提亚。为了满足家人的愿望,他回到了英国。"他得到了教训并且从此将待在家里,我希望是这样。"他的一个亲戚这样写道。

---

① 原文为法文。
② 原文为意大利文。

这是错误的希望。具有反抗精神的埃文斯在那些传统的框框里找不到自己的位置。正规大学考古学系里缺乏宽广的视野，对古典艺术的浅薄崇拜，言必谈古典以及经院派的学科划分，这一切都让他感到愤懑不已。"现在发生的一切，就仿佛针对岛屿和大陆有两个不同的地理学，或者说洪积层①地质学与冲积层②地质学彼此毫无关联。"他在一封信中这样讥讽道。直觉引领他走上了一条正确的道路，但是他还需要获得事实材料。

就在这时，埃文斯动身去希腊进行一次重要的科学考察。在雅典，他拜访了伟大的海因里希·施里曼。两人的年龄和声望相差悬殊（年龄相差近三十岁）。这位德国考古学家已经完成了一系列重要的考古发现：特洛伊、梯林斯和迈锡尼；而他年轻的英国同事仅是一个前途未可限量的名牌大学毕业生——假如在这时死去，他会连同自己对现存历史知识的未经检验的质疑一道，迅速湮灭在记忆的长河里。

他们谈了些什么？我们可以想象这次会面的场景。施里曼可能讲述了荷马，埃文斯毕恭毕敬地倾听，但他完全沉浸于对那些迈锡尼金器、首饰和印章的观赏之中，尽管他不得不将这些珍宝靠近到距自己那糟糕透顶的近视眼只有几厘米的地方。这些物品他倾慕已久，上面的纹饰与学校里讲的已经令人厌烦的古希腊纹饰相去甚远，而更使人联想起亚述和埃及。但是这又是一种直觉、一种审美印象。也许就像一位预感到未被发现的元素的物理学家，或者一位预感到未被发现的新星的天文学家，埃文斯猜想、坚信、推测，一定存在着某种未被发现的文明，可以将古代东方文化与"希腊奇迹"连接起来，构成合理的传承关系。

很难断定，与施里曼的会面对埃文斯来说是否具有转折意义。但在多年以后，当他带着崇敬和深情提起那位前人的时候，他说道：

---

① 由洪积物形成的沉积层。
② 河床、洪水淹没的平原或三角洲中的流水淤积所产生的沉积层。

早年那些浪漫的经历中，有些东西附着到他的个性中，我记忆中留下的几乎是一种神秘感。当我坐在这位身着黑衣的男人对面时，看到他身材瘦削，脸庞柔和，面色灰黑，戴着样式独特的夹鼻眼镜。透过那副眼镜他能洞穿地面，看到泥土深处的东西。

回到英国之后，埃文斯被任命为阿什莫林博物馆的藏品部主任。这座博物馆是十七世纪在牛津大学建立的，到此时已经处于悲惨境地——不同时代、价值各异的藏品往往有着令人生疑的身世。他没有终止高强度的科学旅行，而在一次远行期间，他挚爱的妻子，也是他进行那些艰苦的科学之旅时的忠实伴侣玛格丽特突然去世。在家族里，玛格丽特因诙谐幽默的书信而闻名，在那些信件中，她描述了"历史狩猎者"的生活点滴，例如在巴尔干地区某个偏远旅店里发生的戏剧性的猎虫大战等等。

一八九四年春，阿瑟·埃文斯第一次踏上了自己的缘分之地。克里特岛立刻打动了他的心。他在那里找到了曾在达尔马提亚感动他的一切：土耳其占领下不屈的人民，壮丽的风光，希腊、罗马、法国、威尼斯和土耳其在历史长河中给这里留下的无数丰碑和印迹。在这幅多元文化构成的五彩缤纷的拼图之下，埃文斯渴望找到某种迄今还不为人知，无人触碰过的东西。

早在考古发掘工作开始之前，他就曾记载道：

克里特的黄金时代非常遥远，远在我们已知的历史边界之外。

接下来的一句话让我们感觉有些自相矛盾：

没有什么比在古代物品相对稀少且乏人问津的地方，找到来自远古时代的遗迹，更能打动一个研究久远历史的考古学家了。

埃文斯回到英国，并于一八九九年三月再次奔赴克里特岛，这次带着非常具体的目标，就是启动发掘工作。他们一行三人：埃文斯、大卫·乔治·贺加斯——一个比埃文斯年轻，却比他更精通考古技术的人，还有一位是邓肯·麦肯齐——一个精通多种语言的棕红色头发苏格兰人，还是撰写发掘日志的专家。他们像阿尔戈号的船员们[①]一样去赴一场传奇之约，这是现代人文历史上最美妙的传奇之一。大海上风暴肆虐。早已死去的米诺斯人试图保卫自己的秘密。

抵达克里特岛后，一行人立刻在位于凯法洛斯山上的克诺索斯宫附近开始了发掘工作。而工作刚刚开始不久，一片规模宏大的建筑迷宫就呈现在了考古学家们面前。

一八九九年三月二十七日，埃文斯在自己的日记中这样写道：

> 超乎寻常的现象——我们没找到任何希腊和罗马的东西——除了一片黑色的陶片之外。一件公元前七世纪的几何形陶器，还有中央大道附近发现的那些坟墓有些误导了我们……克诺索斯的繁荣期应该追溯到更加久远的年代。多说一句的话，这个文明的鼎盛时期应该前推至迈锡尼时期之前。

一个关于我们历史的全新知识领域就此诞生。我们原本以为早已熟知的希腊世界，突然被一束不期而至的光线照亮。十九世纪的传统理论认为，"希腊奇迹"与环绕它的野蛮人的世界彼此隔绝，而今这种隔绝论应该被抛到故纸堆里去了。

埃文斯面临着一个从今天的角度看来超越了个人能力范围的使命。假如这项发现发生于半个世纪之后，一定会有一个庞大的国际组

---

① "阿尔戈号的船员们"是古希腊神话中的英雄，同伊阿宋一道乘"阿尔戈号"船去寻找金羊毛。

织和一个由多名专家组成的团队对发掘工作进行监管。

埃文斯的梦想是解读克里特文字。在几十年的时间里,他一直执拗地追寻这个目标,但却毫无结果。实话说,当他站到凯法洛斯山脚下,当三十个工人的铁锹插进泥土的时候,他完全没有预料到,命运会对他如此垂青,并赋予他未知文明发现者的崇高称号。

那年他四十九岁,与施里曼开始特洛伊考古工作时的年龄相仿。他没有发现黄金面具,也没有发现藏宝库和珍贵的宝石——如在迈锡尼发生的那样——但他却得以直面一个成熟且精湛的艺术,直面那些饱含魅力与典雅气质的建筑,直面惊人的甜蜜甚至可以说有些颓废的生活方式。这种生活方式随着被揭开的废墟逐渐显露出来。台阶、房间、走廊、平台、院落,这一切共同构成的迷宫让人觉得似乎广阔无边,而埃文斯手里拿着阿里阿德涅的线团①,耐心地一步一步前行。不久,他就不得不雇佣三倍的工人来干活了。实际上,他的这个行动是史无前例的。

埃文斯聘请了专业的建筑师,不是像通常那样,在最后阶段才聘请建筑师来绘制所发掘遗迹的平面和俯视图——他是从发掘工作一开始就聘请建筑师加入。他的第一个同事是西奥多尔·法伊夫——来自雅典英国考古学校的建筑师,接下来是克里斯蒂安·道尔,最后一位是佩特·德容。这意味着什么?这意味着,从一开始,有关复原工作的所有决定就是由阿瑟先生做出。对此,很多专家都不能原谅。

如果要为这位考古发现者寻求开脱的话,可以说克诺索斯宫所用的建筑材料让人绝望。这座宫殿就像是个云雾和梦想之城,在考古学家面前迅速逃离。覆盖壁画的墙壁只要稍稍一碰就灰飞烟灭,燃烧过

---

① 阿里阿德涅是古典神话中克里特岛国王米诺斯的女儿,她的母亲帕西法厄生了一个牛头人身的怪物,米诺斯把它幽禁在一座迷宫里,并命令雅典人民每年进贡七对童男童女喂养这个怪物。雅典王子忒修斯发誓要为民除害,他借助阿里阿德涅给他的线团和魔刀,杀死这个怪物后沿着线顺来路走出了迷宫。(西方成语"阿里阿德涅的线",用来比喻解决问题的方法。)

的木头立柱，实际上只是立柱的痕迹，也根本撑不住任何天花板。所以埃文斯决定追踪自己对宫殿的视觉印象。奥地利学者卡米洛·普拉什尼克①在记述他的工作时，提出的意见非常尖锐，但不无道理。他称如今的克诺索斯宫"差不多是个电影城"，在那里"人们漫步于种种假设之中，尽管那些假设用钢筋水泥建造，但仍脆弱不堪"。

在与历史作品打交道时，我们总是想确认它们是否原汁原味，总是想确定没有人改动过它们，没有人多此一举地为它们做过美容，做过修饰，或是让它们变得更容易读懂。我们总是渴望不借助中间人，而是自己去架设跨越时空的桥梁，以沟通我们和数千年之前生活的人们及那时的神明。作为一个不过分关注精神生活的人，我总是找寻实物的痕迹，以建立某种理解和契约。因此无论是罗马大道上深深的车辙，还是大教堂前面被朝圣者踏出脚印的台阶，抑或建筑工人在石头上留下的痕迹，这一切都同样让我感动。

克诺索斯宫的参观者被剥夺了这种愉悦。现代的建筑材料、涂成棕色和暗红色的立柱配着黑色的柱基和柱头，足以把古老的居民吓跑。

应该说，埃文斯所使用的方法很早就饱受争议。最早的反对者之一就是雅典英国考古学校的校长贺加斯。起初两位学者在工作中彼此配合默契，但二人很快就分道扬镳了。贺加斯指责埃文斯靡费巨资（开始时有部分为公共资金）用于昂贵的重建工程，而这些更似是给外行看热闹，而非供专业人士使用。的确，埃文斯的这种追求壮观效果的倾向可能会激起人们的诟病。

> 例如"宝座厅"的修复，就不是运用科学方法的结果，而只是为了满足一种渴望，即希望以有形的方式重现原本应该留给想象的事物。

---

① 卡米洛·普拉什尼克（1884—1949），奥地利考古学家。

贺加斯在给埃文斯的信中这样写道。后来他甚至威胁要中止资助。

资助在一九〇二年就中断了。在此之前埃文斯一定有所预料，因为一九〇〇年十一月，也就是发掘工作开始后的十几个月时，他在写给父亲的信中就声称：

> 克诺索斯宫是我的理想和事业，而它竟是这样一个穷极一生乃至几代人的时间都可望而不可即的发现。基金会（克里特考古发掘基金会）应该帮助我，但这是另外一码事。如果它给我个人钱，那是完全可以接受的。但我们同样至少可以保留一部分克诺索斯在家里！我决心已下……因此我必须，而且就是我自己一个人，拥有对我所做一切的控制权。也许有人换在我的位置，会有不同的举动，但我知道，我的立场就是这样。也许这不是最好的途径，但对我来说这是使工作得以延续的唯一可行的途径。

这是对埃文斯性格特点的一个极具代表性的注脚。在长达三十年的时间里，克诺索斯成了他的个人爱好和私人财产。他不想和任何人分享荣誉，所以宫殿的形态也就完全由他一个人负责。发掘工作吞噬了他的大部分个人财产——二十五万在当时还相当坚挺的英镑。

埃文斯无可争议的贡献不仅在于他搜集了大量资料，而且还在于他首先开始尝试大规模整理这些资料，旨在构建古代克里特的历史纪年。他还努力捕捉新发现的文明与特洛伊、基克拉泽斯①和整个古代希腊，特别是埃及和美索不达米亚（两个最古老和最著名的文化圈）历史之间的共性与关联。这一点成为可能，是由于在克里特岛发现了安纳托利亚文化②、

---

① 爱琴海南部的一个群岛。

② 安纳托利亚，又名拉细亚或西亚美尼亚，亚洲西南部的一个半岛，位于黑海和地中海之间。波斯大流士大帝、马其顿亚历山大大帝、古罗马帝国、拜占庭帝国、奥斯曼帝国等先后统治过这片土地，历经东西方不同文化的剧烈撞击。

叙利亚-腓尼基文化①和埃及文化的器物,同时也由于考古学家在东方发现了克里特文化器物。埃文斯对埃及与克里特之间的关系给予了特别的关注,而恰恰是埃及历史通过文字渠道实现了深度渗透,对克里特文明的分期产生了决定性影响。

从新石器时代末期到亚该亚人②入侵克里特岛之间的这段历史时期,被埃文斯命名为米诺斯时期。这个岛屿之国历代不知名的君主备受尊崇。

基于陶器等文物,克诺索斯的发现者将米诺斯文明划分为三个时代:早期米诺斯时代是公元前三四〇〇至公元前二一〇〇年,这一时代的代表性陶器是"烟熏陶",单色较为常见;中期米诺斯时代是公元前二一〇〇至公元前一五八〇年,这一时代的陶器被称为卡马雷西陶(源于发现地的地名),通常为涂黑的底色上带彩色纹饰;而晚期米诺斯时代是公元前一五八〇至公元前一二〇〇年,这一时代的陶器特点是白底上有深色花纹③。每个时代还细分为不同时期和发展阶段,但值得注意的是,埃文斯仿佛受到了有关宙斯每十年延长一次米诺斯国王在位时间的传说的影响,因而反复使用神秘的三段分期法。

对于这个广阔的时空来说,克诺索斯的发现者写道:

> 跨越两千余年,我们将其划分为三个重要时代——早期、中期和晚期米诺斯,接下来在每个时代内部又分为三个时期,而对此则不应过于精确严格地加以理解。每个时期平均延续二百五十年,早期米诺斯时代的各个时期自然要相对长一些。如果我们看一看整个

---

① 腓尼基位于地中海东岸北部,现今的叙利亚和黎巴嫩沿海地带。腓尼基人创造的腓尼基字母是如今的希伯来字母、希腊字母、拉丁字母的起源。

② 亚该亚人是古希腊大陆上四个主要的部族之一(另三个为爱奥尼亚人、埃雷特里亚人和多利安人),亦是荷马史诗《伊利亚特》中对希腊军队的集体称谓。

③ 以上援引的这种历史分期和对米诺斯陶器特点的描述当然是相当公式化的,并不能反映米诺斯艺术和手工艺的灿烂多彩。——原注

米诺斯文明的发展进程或者它的发展阶段就会理解，这一划分实际上是既合乎逻辑，又具有科学性的，因为在每一个文化发展阶段，我们都可以观察到繁荣期、成熟期和衰落期。三个基本的米诺斯历史时代大致对应埃及早王国、中王国和新王国早期。

事实上埃文斯所提出的历史编年有一系列缺陷，需要进行大量的加工、补充和修正。该编年主要针对克诺索斯，但到了其他米诺斯城市，例如马利亚或者斐斯托斯，其准确性就让人失望了，仿佛那里遵循着各自当地的时钟和不同的时间尺度。而且一系列新的考古发现挑战了几乎整个古代东方和埃及的历史年表。希克索斯人①对埃及的入侵应该被"推移"到公元前一七二〇年前后。一九四二年发现的豪尔萨巴德②历代国王名单迫使美索不达米亚的历史年表必须要做出修正。汉谟拉比的统治年代原本被确定为公元前二一二三至公元前二〇八一年，但这时被修正为公元前一八四八至公元前一八〇六年，甚至也可能是公元前一七九二至公元前一七五〇年。因此更年轻的研究人员，包括格洛特、马茨和尼古拉斯·普拉登等人，正在努力寻找比埃文斯的假设更加坚实的基础，对克里特的历史进行断代。他们主要依靠的是不同金属的使用或者岛上宫殿损毁等信息。

倾注埃文斯毕生心血的著作是他的《克诺索斯的米诺斯宫殿》。这部鸿篇巨制是有关古代克里特文明的伟大萨迦，它的第一卷出版于一九二一年，而最后一卷的出版则要等到十五年之后。整部著作包括六卷，三千余页，包含约二千五百张插图。

《克诺索斯的米诺斯宫殿》一书诞生于埃文斯位于尤尔伯里的家

---

① 又译喜克索斯人、喜克索人、西克索人，是古代亚洲西部的一个混合民族，于公元前17世纪进入埃及东部并在那里建立了第十五和第十六王朝（约公元前1674—前1548）。

② 古称杜尔舍鲁金，亚述古城，位于今伊拉克尼尼微东北。

中,那是一座宽大轩敞的房子,主要面积为书所占据。书是作者在考古发掘季的间隙写成的。他同父异母的姐姐在自己的回忆录中描写了埃文斯工作时的情景:

> 他在这儿可以专心写书——把材料按照简单的方式进行分类,就是说给书的每一章放置一个支架台,他从一个桌子走到另一个桌子,就像一个棋手同时在下几盘棋……他真的需要很多空间,材料浩如烟海;此外,在应对这些材料的时候,他没有使用任何现代的便利方式,既没有秘书,也没有打字机,而是始终如一地使用鹅毛笔。

一位不知疲倦的老人。七十五岁时,埃文斯在克里特岛经历了一场地震,他认真而冷静地观察了这场地震,就像普林尼观察维苏威火山爆发①一样。由此他产生一种推断:也许应该到这种恐怖的自然现象中找寻他发现并挚爱的文化最终归于毁灭的原因。在八十岁的时候,他乘水上飞机前往克里特岛,并且高度评价这种新式交通工具。几乎一直到生命终结,他都以铁腕管理着克诺索斯。

第二次世界大战爆发前几年,埃文斯重返达尔马提亚,并且造访了自己过去在杜布罗夫尼克的住所,那里曾有过他与玛格丽特短暂而甜蜜的、难忘的婚姻生活。"我总是每五十年来这里一次。"

他在荣耀的光环与炸弹的爆炸声中去世。这位各种荣耀加身、头顶众多大学的头衔、被国王封为贵族的地中海考古界元老,在经历了如此跌宕起伏的一生后,本应在宁静中离去。他一直工作到生命终结,而且密切关注战争进程。他所热爱的国家——法国、南斯拉夫以

---

① 位于意大利西南部的一座活火山,在公元79年的一次猛烈喷发,摧毁了当时的拥有两万多人的庞贝城。直到18世纪中叶,考古学家将庞贝古城从数米厚的火山灰中发掘出来。

及最后的希腊先后战败,这让他深受打击。希特勒军队曾把参谋部设在他位于克里特岛的"阿里阿德涅别墅"里。一九四一年,他还参观过被敌军飞机轰炸的大英博物馆。

该如何评价这位不同凡响的人物?这与我们并无瓜葛。他的继任者们带着应有的客观在进行这项工作。因为我们这一代人对于维多利亚时代的评价,要稍好于该时代刚结束时登场的那一代人,所以如果我们将他称为考古界的丁尼生①,可能不算过于刻薄。

四

每场考古争论都终将过去②。

——查尔斯·皮卡尔③

埃文斯似乎把有关克诺索斯和米诺斯文明所有该说的话题都穷尽了,可以推测,在有关这个发现的鸿篇巨制问世之后,后人所能做的就只剩下对阿瑟先生所说的一切进行阐释和正确复述罢了。但是就像所有其他知识领域一样,历史研究中的"最后"一词也不属于发现者。马塞尔·布里翁④曾略带感伤地说,在诸如考古学这样一门不断发展变化的学科中,没有什么是确定无疑和终极不变的。

一九六〇年年中,也就是在埃文斯去世十九年后,爆发了一场激烈的论战。论战的话题表面上看只会令专家学者们兴致勃勃,但实际

---

① 阿佛烈·丁尼生(1809—1892),是华兹华斯之后的英国桂冠诗人。
② 原文为法文。
③ 查尔斯·皮卡尔(1883—1965),杰出的考古学家和古希腊艺术史家。
④ 马塞尔·布里翁(1895—1984),法国散文作家、文学批评家、历史学家。

上它很快就超越了学术的范畴,并在随后的几年中成为报纸、文化周刊和电台里的热点话题。考古学家、语音学家、文化学者之间的激烈争论几乎成为一场公共事件。

英国学者、牛津大学教授伦纳德·罗伯特·帕尔默是这场争论的主角,但他却未能给出最终的定论。他提出了一个具有革命性的,与大多数专家学者的观点大相径庭的全新的历史分期,为希腊的青铜时代给出了全新的纪年。

对于"希腊人何时首次踏上半岛,并从此将那里作为自己的祖国"这一根本性问题,历史教科书和大部分专家都给出了一个大概的年代:公元前二〇〇〇年之后不久。帕尔默承认,在那一时期半岛确曾遭到入侵,但没有任何证据能把这一事件归于希腊人头上。按照他的观点,希腊人在此后被称为希腊的这片土地上定居,是公元前一六〇〇年之后不久发生的事,同时开启了考古学家们所说的希腊青铜时代晚期或者迈锡尼文化。

正如我们接下来要说明的那样,这远非一个仅涉及年代问题的学究式的争论,而是一场带来一系列根本性问题的大论战,还会带来对这个文化不同区域的作用与影响的重新评价。一个问题被重新提出:我们的文明源头在哪里?哪些人是这一文明的骨干力量和动力之源?

第二个非常重要的问题是:希腊人在什么时候征服了克里特岛?在这里,大部分学者也是循着埃文斯的理论,给出一个近似的年代:约公元前一四五〇年。更重要的是,对于学者们来说,这个年份同样意味着米诺斯文化的灭亡,或曰该文化的戛然而止。公元前一四〇〇至公元前一一〇〇年被普遍认为是这个曾经兴盛一时的文明最终的衰落期,一个伟大的文明最终灰飞烟灭,被彻底遗忘。埃文斯所钟爱的学生、杰出的青年考古学家、克诺索斯宫的馆长约翰·彭德尔伯里(在参与克里特游击队的战斗时英勇牺牲)非常形象地指出,那时克诺索斯是一片房倒屋塌的废墟,过往时光的灰暗幽灵和野蛮的土著人在这里逡巡,不知道这里曾经是怎样一个地方。

对于一个似乎在历史上已成定论的观点,帕尔默也根本否定。不同于大部分研究者,对他来说,那段被看作是衰落期的年代,实际上是克里特岛艺术繁荣和经济富庶的时期。岛屿确实处于希腊人的统治之下,但仍然是充满活力的文化中心。

在研究希腊青铜时代的学者、考古学家、语言学家和历史学家的圣殿里,突然出现了这样一个异端邪说。就像在案件审判过程中要提请复审,就必须援引新的证据一样——埃文斯的拥护者要求对方为自己这种耸人听闻的假说提出事实依据。帕尔默断言,他做出这一惊世骇俗的修正,首先是基于一九五二年对线形文字B的解读(该文字对于克诺索斯的发现者来说是个谜),同时还基于一九三九年美国学者布雷根在涅斯托尔①宫发现的大量刻满线形文字B的泥版档案,也就是说与埃文斯在克诺索斯宫发现的泥版相同。来自希腊大陆的这些泥版(主要的发现地在皮洛斯)被毫无疑问地确定为来自公元前一二〇〇年。那么该如何解释来自大陆的泥版与来自海岛的泥版之间那长达两个世纪的间隙呢?埃文斯没有把年代(故意)搞错吗?米诺斯人真像克诺索斯的发现者希望的那样,是这种文字的发明者吗?还是完全相反,这种文字根本就诞生于大陆?

不管怎么说,学者也是人,无法摆脱激情之累。希望自己发现的文明比实际中更加意义重大,更加辉煌壮丽、影响深远,此乃人之常情,不足为奇。

在分析涅斯托尔泥版档案上解读出的文字内容的时候,帕尔默得出结论,即约公元前一二〇〇年的时候,克诺索斯向大陆出口了大量陶制品和金属制品(例如青铜三脚架),按照他的观点,这一时期谈不上米诺斯文化的衰落。

此外还应参考那位大诗人怎么说。荷马从未让考古学家失望过,

---

① 希腊神话中皮罗斯国王涅琉斯的儿子,是涅琉斯的12个儿子中唯一未被赫拉克勒斯杀死的幸存者。

他为寻找特洛伊指明了道路。他说阿伽门农曾统治过迈锡尼，于是施里曼发现了阿伽门农的城堡。他说涅斯托尔在皮洛斯，于是布雷根找到了他的宫殿。那凭什么说这位从未让人失望的伟大诗人这次会搞错呢？他曾说过，米诺斯的孙子、克里特之王伊多梅纽斯①的都城在克诺索斯，他曾参加特洛伊战争（约公元前一一〇〇年），是特洛伊战争的英雄之一。要知道，他曾派出八十艘战船（只比强大的涅斯托尔少十艘），人们还指定他为与赫克托对决的勇士。此外，他还是特洛伊木马团队中的一员——是最早进入城市的人之一。帕尔默努力以此赢得荷马爱好者们的好感，以支持他关于克里特在所谓的衰落期实际上仍然强大的观点。

最终，有点儿像侦探片里的情节一样：一份隐藏在博物馆地下室里的物证，一份不为学者们所知的文件被帕尔默发现。人们对克诺索斯发现者的怀念因此蒙上了阴影。学术争论自此变成了涉及学术造假的丑闻。

帕尔默写道：

> 一九六〇年二月，我觉得，我不能继续认同埃文斯对克诺索斯发现的带有线形文字 B 的泥版的断代。我开始了一系列研究，从而揭示了来自牛津阿什莫林博物馆的很多新的文献。首先，最重要的是我们找到了埃文斯的助手邓肯·麦肯齐记录的考古发掘日志（*The Day Book of the Knossos Excavations*）。这份文件在确定一系列事实方面发挥了重要作用。埃文斯确定泥版年代的主要基础是在小房间中进行的分层，那个房间被称为"马镫花瓶厅"（名称源自带有特色装饰的陶器）。而考古发掘日志中的叙述则完全不同，反而与我有机会研究的埃文斯本人的记载相吻合。最终我们目前拥有了阿瑟先生亲手制作的带有线形文字 B 的泥版复

---

① 克里特之王伊多梅纽斯在特洛伊战争期间曾参加希腊联军。

制品——上个月刚刚在阿什莫林博物馆里找到。这些文献表明,受到克诺索斯发现者高度关注的这些泥版,并非在上述的房间里,而是在宫殿的另一个地方发现的。因此,所有这些直到现在才被揭开的事实,迫使我们对埃文斯的分层和断代打上一个问号。①

没有什么比这更直截了当和冷酷无情了。

帕尔默的整个论述需要做些解释。有人可能会问:干吗为几个打碎的锅搞出这么大动静?——在这里当然不是锅,而是几个带马镫图案的花瓶。难道相信发现者的直觉和经验不是更好些吗?然而学术不应该建立在相信权威之上,一个考古学家应该像检察官,必须能够明白无误地回答三个基本问题:找到了什么?在哪儿找到?和什么一起找到?这个"和什么一起找到"意味着,伴随文物的物品极其重要,因为它不仅能帮助我们确定艺术品的年代,而且能确定整个文明的分期。陶器经常扮演着"考古学家的钟表",或者说时间标尺的角色,因为它的发展、结果和不同时代的风格变化都为我们所熟知。而除此之外,简单地说,打碎的锅就会留在它被遗弃的那个考古地层里面,因为它不会像黄金制品或艺术品那样成为盗贼的目标。

让我们再回到那场争论。帕尔默的指责相当严厉,所以它激起激烈的争吵也就不足为奇了。米诺斯文化的发现者和顶级权威被指篡改了研究结果,以使其与预先接受的理论相吻合——这是温和一点儿的说法。帕尔默还指出,埃文斯不顾实际考古结果是否相符,而武断地认为米诺斯文明要远远早于它实际的年代。关于微妙的米诺斯文明影响问题,情况也有相似之处。如果我们接受帕尔默的理论,那么克里特岛作为迈锡尼文明乃至整个希腊文明之源的地位就会黯然失色。

学者们对克诺索斯发现者的划时代巨著进行了很多修订和补充,

---

① *On the Knossos Tablets*, L. R. 帕尔默著,牛津,1963 年。——原注

但这些工作大多悄然无声，不像帕尔默那异端邪说般的假设，更具有揭露丑闻的意味。对古代文献的解读和新的考古发现，都有可能带来不止一次的轰动。克里特岛最荣耀的历史、这一文明的作用和意义等问题距最终解开还有很长的距离。

几年前，德国学者汉斯·格奥尔格·翁德里希①教授提出了一个大胆的假说，涉及"埃文斯在克诺索斯发现的宫殿到底是什么？"这一根本性问题。要补充说明的是，翁德里希不是考古学家，而是一位古生物学家。然而这种情况经常发生：其他领域的专家学者为一些看似已经最终解决，已经不太能激起热议的话题投射进新的光芒。这种情况的发生大概是因为，他们不太受思维定式的束缚，而把接受可能成为审视和质疑对象的东西作为一种必然。

对于翁德里希来说，克诺索斯并不像埃文斯希望的和后人们不断重复的那样，是克里特历代国王的宫殿，而是一座亡者的宫殿、一座死亡之城、一座巨大的史前墓地。关于米诺斯人的生活，恰如伊特鲁里亚人②的文明一样，不应由他们曾经生机勃勃的港口和城市（何况港口和城市都曾被入侵者占领和改建）来证明，而是应由宁静的死亡港湾、巨大的坟场、阴影定居之地来证明，因为死者墓地比活人的房屋要更加持久。

激发翁德里希思考的是克诺索斯建筑材料的脆弱性。木质的立柱、纤薄的墙壁、石膏和用汉白玉铺就的台阶——更适合于赤足的献祭者行列。与此同时，尽管埃文斯给那里的房间都冠以了各种暗示帝王风采的名称，但房间大都狭窄局促且没有窗户。例如"宝座厅"就很难容下二十个人。由此翁德里希得出的结论是，这里更像是陵墓而非居所。

事实上，埃文斯在修复过程中区分出了一片"勤务区"，然而对

---

① 汉斯·格奥尔格·翁德里希（1928—1974），德国地质学家、古生物学家。
② 又译伊特拉斯坎人。

于这座面积广大的宫殿来说，勤务区显得过于狭窄了，没有足够的建筑面积来容纳作坊、厨房和马厩。

卫生设施、管道设施和饮水系统的遗迹总是能激发游客们由衷的赞叹，但实际上它们可能有着与推测完全不同的用途。那些体形巨大，高达一点五米的*储粮瓦罐*[①]，既然在里面发现了骸骨，那它们真的像其发现者所希望的那样，只是盛放橄榄油的容器吗？而那些装饰着华丽图案的澡盆，难道不更像棺椁吗？

克里特，神秘之岛，它紧闭双唇，紧闭双眼，努力保守着自己的秘密。

这个经常体验波塞冬之怒的地震之岛，又是各种不确定的假说之岛。

五

> 这真是白种人的第一个文明，但又仿佛是毛利人世界里那在阳光下闪耀的潟湖；当我们看到，头发里插着鸵鸟毛的裸体王子们，在裸胸的淮德拉[②]面前垂下自己的矛时，我们无法将这些宫廷游戏与《伊利亚特》或者《奥德赛》联系起来……
>
> ——安德烈·马尔罗[③]

米诺斯文明中最打动人心的，也是我认为使其最接近伊特鲁里亚

---

① 原文为希腊文。
② 希腊神话中克里特的公主，米诺斯王的女儿，忒修斯的妻子。
③ 安德烈·马尔罗（1901—1976），法国著名作家、文化学者，曾任戴高乐时代法国文化部长。

文明的部分，是它没有埃及或是亚述文明所散发出的那种过分的宏伟壮丽和威严肃穆——在埃及和亚述，我们看到的是金字塔、骇人的斯芬克斯、记载着众王之王复仇故事的石刻版。

更重要的是，没有任何君主的肖像保留下来。通常从君主们威严的面容、雄壮的身姿以及压倒一切的气势，可以解读出那是疯狂与血腥的年代。看起来，克里特诸王是以比较平和的方式进行统治，而且是带着君主们少有的谨慎与老练，静悄悄地离开世界去面见自己的神祇。但这也许只是由于我们乐于相信黄金时代，相信人类纯真的童年而造成的错觉。

去克里特岛最好从迈锡尼直接前往。这不是从航班时刻表上抄来的建议，两地之间甚至没有直接的交通。但是假如我们在迈锡尼闭上眼睛，而睁开眼睛的时候已经到了克诺索斯，那时我们才会深受震撼，才会理解这两个地中海文化中心在风格和灵魂方面竟然如此大相径庭。

从艺术史教科书中了解这一切固然是好，但亲眼目睹却始终有着难以抗拒的诱惑力。

迈锡尼宫殿的中心是中央大厅——一个比较昏暗和狭小的独立厅室，刚好可以容纳下国王和众臣，供他们在发动劫掠远征之前进行商议和谋划。这组建筑最典型的特点是无法在外部扩建，内部沉闷压抑，被厚厚的墙壁封闭在狭小的空间里。建筑纵深狭长，宽度较小，似乎是模仿了岩洞的构造，而且只有一个不太宽的入口，面对不速之客时可以很容易地关死大门。建筑屋顶呈双坡形，一看就是出自多雨多雾的国度。简言之，这巨大的城堡所散发的气息，让人联想起中世纪带有幽深地牢的要塞。

而克诺索斯的王宫则截然不同，大量的厅室和房间集中在中央院落周围，庞大的建筑群几乎就是一座城市，却没有任何城墙拱卫（这激起了人们的惊异和赞叹）——完全向空气和太阳敞开怀抱。宫殿给我留下的印象像一座蜂巢，可以任意扩展，是个"开放的结构"，而它的"有机性"在于完美地融入环境地貌,很自然地利用起伏的地形。美丽的台地像叠水一般从山坡上缓缓下降。

这里的建筑像舞台布景般美妙如画,更能让人联想起某部伟大歌剧里层层叠叠的布景,而非一座国王的宫殿、一个高高在上的巨石宝座和一座本应散发着威严雄浑之气的建筑。这种感觉如此不可抗拒和挥之不去,迫使我思考其根源何在。

首先,这里使用的建筑材料比较轻盈松软,难以建造宏大的建筑。迈锡尼建筑所特有的巨石围墙,在这里难觅踪影。用灰泥黏结的碎石墙壁很薄,立柱是木头的,而壁画则把粗糙的墙面变成彩色的帷幔。

无论是建筑材料的种类,还是为数众多的绘画,都无法将一切解释清楚。我想,这种舞台感是来源于米诺斯建筑艺术的本质,源自它的美学。只有这样才能解释建筑结构的层层叠叠、空间节奏的复杂多变、为数众多的阶梯和透光的竖井,以及撼人心魄的远眺景象。简言之,这是动态而多变的建筑,是蔑视威严的建筑。此外还要加上空前的舒适度,卫生间和引水系统这些三千年后在意大利或法国的城堡里都还难得一觅的设施,在这里都已出现。应该说,这里不是威权和杀戮之所,而是无害的谋划与真爱之地。

就是凭借这样的印象,人们书写了很多的篇章来向第一个欧洲文明致敬。按照人们的想象,它应该充满祥和、宁静和喜悦。但是,作为怀疑论的子孙,我们知道太多在现实上裹了糖衣的艺术谎言,都是为了让海豚壁画、鲜花和像人一样微笑的女神能够使我们陶醉。

有一件事发人深省,那就是决定克里特艺术高度的不是这里的建筑、壁画(即便不算那些蹩脚的复制品)或雕塑——实际上这里缺少壮观的雕塑——而是那些彩陶和泥土制作的人偶、光可鉴人的陶器、半宝石上的雕刻以及印章和首饰,仿佛生活在米诺斯岛上就是一场肤浅的游戏,平淡闲适,缺乏狂热、激情与耐心。

英国学者、研究克里特文化的专家摩西·芬利①曾写道：

> 这里有着某种矛盾之处：当涉及动员人力物力时，官殿的建设者们就干得热火朝天，但除此之外，其他的一切都相形见绌，无论是在使用的材料方面，还是在投入的热情方面。看起来，无论是宗教还是王权都别无他求。人们会有一种印象，即自中期开始，从行政机构和意识形态的角度讲，这里的生活就已经稳定下来，已经找到了某种平衡，历经五六百年不曾打破。这段岁月从所有方面讲都是安宁的时光，我们要补充的一点是，那是被动的安宁，没有什么可以激起变革和反抗。自那时开始，技术得到巨大的完善，人口增长，官殿不断扩大，但这一切的发生——可以这样说——都是在一个水平线上。
>
> 公元前一四〇〇年前后，一场天灾不期而至，整个克里特岛的众多殿宇日渐衰败，最终永久性地沦为废墟。关于这场浩劫的细节我们一无所知，来自这一时期，带有线形文字 B 的泥版对此没有只言片语的记述。但废墟是确凿的证据：没有谁能够再像那些古代帝王一样，在六百年的漫长岁月里动员和统治这个小小的民族。②

希腊神话中与克里特有关的最著名的故事是关于弥诺陶洛斯的传说。让我们简单回顾一下那个故事。作为礼物，波塞冬向强大的米诺斯王赠送了一头美丽的公牛。米诺斯的妻子是个轻浮的女人，她勾引了那头公牛，并生下了弥诺陶洛斯——一个牛头怪，为了掩盖自家的

---

① 摩西·芬利（1912—1986），20 世纪西方古典学界的知名学者，以治古希腊社会经济史著称。

② 《希腊人》，摩西·芬利著，华沙，1965 年。——原注

丑事，克里特之王命代达罗斯①建造了一座迷宫。每隔九年，当时臣服于克里特统治的雅典人就要将出身名门的七对童男童女送来献祭。而弥诺陶洛斯就会把来自雅典的童男童女们吞掉。

雅典王子忒修斯和献祭的童男童女一同前往。在抵达克里特岛后，他引诱了米诺斯的女儿阿里阿德涅。借助公主给的线团，他进入迷宫并杀死了弥诺陶洛斯，然后和阿里阿德涅一起向故乡驶去，并成功逃脱了米诺斯的追逐。

像所有糅合了民间故事与宗教神话的传说一样，关于忒修斯的传说也可以有多种理解。希腊人崇尚机智，或者说赞美能够战胜黑暗力量的智慧，崇尚理智的秩序战胜混乱，而这个故事的主人公就是这种倾向的人格化体现。而另一些人在这个故事中看到的是对历史事实的变形，这里指的是雅典从克里特统治下解放出来的过程。按照这样的理解，忒修斯就成为了一位自由主义者、政治英雄和雅典人反抗的领袖，并最终将自己的国家从外族压迫中解放出来。

这是希腊传说，是反克里特的，那么就像所有"反"的一样，具有伤害性。要知道，即便是在希腊传统中，米诺斯也是公正而非残暴的象征。在他死后，众神命他担任冥府黑暗世界里的一位法官。

在克里特肖像作品中没有对弥诺陶洛斯的描绘，然而公牛却是无处不在的，只是它从未以恶魔的形象出现。恰恰相反，公牛更多的是以祭品（在著名的圣地特里亚达石棺上就有公牛作为祭品的情景），或者游戏、比赛和野餐中的动物形象出现的（克诺索斯宫殿壁画上的是不流血的斗牛场景）。

希腊艺术也从未将弥诺陶洛斯展现为凶神恶煞的模样。我清楚地记得一只阿提卡风格的黑体双耳瓶，上面展示的是忒修斯与公牛之间不对等的争斗：人轻易取胜。弥诺陶洛斯双膝跪倒，而忒修斯用摔跤的姿势，左手环抱对手的脖颈，右手将一柄短剑刺入它的脖子。弥诺

---

① 希腊神话中一个著名的工匠，来自雅典。

陶洛斯是美丽而无助的。它有着青年男子的健美身材和一个公牛头。血从它的脖颈流到地上。

可怜的弥诺陶洛斯！我从朦胧的童年时代开始，就对他有着比忒修斯、代达罗斯或者其他一些机智人物更多的好感。当父亲第一次给我讲这个童话的时候，我就感到心灵的震颤和对这个半兽人的同情，他被迷宫和陌生的、充满诡诈与刀斧的人类历史所禁锢。

这种情况大概是"玛丘希"造成的，它是专属于我的弥诺陶洛斯，住在我家通往地下室的台阶下。我把各种美食作为祭品奉献给它，那是从我的牙缝里省下来的：巧克力、糖果，就像宗教巡行和敲钟一样，毫无用处。为了它，我必须违背父母立下的严格禁令：不能近距离接触动物——因为它们是传染病携带者，尽管众所周知，压抑从旧石器时代就已深植于我们内心的崇拜感和服从于陌生人意愿的倾向才是一种大病，甚至是一种残障。多亏了玛丘希，后来那些神秘主义者的读物对我来说不再难以理解。它对我来说是难以抵近的，充盈着陌生的生命，很少用喵喵声呼应我充满爱意的召唤，从自己那猫的灵性的高度，冷冷地看着我那些高调的崇拜行为。

还是回到我们的话题：既然除了来自希腊或埃及的只言片语之外，书面材料极其匮乏，那我们是否还能从总体上讨论古代克里特岛的历史呢？实际上这段漫长历史的全部证据都是物证：宫殿房屋的废墟、陶器、壁画、用泥土烧制的塑像、棺椁。我们甚至不知道米诺斯王朝历代君王的姓名，也不知道他们进行过哪些战争，还有他们在周边岛屿上建立了哪些殖民地。淮德拉、阿里阿德涅、弥诺陶洛斯、安德洛革俄斯的祖国，宙斯的摇篮，这个希腊神话特别垂青的岛屿，关于自己凡世的政治和社会历史却害羞得三缄其口。

线形文字B的破解并没有给解读克里特岛及其居民的历史带来太多光明。实际上，查德威克和文特里斯的天才发现——堪称希腊考古学领域的珠穆朗玛峰——只是带来了克里特被希腊征服的确凿证据，但除此之外，就是些非常枯燥的物品清单，仿佛这种文字只是为了方便会计工作,而不是为诗人、预言家和王室史官创制的。

米诺斯人是否拥有自己的吟游诗人,自己的荷马和自己的史诗呢?他们是否拥有文学?也许有,只不过是写在了不太耐久的材料——纸莎草或者树皮上,而宫殿的大火将它们永久地吞噬了。壁画、印章和宝石展现的是祭司、歌者和音乐家,在我们所知的任何图像文献上,都没有宫廷诗人或者哪怕是抄写员的形象保存下来。

关于米诺斯的宗教,人们已经写了很多。因为没有什么比缺乏文献记载和确凿证据更能燃起学者们的想象力。况且宗教学者——那些人文主义诗人——经常臣服于神秘的想法,其特点是他们确信"万事万物都彼此相连"。借助危险的对比——表面相似的象征物——他们建构出一些光辉耀目的理论,让人联想起在时间和空间上都无比遥远的文明,使得外行们面对它们时变得战战兢兢而又神魂颠倒。

在伊拉克利翁的考古博物馆里,一个令人浮想联翩的物件吸引了我的注意。这不仅是由于它的美学价值,而更是由于它的用途十分诡异。那是一块在克诺索斯找到的象牙板,上面镶嵌着天然水晶、蓝色玻璃和金银片。据推测,这个物件是个骨棋的棋盘,人们也因此俗称其为"棋盘"。但这个棋是怎么玩儿的?是纯粹的赌博吗?还是也要求智慧和计算能力?是两个人还是多人一起玩儿的游戏?最令我感兴趣的是:这是个在风雨交加的冬夜用来打发时间而无须动脑子的游戏,还是一种能够激发巨大热情的竞赛呢?

当我们触碰到远古的崇拜和信仰之时,情况也大致相同,然而不要让这种相似性暗示任何浮躁的东西。因为我们所有人都认同一点,即宗教是古老文明的基础,当然也包括米诺斯文明。宗教不仅启迪了艺术,而且也创制了机构。其他的所有生活领域都只有在与宗教和谐相处,并承受其巨大影响的情况下才能得以顺利发展。米诺斯的考古发现再次向我们验证了这一点。人们发现了神殿和大量祭祀用品,而绘画和浮雕看起来也非常翔实地描绘了各种宗教仪式。但这正如皮卡德所说,书的插画很精美,但没有文字。有时候我们能够解读死去文明的文字，但却无法读懂先人们的精神世界。

关于米诺斯人的宗教，我们无须借用那些高风险的推测，就可以略微说出一二。这种宗教的典型特征是对象征的情有独钟，因为象征可以激发神圣感和神的存在感，而不必让神亲自现身。如很多专家学者所希望的那样，这是高度唯心主义的证明。

就像在其他原始宗教中一样，拜物教的成分不胜枚举，甚至可以说是无处不在。崇拜的对象可以是山岩、洞穴里的钟乳石、作为图腾的木柱或者石柱。在斐斯托斯找到的黄金印章展示了一个裸体女子在石柱前舞蹈的场景——那是石柱在成为基本建筑元素之前的原型，是作为崇拜对象出现的。双刃斧也曾扮演重要的角色。我们在壁画、陶器和宝石制品上都可以找到它的影子，它当然也出现在石头、青铜、白银甚至黄金制品上。那么这种独特的斧子有怎样的含义呢？它是宗教祭祀的圣器吗？抑或是雷电或雷电之神的标志？也许是男性与女性之神相结合的象征？专家们的观点也莫衷一是，但有一点看来确定无疑，那就是米诺斯宫的名称 Labirynt① 就来自这个非希腊语的单词——labrys②，所以实际上 Labirynt 宫的意思应该是"双刃斧之宫"。

崇拜的对象还有松树、棕榈树、橄榄树和柏树等树木，以及蛇、鸽子、猴子和狮子等动物，当然还有在克里特动物寓言集里占有特殊地位的公牛。

有一个重要问题很难找到答案，那就是从什么时代开始，人神同形的倾向开始出现。换言之，从什么时候开始，继护身符、偶像崇拜和象征物之后，神开始以类似人脸的容貌出现？然而有一点确定无疑，即女性神祇占优势，而且在开始阶段甚至只有女性神，就像在古代安纳托利亚的宗教中一样。在对我们来说尚有很多细节模糊不清的克里特岛奥林匹斯山上，有强大的自然之神统治万方，那是掌管世

---

① 意为迷宫。
② 意为双刃斧。

界、人类、动物和植物以及太阳、月亮、大地、海洋和地狱的女神——伟大母亲。对她为数众多的想象来自不同时代，这使得我们可以追踪她复杂多样的特质。她曾化身为陶塑，在狮子、蛇和鸟的陪伴下，成为富饶多产的象征，也曾出现在海船上作为航海保护神，还曾出现在头盔和武器上，这时她又成为战神。有些人认为，"伟大母亲"是米诺斯宗教中唯一的女神。这一观点受到宗教学者的坚决反对。在地中海周边地区，除犹太教外，其他宗教都是多神教。

米诺斯人没有像希腊人或是埃及人那样建筑神殿。他们开始是在天然洞窟里，例如在艾达山山坡上的卡马雷西山洞，或者是迪克特山脉中的派奇罗洞穴里贡献祭品。新石器时代曾经住在这些山洞里的居民建造了自己的房屋，于是把地方腾给了众神。中期米诺斯时代开始时，在山顶上的岩石和泉水附近，出现了小片的用树木和矮墙环绕的祭祀场所。从那时起，人们也开始在建筑群，特别是宫殿中建设礼拜堂。

克里特人的宗教仪式——宝石、花瓶和印章上保存下来的信息显示——一定是令人窒息的场面。仪式大约是以洗涤罪孽开场，然后是血腥的屠宰牛羊献祭（在重大的仪式上最多会屠宰九头牛），而这些祭品经常会成为米诺斯艺术的主题。然后是酒祭。整个仪式以色彩斑斓的大规模宗教巡游收场。在巡游途中，人们载歌载舞，香炉中青烟飞腾，足以让人陷入癫狂状态，并将神祇和恶魔引到世间。

不是男祭司，而是由女祭司来主持祭祀仪式。这在一个把"伟大母亲"作为万神之主的宗教来说，是再好理解不过的了。在克里特的壁画中，凭借独具特色的服饰，可以很容易地把她们辨识出来：袒胸露乳，身穿皮制长裙或者长及脚踝的连衣裙，头戴冠冕。男祭司出现的时间相对较晚，而且他们的作用看起来也并不显著（当然除国王之外——国王是圣牛大祭司）。

因此，米诺斯人的宗教是一个充满疑问的神秘丛林。我们无法说清，这个宗教在多大程度上是克里特人独创的精神产品，又在多大程度上受到了其他宗教的影响。我们可以猜想，在埃及圣牛与米诺斯之间，在亚洲的生殖崇拜与克里特的"伟大母亲"之间存在着某些关联，但是这些联系的来源尚不得而知。

尤里乌斯·恺撒时代的希腊历史学家狄奥多罗斯①曾写道："克里特人说，献给天神的供物、祭品、入教和宗教神秘仪式是克里特岛上居民的首创，而其他种族又从他们那里借用了去。"这句十几个世纪前在米诺斯文化衰落后说出的话，值得人们深思。

希腊人从米诺斯宗教那里受惠良多。那里诞生了长久统治奥林匹斯山的宙斯传说。另外，得墨忒耳崇拜、克里特的动物寓言故事、农耕祭礼和神圣的运动会，这一切极有可能也是从米诺斯的国度传到希腊大陆的。

六

后来发生了可怕的地震和洪水，恐怖的一天一夜降临了……

——柏拉图《蒂迈欧篇》

在从锡拉到锡拉夏岛的途中，海里突然冒出了火，大火烧了四天四夜，周围的大海也燃烧和沸腾起来。

——斯特拉波②《地理学》

---

① 狄奥多罗斯，公元前1世纪古希腊历史学家，出生于西西里，因而又称西西里的狄奥多罗斯。

② 斯特拉波（公元前64或63—公元23），古希腊地理学家、历史学家，著有《历史学》和《地理学》。

在威尼斯广场中央有一口威尼斯风格的莫罗西尼水井,周围饭馆和咖啡馆遍布,是人们喜欢在夜晚时分小聚的场所。我在这儿随便吃了晚饭,头脑里却在思考大灾难的问题,因为没有什么比祥和的八月之夜更适合进行有关世界末日的冥想了。天上群星静静地闪烁,四周是嘈杂喧闹的人声。灾难一定是突然降临——就像米沃什的诗中所说——没有上天的警示和预兆。

我注意到,当我思考远古文明的历史时,更感兴趣的是有关其死因的问题,而不是其他所有涉及他们生活、繁荣和强盛的问题,这让我有些惴惴不安。如果要为自己迷恋灾难找理由的话,这种情况大概是因为,构成发展奇迹的因素通常可以理性地加以解释:合适的地理位置、社会平衡、统治者的智慧等等。然而在那些从世界地图上消失的国家和民族中,则深藏着命运之谜,人自然而然的想法就是要找到那个唯一的原因,那个文明的原罪,那个决定性的时刻,那个在茫然不知和傲慢自负的人类头顶上,神明已经抬起手,准备降下万钧雷霆的时刻。

总体上说,学者们对于米诺斯文化突然中断的大致时间持一致意见,然而若究其中断的原因,则又各执一词。一些人认为,是内部革命为强盛的米诺斯画上了句号,这一理论至少有些风险,因为我们对古代克里特岛的社会生活所知寥寥。另一些人将灾难的根源归于亚该亚人的入侵。然而看起来,最有可能正确解释这一文明消失原因的理论是地震说,即一场剧烈的地震连同洪水和火灾等次生灾害彻底摧毁了米诺斯文明。

这一切在突然之间爆发。一艘海船降下帆篷正在进港,农夫正在调转犁的方向,母亲摇晃着婴儿,米诺斯王正与近臣们商讨复杂的贸易协定,而宫廷的仆役正爬上高竿,好在那里装上花环迎接节日的到来。就在这时,一切突然发生了。

埃文斯在考古发掘过程中发现了明显的地震破坏痕迹。几座宫殿建筑遭到大石块的"轰炸",那显然是地震的力量所为。实际上,一九二六年六月二十六日,埃文斯本人也在克诺索斯经历过一系列地震,这对他后来的推测与结论不可能没有影响。很久以来,人们就努力确定灾难的大致规模,并搞清死亡来临的方向。

克里特岛往北一百公里的地方,坐落着一座名为圣托里尼的岛屿,该岛又名锡拉岛或者提拉岛。远古时代,这个岛又被称为卡利斯提岛,即美丽岛,尽管如今它肯定不在基克拉泽斯群岛中最迷人的岛屿之列。岛并不大,面积约为七十五平方公里,形状像个反写的字母C,突出的一边朝向东。从空中鸟瞰,这个岛的模样就仿佛是抛在海里的一个远古时代魔鬼的下巴。锡拉岛往西约两公里有另外两个更小的岛:锡拉夏岛和阿斯普罗尼西亚岛。这个小型群岛很明显地构成了一个环形,因而不难猜想,这是一个古老的火山口。事实上地质构造也证明了这一点。灰黑色的火山岩石从海里冒出来,形成一道难以靠近的峭壁。只有岛的东部,如月球表面般荒凉的景色才逐渐发生变化,出现了栽满南方植物的花园和葡萄园。

圣托里尼火山的活动能够为我们所知,全凭希腊地理学家斯特拉波的记述。他以叙事诗的方式描写了公元前一九八年的猛烈喷发。那场灾难波及到了基克拉泽斯群岛、优卑亚岛、腓尼基和叙利亚,而赛达城①几乎有三分之二被摧毁。"从火焰中升起一座炽热的岛屿……仿佛是用铰链拉扯起来。"这座岛屿存留至今,岛名叫作卡美尼岛,也就是老火烧岛。编年史还记载了十六世纪末和十八世纪初两次地壳运动造成的剧烈地震,这两次地震也伴随着新岛的诞生。

锡拉岛是地质学家和地震学家痴迷的对象,但出人意料的是,它也给考古学家带来了难得的研究素材。岛上有一个铜和火山凝灰岩矿。二十世纪五十年代,在矿井的一个巷道里,希腊科学家安格洛斯·嘉兰诺普洛斯发现了一些石头建筑的遗迹,还有一些人类的骸骨和炭化的木头。得到消息的考古学家们开始进行系统化的研究。人们

---

① 黎巴嫩南部一座城市,位于地中海岸边。

挖开了一个石头房子组成的定居点，一系列建筑，还有一些保存良好的壁画，其中一幅被命名为《春日降临》，画面展现的是红色的花朵和张着嘴飞翔的鸟儿。几年前，这幅壁画被收入雅典考古博物馆。通过简单的技巧、画法和色彩对比，人们很容易就得出结论，它属于米诺斯文化圈。锡拉岛上挖出的建筑物里有一些有机物残留，它们被送到实验室用美国的放射性碳方法进行分析，测定的年代是公元前十五世纪早期。

那么，这一切与克里特岛上的米诺斯宫有何联系？我们给出的答案是：二者可能有着本质的关系。我们不仅发现了米诺斯人在克里特岛之外的踪迹，而且极有可能的是，锡拉就是那场终结了米诺斯文明的强烈地震的震中。根据可信的推测，灾难就是从那里降临的。

也许听上去有些荒谬，对于考古工作来说，锡拉岛上的条件要比克里特岛好得多。米诺斯宫是被一层薄薄的泥土覆盖，因此发掘出的古迹（特别是绘画）遭到了严重破坏。而火山熔岩和火山灰，可以说有着很好的保护作用，保存状态良好的庞贝足以证明这一点。"假如考古学家的梦想能够实现，"乌尔①的发现者伦纳德·伍利曾打趣地说，"所有古代城市都应该被什么火山的灰烬所覆盖。"在锡拉岛上进行发掘的时候，需要先钻透三十米厚的火山喷发物，然而轰动世界的考古发现正在改变我们有关地中海地区最古老文明的知识。这一发现的拥趸甚至饱含期望地认为，恰恰是这里，而非克诺索斯，曾是米诺斯强大国家的首都和中心。这些极具争议性的假说，与传说中沉没的亚特兰蒂斯有着某种关联，关于这一点我们后面还要谈及。

但是，这样一座小岛上的火山爆发能够造成如此惊人的灭绝事件吗？我们要注意，不仅是克诺索斯遭受了灾难，斐斯托斯、圣地特里亚达、皮尔戈斯、安姆尼索斯、马利亚、普塞拉、古尔尼亚，还有帕莱卡斯特罗和萨克罗，也就是说，整个克里特岛都遭受了浩劫。荷马

---

① 古代美索不达米亚南部苏美尔的重要城市。

笔下那座有着一百座城市的岛屿，顷刻间化为废墟。

地震学家和地质学家认为，这是完全有可能的。他们断言，锡拉岛在喷发之前要比目前大三倍。岛上有一座高达一千五百米的火山。他们认为，灾难的过程本身与一八八三年喀拉喀托火山①爆发极其相似。

在科学著作里和我们曾祖父那一代的报纸上，都可以找到对那次爆发的详尽记载。火山灰被抛到大气层中，长达四十八小时的漫漫长夜笼罩了爪哇岛和苏门答腊岛。在漩涡生成的地方，海浪高达四十米，将二百六十五个村庄从地面抹去。三万六千余人死于非命。夹杂着火山灰的雨水飘落到距爆发点二千五百公里以外的地方。

这样的灾难甚至可能超出了作者们对核战争景象的想象，而地质学家们则断言，锡拉岛上的火山爆发比喀拉喀托火山爆发还要猛烈四倍。几百公里之外都能看到浓烟和烈焰形成的蘑菇云。血色的大雨几周不停。火山灰甚至飘散到中非和欧洲的尽头。火山爆发十几分钟后，三十米高的海浪淹没了克里特岛的沿岸地区。爆炸威力超过了扔到广岛和长崎的原子弹数倍。

关于这场浩劫的记忆自此能够代代相传，也就不足为奇了。我们可以在各种传说、宗教典籍和古代作家的记载中找到它的影子。它在关于杜卡利翁②洪水的希腊神话中出现。而在来自十八王朝的埃及纸莎草上，我们可以读到这样的记载：

> 长夜、惊雷、洪水，白天天空中的太阳像月亮一样苍白……根本无法出门，风暴肆虐了整整九天。哦，让大地的轰鸣快快沉寂下去吧！

当然，还有《圣经》。学者们认为，《摩西五经》中描写的落到

---

① 位于印度尼西亚西南部。
② 希腊神话中普罗米修斯的儿子，在天神惩罚人类的大洪水中幸存的少数人之一。

埃及人头上的十种灾祸，与伴随火山大爆发出现的各种景象极其相似：白天突然变成黑夜、电闪雷鸣、雹灾火雨、瘟疫流行、水变成血色。聪明的摩西利用了自然力的释放，并最终将自己的人民从法老的土地上带了出来。跨越红海的奇迹——根据嘉兰诺普洛斯的观点——只有借助时速高达几百公里的海啸才有可能。考虑到锡拉岛上火山爆发时，在漩涡产生的地方海水可能会隆起高达数十米的令人头晕目眩的巨浪，这足以在距灾难发生地数百公里外的地方造成大规模水体运动。

锡拉岛上的考古发现引起了巨大反响，以至在亚特兰蒂斯学领域诞生了全新的学说。实际上很多人认为那些寻找亚特兰蒂斯的人是比较平和的疯子，而亚特兰蒂斯学本身就是一门值得怀疑的学问。他们在几百年的时间里甚至连自己的研究对象都还未找到。然而考虑到我们如今正生活在一个将幻想化为现实的时代，那么大概也值得花一点时间探讨一下这个问题。

所有的一切都应归结于柏拉图。在晚年写下的两篇对话中，他编造了"一个非常奇怪，但从各方面看又都很真实的故事"。事关一个沉没的大陆。这个故事应该是古希腊七贤之一梭伦①从埃及祭司们那里听来的。

《蒂迈欧篇》和《克里提亚斯》当属这位雅典哲学家最具神秘色彩的作品之列，激发了人们无数的解读、诠释和阐述。两篇对话的诞生大概都受到了毕达哥拉斯的启发，也许是受了埃及或者东方的影响。它们是关于宇宙的伟大史诗，涉及宇宙的诞生和它悠远的历史。理性的亚里士多德就曾经认为，这是柏拉图的幻想之作，没有任何科学依据。但这并不影响亚特兰蒂斯学的研究者们不断地为缥缈的亚特兰蒂斯进行历史年表和地形学方面的修正。

其中一些人认为，亚特兰蒂斯就位于爱琴海上，这显然是受到了

---

① 梭伦（约公元前638—前559），生于雅典，古希腊政治家、诗人，曾担任雅典城邦第一任执政官。

锡拉岛上考古发现的影响。实际上柏拉图本人将亚特兰蒂斯定位于大西洋上，而认为它位于爱琴海的支持者们说，古代地理学有很多疏漏、矛盾和讹误。可是柏拉图曾断言，亚特兰蒂斯是一片大陆而非岛屿，它比利比亚和亚洲放在一起还要大，而且灾难发生于梭伦去埃及之前九千年，该如何看待这些说法呢？对于最后一个问题的回答是，梭伦不太擅长象形文字，所以把象征一百的符号解读成了一千。如果接受这一说法的话，按照通常所认为的，这位希腊智者访问埃及的时间在公元前五七〇年，加上九百年，我们就得到了公元前一四七〇年，与米诺斯文明衰落和锡拉岛上火山爆发的时间非常接近。然而柏拉图笔下的千年或者百年我们能够当真吗？难道它们不会只是等同于"很久以前"吗？

在伊拉克利翁考古博物馆里有一个被称为"斐斯托斯泥版"的展品，在它面前我沉吟良久，甚至画了一张速写，暗自怀着一点期待，希望也许有一天我得到神助，能够做到许多学者梦寐以求而未能实现的事。那梦想是如此强烈，以至有一天夜里我梦到自己将要公布惊天的发现。我站在高高的讲台后，面前是众多杰出的学者，里面既有洪堡①、施里曼，也有所有十九世纪的著名科学家，所有人的形象都呈浅棕色，仿佛在银版照相法照出的照片上一样。坐在第一排的是我初中的拉丁语老师，他一定是受邀来见证自己天才学生的成就。所有人都注视着我，只有我的老师目光低垂。他的异常举动只有当我掏出笔记本并且展开时才恍然大悟，笔记本里面一片空白，没有一个符号，没有一点墨迹。我垂下头，默不作声，然后是长时间的垂头丧气。这时观众席里发出窃窃私语和压抑的笑声。于是我撒腿往外逃，不顾身后恐怖的尖叫。我跑过草地、泥潭、水沟、森林，直到突然惊醒，此时已全身湿透，在意识的边缘。从此我严格禁止自己再做有关解读斐斯托斯泥版的梦，甚至彻底不再想它，而如果我想到了它，就

---

① 亚历山大·冯·洪堡（1769—1859），德国著名的自然科学家、自然地理学家。

太糟糕了,那一定是个比如说赝品,或者是个被排挤的考古学家的恶意玩笑。

实际上,斐斯托斯泥版是又一个克里特之谜,那是一个呈不规则圆形的烧制泥版,厚度两厘米,直径十六厘米。泥版的两面都覆盖着螺旋形排列的象形文字。更麻烦的是,这些象形文字与我们已知却尚未解读出的米诺斯象形文字截然不同。它们看起来像是古腾堡①的祖先,因为每一个符号都是用不同的印章扣压出来的,像是字模的原型。

斐斯托斯泥版是一九〇八年在宫殿废墟里被发现的。一些专家认为,这是来自克里特中期米诺斯时代的遗物,而另一些人则坚持认为,它来自小亚细亚地区。人们在泥版上识别出四十五个不同的符号。它们非常清晰,展示了人的头颅、全身形象、工具、器皿、飞鸟、鲜花、鱼和一系列很难表述的表意文字:斑点区域、方形、各种几何图形、波线等。每隔几个符号就会出现一个竖道,目前还不清楚这是否像有些人猜想的那样是标点符号。

法国学者马塞尔·霍麦特②基于斐斯托斯象形文字与来自南美洲的印第安人岩石刻文之间的某种相似性得出结论,认为这件克里特的文物可能是亚特兰蒂斯最后居民的一封信,信里包含着对浩劫的描写和对少数幸存者命运的记述。然而严肃的学者们都将霍麦特先生的理论归于童话之列。

七

离开克里特的日子日益临近。我还从未如此耐心地擦拭历史的尘

---

① 约翰内斯·古腾堡(?—1468),德国活版印刷发明人。
② 马塞尔·霍麦特(1897—1982),法国考古学家及人类学家。

埃,如此贪婪地吸收来自远古的石头,所以时间的轮廓,过去与现在的轮廓开始模糊,因为只有在这两种自然力中间,人才能最真实、最完整地生活。我几次推迟离开的时间,小心翼翼地分配着日渐减少的德拉克马①,以便能够从命运中再挤出一两天时间。我向自己解释说,克里特不仅有伊拉克利翁和克诺索斯,还有很多要看的东西,因为眼见为实,而我希望验证"伟大母亲"、埃文斯、艾达山白雪皑皑的峰顶和美沙瑞山谷里成熟的柠檬是否真实。

那段时间,我乘着拥挤不堪的公交车在克里特岛四处颠簸,满是杂音的扩音器里传出岩石般粗犷的民歌小调。我就坐在这噪声箱子里旅行,从米拉维尔海湾到斯潘达海角,从北面的爱琴海到南边的利比亚海。我参观了很多地方,其中包括留有米诺斯宫殿遗迹的马利亚,被人称为穷人的庞贝的古尔尼亚,还有戈尔特尼亚——岛上唯一一处同时保存了多种文化印迹和罗马人显著影响的地方。那里有一块镶在墙上的石板,上面用某种手写字体镌刻着法律条文。我还参观了位于圣地特里亚达的国王别墅遗址以及克里特岛上众多废墟中最美丽的一处——斐斯托斯。

我要向获准发掘斐斯托斯的意大利考古学家们致敬。这是一处干净的废墟,没有自命不凡的修复,这一点与克诺索斯完全不同。带领我参观的是亚历山德罗斯。亨利·米勒②在自己最杰出的一本书——《马洛西的巨石像》中描写过同一个人。我毫不怀疑,在度过自己漫长的一生之后,亚历山德罗斯一定会成为导游业从业人员的保护神——"圣导游"。他能化腐朽为神奇,给顽石以生命,使最看破红尘的人焕发热情。

"在我们的宫殿里,"他说,"房间低矮,因为米诺斯人像我一

---

① 古希腊和现代希腊的货币单位。现代德拉克马于1832年成为希腊的法定货币,直至2002年1月1日欧元正式流通时停止使用。

② 亨利·米勒(1891—1980),美国"垮掉派"作家。

样，都是矮个子。我是米诺斯人。"他一直在笑，但当他说出这句话时，却变得相当严肃。"我们这儿也有卫生设施，并不比克诺索斯差。我甚至要说，这里还更好。"紧接着，他就拉着我们去寻找水沟的遗迹，让我们弯下腰，触摸石头，发出啧啧声。最后他带我们爬上一段长长的台阶，到了尽头，他让我们安静。

于是，我们在长长的阶梯尽头安静下来。那是庄严肃穆的一刻。亚历山德罗斯向空中伸出一个手指，指向左边。所有人都转过头去：一条通向大海的山谷，山谷另一侧是白雪皑皑的艾达山。"宙斯的山洞就在那里，在半山腰。"的确，在半山腰有一个深蓝色的斑点，就像镜子上崩掉了一块儿玻璃渣。亚历山德罗斯指着前方说："宙斯就是在那里降生的。"这就有点儿看不太清了，山梁遮挡了宙斯的出生地，所以只要相信就好。

嗨！亚历山德罗斯，亚历山德罗斯，你要是一直在我身边，我就能挪动巨石。我会和你一起，教那些自命不凡的凡人如何在神明面前学会谦卑。我们也许能完成一些不同凡响的事——让不同时代彼此结盟，让生者与死者和谐共生。

而此刻，亚历山德罗斯站在阶梯的顶端，所有人都默不作声。我猜想，亚历山德罗斯是个驭手。他的岩石战车斐斯托斯只是小憩片刻。

我又坐到了伊拉克利翁的威尼斯小广场上，一边看着莫罗西尼的喷泉，一边整理自己的笔记和思绪。我力图回答一个问题：对我来说克里特是什么，这里的什么最让我感动？

除了同情之路，再没有第二条路可以通向世界。

帝国的遗迹、坚固的城堡和壮丽的都市都没有米诺斯宫的废墟那样让我感动。看起来，伟大文明的荣光对于古代克里特岛的居民们来说有些陌生。他们没有挑战命运，而是在自己独特的世界里，在其实是错觉的安全感里，努力延续下去。火山爆发释放出的威力对于其所破坏的一切来说，实在是太大、太残暴了。这里的残迹是摇篮的残迹，这里的废墟是儿童房的废墟。

出发。

从伊拉克利翁向东十几公里就是机场，一大片没有羊群的草场。

飞机一直在海上飞行，从天上俯瞰，它就像刻着波纹的巨石。飞机后面拖着灰色的影子，像一只巨锚。基克拉泽斯，下面的群岛就像一块块抛在水面上的灰黄色的兽皮。

试写希腊风景

献给玛格达和兹贝舍克·柴科夫斯基夫妇

我去希腊,是为赴一次美景之约。在欧洲大大小小的博物馆里,都可以很好地了解希腊艺术,而风景,却只有去亲眼目睹。闷热的夜里,轮船沿着从布林迪西①到比雷埃夫斯的传统航线航行,整夜萦绕我的问题是:天的颜色、海的颜色、山的颜色。

我原本以为,那将是意大利风景的延续,但黎明时分,当地平线上最初的岛屿、伯罗奔尼撒半岛险峻的海岸和科林斯湾逐一浮现时,我终于明白,展现在我面前的,将是一片无与伦比的世界。

这是天生就难以描述的风景。我们无法找到一个地方,哪怕是近似于旅行家视觉感受的总和;我们也无法从这个蔚蓝、群山、水流、空气与光芒的混合体中剪裁出一块风景,然后说:这就是希腊。当然,我们可以说,丰富多彩的风景总是如此,但在这里,我们即将面对的不仅是丰富多彩。在希腊,始终缠绕我的最强烈的感受之一就是动感,仿佛我的眼睛睁开,一直在看着大地诞生的苦难剧目。

群山本应为风景注入威严的宁静,但与阿尔卑斯山不同,在这里我们看到的是不安的叠加、地块猛烈的交错、险峻的断崖、突然的断裂,在它们之间通常是狭窄幽深的峡谷,而宽阔平缓的山谷则比较少见。在陡峭的山崖上,大自然的暴力与狂虐镌刻了自己的姓名。

地质学家说:希腊最常见的石灰岩和白云岩证明,这个国度在亿

---

① 意大利东南部城市。

万年的时间里，曾经被特提斯海淹没。那片大海将北方陆地板块——安加拉古陆（中欧、亚洲和北美）与南方陆地板块——冈瓦纳大陆（非洲、南亚和南美）分隔开来。今天的地中海就是古代特提斯海残余的部分。

凭借火山爆发之力，今天的希腊从海底深处喷薄而出。此处陆地和海洋的轮廓，直到最近的地质时代才逐渐形成。这里是全球地震活动最活跃的地区之一。在希腊的半岛和离岛上，不同历史时期共发生过三百多次地震。

几乎从每一座山上都能看到海。海的尽头是让人的心灵也随之宁静下来的海平线。但即便是波澜不兴，大海没有向岸上发起冲击，它凝重的颜色也时刻提醒人们，那镜面下面覆盖着深渊。

谁要是带着意大利风景画家的调色板来到这里，他会发现，那些甜美的色彩毫无用处。大地被阳光炙烤，因干旱变得喑哑，呈现出亮灰色，有时是灰紫色或者大红色。这样的景观不仅展现在你眼前，也出现在你的两边、你的背后，你能感受到它的冲击，它的包围，它强烈的存在感。高大的树木非常罕见，有时只有高傲的橡树——那是树中的宙斯。山坡上有些小块的绿色，那是些生命力顽强的矮小灌木。路边和比较平缓的山坡上生长着野橄榄，狭窄的叶片像手掌一样分开，在风中飞舞，绿色的叶片背面覆着一层银灰色。贴近地面生长着百里香、银斑百里香和薄荷——酷暑的芬芳。

在光线和阴影之间，是一条对比强烈、如金刚石切割般的分界线，北方国度里我们常见的灰色地带和半阴凉在这里全无踪影。希腊人用彩绘覆盖自己那些神庙里的石材，好让它们不会显得太刺眼。但是在神庙尚未耸立于阳光中之前，希腊的心脏已经开始在大地下搏动。我们应该从洞窟、迷宫和裂缝里开始我们的旅行。

我将尝试描写希腊的风景及其直接造成的结果。

一

村子叫派奇罗,位于克里特岛最高的山峰之一——迪克特山的山脚下。一个魁梧而黝黑的农民导游等待着为数不多的访客,然后带着大家沿蜿蜒的山路向上攀爬,直到一个洞口。据传说,宙斯就是在这个洞里降生的。

阳光普照的山坡上,突然露出一个漆黑的洞口。导游点亮了蜡烛。洞里很陡。没走几步,光线就明显黯淡下来,刺骨的寒意和岩壁上的湿气袭来。黑色的钟乳石——那是疯狂建筑师设计的柱廊、狭窄的通道、众多的凹陷,这一切都在强化人们的印象,即此地是一个神秘的降生之地。

洞窟分为两部分,较高的部分曾作为献祭的场所。从一些残迹中考古学家发现,那里可能是个祭坛。天然的阶梯通向十几米深的第二部分,洞底有一摊漆黑的水。在这里,人们发现了来自于米诺斯时代和迈锡尼时代的*还愿祭品*①。

我们一直往下走,直到一个狭小的地下湖,蜡烛的光线反射在湖面上,就像照在黑色的大理石上。黑暗更浓了,它从四面八方向人压过来,让人越发感到窒息,几乎想用大喊把它驱开。

为什么恰恰选了这个地方作为天神的摇篮?难道他不应出生在山顶,或者在阳光明媚的广阔山谷里吗?为什么他的起点在这样一个洞窟深处?

希腊宗教是天和地的综合。它吸收了一些早于希腊的宗教成分,如克里特、亚洲和埃及的宗教,也融合了具有强烈神秘主义色彩的地

---

① 原文为拉丁文。

中海古老农耕崇拜传统，包括全部为女性的大地之神和"伟大母亲"——生育和丰收之神。宙斯让人感觉是希腊诸神中最具有希腊特点的神，但也并不能摆脱这些影响。他出生在大地的缝隙里，由女神或者山羊阿玛耳忒亚抚养长大，所以从一开始，宙斯就是个二流的神。他后来所获得的尊崇，以及登上奥林匹斯山的王位，都与牧人们（而非农民）引入的新的希腊宗教潮流有关。这一崇拜的特点是：即便不是消灭，至少是限制了农耕文明的神秘因素；男性神占据优势；将主宰世界的众神从大地深处迁往天界。*狄克提山洞*①是新的光明宗教的黑暗摇篮。

从令人窒息的山洞里出来简直是获得解脱。眼前是辽阔的拉西提平原——一派欢悦的农田几何学。风车的帆布翼面在阳光下伸展开来，像一个个巨大的白色向日葵。白色、黄色、绿色交相辉映。贫瘠的山峦从四面紧锁着这片生命之谷。

二

在各种地图上，埃皮达鲁斯②都被标示在海边——天晓得这是为什么。实际上它距海边有三个小时的行程。在到达阿斯克勒庇俄斯③圣殿之前，先要经过一片绿色的前厅——在这个被烈日炙烤的国度里，一个令人难以置信的高大树木和茵茵绿草构成的花园。在整个希腊大概也找不到更加恰当的地方，作为向希腊奥林匹斯山上最慈悲之神的祭拜之所，他正如雕塑家们所展现的那样，总是面带微笑，把能治疗

---

① 原文为希腊文，也称宙斯的山洞。
② 位于希腊半岛东南端，相传是阿斯克勒庇俄斯的出生地。
③ 希腊神话中的医神，太阳神阿波罗与塞萨利公主科洛尼斯之子。

疾病的神奇之手放在饱受病痛折磨，急需得到帮助的人们的身体上。

圣殿占地面积十分广阔，坐落在一片茂盛的草地上。周围的树荫里还散落着一些祭坛、门廊和神庙的残迹。最引人注目，也最神秘莫测的是位于阿斯克勒庇俄斯圣殿附近的圆形神殿。这是一座用五颜六色的石灰岩和大理石建造而成的圆形建筑，建筑上装饰十分繁复，两圈柱廊支撑着整座建筑（外侧二十六根多立克柱①，内圈十四根科林斯柱②）。而真正的谜团是位于圆形神殿地下深处的迷宫，一座令人觉得不可思议的地下建筑。

这座迷宫的横截面让人不禁想起鼹鼠丘。显然，生活在地下的两栖动物和兽类对希腊人来说，是神秘力量的化身。阿斯克勒庇俄斯在拥有一张柔和的人脸之前，曾经是只鼹鼠。埃皮达鲁斯阳光明媚，而圆形神殿下面的迷宫则是这个传说的黑暗根源。

期待获得神明拯救的病人，需要参加一个简单的仪式。在献祭之后，他们被带入神殿，在那里，他们要在还淌着血的献祭动物的毛皮上过一夜。整个过程中最重要的环节是"化育"——期待梦的来临，在梦中，神明会与患者直接沟通。仪式之前应厉行斋戒和身体方面的节制，以确保最佳的化育环境。

埃皮达鲁斯一次可容纳的患者数量可以多达八百人。直到公元前三世纪，人们扩建了门廊，将其作为神殿的前厅。最近的村庄距此有一个小时的路程。朝圣者那时只能露天休息，直到公元前二世纪才为他们建立了客栈。

古代作家们的作品中很少提及埃皮达鲁斯。看来古代学者对个体的事情缺乏兴趣，也不太关注小人物的小病痛。有一些直接的信息保

---

① 古典建筑的三种柱式中出现最早的一种（公元前7世纪），源于古希腊，特点是比较粗大雄壮，其柱身和柱头的形式较为简朴。多立克柱又被称为男性柱。

② 科林斯柱式，以富有的商业城市科林斯的名字命名，这种柱式一般由更多更华丽的花饰来美化柱头。

存下来——还愿所——感恩书,但较年轻的学者们对此持非常保留的态度。

因为即便是对奇迹保持应有的尊重,我们也很难相信克莱奥怀孕五年竟以幸福收场,来到世界上的女婴自己在泉水里洗了澡,这还不算,然后她还和满心欢喜的母亲出去散了步。医治哑女的故事要更可信一些,那个姑娘在看到一条蛇之后发出惊叫,自此开始说话(埃皮达鲁斯附近到处都是体形硕大、性温和的黄色巨蛇,它们是阿斯克勒庇俄斯的助手。它们到处蜿蜒爬行,在"化育所"里做窝)。感恩书里所讲述的故事不乏幽默和情趣。例如一个奴隶打碎了自己主人心爱的酒杯,胆战心惊的奴隶用袋子装着那件贵重器物的碎片跑到埃皮达鲁斯,这一次慈悲的阿斯克勒庇俄斯治好了酒杯。

大概各种偶然事件很多,患者的病症也千差万别,因此并非一切都是编造出来的。人们用石头雕刻一些人体部位,用以献给神明。这些雕刻构成了一座沉默的画廊,证明确实发生过一些严重疾患。

有一种推测似乎很有道理,即面带微笑的阿斯克勒庇俄斯所使用的治疗方法是基于营养学与卫生学的合理结合,而与魔法巫术毫无关系。神明建议人们,要保护头部不受暴晒,要喝加了蜂蜜的牛奶以净化肌体,要注意身体卫生。一份文字中写道:"来自底比斯的科里纳塔斯浑身有很多跳蚤,他来到神庙,在那里遇到了这样的事情:他梦到神把他的衣服脱光,用刷子去除了他身上的跳蚤。第二天康复的科里纳塔斯就从'化育所'里出来了。"

人们普遍认为,希腊医学诞生于神庙之中。但许多证据说明,神迹和医学这两个学科可以说是在和平合作的情况下彼此独立发展的。要知道,总是警告人们不要相信江湖术士的心理疗法先驱希波克拉底[①]却也建议祭祀和祈祷,特别是在治疗忧郁症和噩梦惊厥的时候。

---

① 希波克拉底,古希腊著名医生,约生于公元前460年,对古希腊医学发展贡献良多,被称为"医学之父"。

埃皮达鲁斯的阿斯克勒庇俄斯神庙在许多希腊城市建立了自己的分支机构,我们知道,在其雅典的分支机构里,祭司和医生是一起工作的。阿里斯托芬①讥笑希腊医生大概是没有道理的。喜剧和其必要的夸张不是了解一个时代各种问题的最佳途径。阿斯克勒庇俄斯不是江湖术士的保护神,这一点可以确定。

对阿斯克勒庇俄斯的崇拜从希腊传到罗马。在那里,它被粗俗化并且掺杂了来自埃及和亚洲的巫术内容。有些荒谬的是,在基督教时代,它重新获得了自己原本的纯洁性。殉道者的墓地开始担负"化育所"的职能。名称改变了,但圣徒们使用的方法未变:无论是来自塞琉古的德克拉②,来自埃及的约翰,还是圣科斯马思和达米安③,其实都是一回事。

在埃皮达鲁斯有一座古代世界最美丽的剧院。它的位置与阿斯克勒庇俄斯神庙相毗邻,似乎证明了希腊戏剧所具备的治疗功能。

大概没有人比希腊人更会将建筑变成风景的一部分,成为风景的补充或者高潮。如果可以将神殿比作丛林的话,那么剧院就让人想起险峻的山谷。建筑师没有将呆板的几何和冰冷的比例带入大自然。背靠山坡的埃皮达鲁斯剧院是足以与帕提农神庙相媲美的建筑杰作。

为避免节奏单调,就像在雅典卫城上一样,这里也使用了精妙的视觉修正法。半圆形的观众席被一条称为*通道*④的走廊分成两部分。上半部的倾斜度与下半部不同,比下半部更陡一些。同样,半圆形观*众席*⑤的底部边界和乐池也不是两个同心圆,仿佛是想故意弱化两个同样的几何图形之间的碰撞。

导游们在半圆形舞台上撕纸或低声说话,以向游客演示这座建筑

---

① 阿里斯托芬(约公元前446—前385),古希腊早期喜剧代表作家。
② 塞琉古的德克拉,基督教的早期圣人之一,相传是圣保罗的女门徒。
③ 圣科斯马思和达米安是双胞胎兄弟,基督教早期殉道者。
④⑤ 原文为希腊文。

良好的声学效果。而当一切沉寂下去，则应专注于那被晒热的石头，沉醉于那群山、树林和云朵举行的永恒演出。十几公里外的阿尔格利斯平原遥遥在望，上面分布着一些起伏的丘陵，而离海越近，丘陵也越是平缓。

三

"这就是遍地黄金的迈锡尼和珀罗普斯人①血染的宫殿。"

残留的黄金如今收藏于雅典的博物馆里。宫殿现在则是一座阴郁的要塞，留下的只有血和石头。当小路突然拐弯，出现在面前的就是希腊的杀戮之都。即便我们对希腊神话的记忆很贫乏，但迈锡尼仍会给人留下悲剧造访之地的深刻印象。

卫城的形状是不规则线条勾勒出的三角形，底边长约二百米，两个斜边长三百米。它坐落在一个土丘上，周围有巨石墙环绕。两侧陡峭的山谷将要塞与毗邻的裸露山坡区隔开来。

要塞整体上给人的印象是一个严厉的巨人，尽管迈锡尼的力量并不体现在庞大的规模上。由于地形地貌的剧烈变化，一切都显得比实际尺寸要大很多。这里的景观是野性的、封闭的。天空被山峰撕成碎块儿，愁云笼罩在迈锡尼上空。

能够历经三千五百年的历史狂飙而屹立不倒，足以证明这座巨石墙是建筑学杰作。它的名称非常准确，因为它看上去更像是大自然的杰作而非人力所为，让人不禁想起被冰川推到这片狭窄山谷里的巨石。山谷里沟渠遍布，两边的群山将其紧锁其中。

---

① 希腊神话中珀罗普斯统治了伊利斯全国，并夺取了奥林匹亚城。此处指珀罗普斯建立的王朝。

迈锡尼城墙的无名建设者们真是天才的建筑师，他们懂得石头那难以比拟的天性。这些石块表面看上去未经雕琢，有着不规则的边界。石头的缝隙间用较小的石块填充，以确保结构的弹性和自然的肌肉感，这足以解释石墙屹立不倒之谜。

此地的*保护神*①与我们关于迈锡尼统治者的知识恰好吻合。

亚该亚人是最早入侵希腊的印欧人种，他们从公元前二〇〇〇年开始向希腊渗透，很快就占领了伯罗奔尼撒半岛。狼一般的胃口让他们继续向南，一直抵达令野蛮人头晕目眩的克里特。一种混合的文明就此诞生，它将来自北欧的火、水等外来文明成分与地中海文明结合起来。迈锡尼人的几乎所有实用艺术②都是爱琴海艺术的复制品。精巧的黄金制品上装饰着巧妙的图画，角形杯上装饰着鸽子的图案（在按照想象应该安放一只秃鹰的地方），簌簌作响的项链用黄金叶串成——这一切都暗示着迈锡尼封建主的甜美生活。也正因如此，应该深入到厚重的城墙里面，深入到拥挤的房间里面，深入到狭小阴暗的宫殿里面，深入到要塞内部阴郁的圆形墓地里面，以便能够理解来自北方的坚固城堡与克里特人阳光明媚的宫殿之间，有着多么巨大的反差。

亚该亚人以诺曼人的冲击力投身于远征和劫掠。他们的目标包括小亚细亚（不仅是特洛伊，因为赫梯人的文字中也记下了他们的名字）、克里特和意大利。他们带着牛群、黄金和奴隶得胜而归。狮子门重重地关上，门上的浮雕让任何想寻求公正的人都铩羽而归。人们很正确地发现，希腊英雄神话地图（战争的原因在神话中往往得到诗意的升华）与迈锡尼的各个中心可以完全对应起来。

黄昏时分，最好坐在通向阿伽门农③坟墓（一个用石头凿出的石匣）的路边，再次审视那巨石城墙和层层叠叠的迈锡尼废墟。黑夜从

---

① 原文为拉丁文。
② 原文为法文。
③ 希腊神话中迈锡尼的国王、希腊诸王之王，阿特柔斯之子。

山顶徐徐降下,但阿特柔斯人①的巢穴仍然散发出古代黄金和鲜血的暗红色光芒。

四

希腊风景在用神话和悲剧的庄重嗓音向我述说——这种感觉始终存在。无处不在的裸露泥土,刀劈斧凿般的林立巨石,这些都因为植被的稀少而更显突出。白杨、紫杉和橡树等高大乔木生长在山谷里,在那些生命力顽强的矮小灌木的进攻下,森林在四处节节败退。

从历史记载中我们得知,如今光秃秃的克里特山坡,曾经被雪松和柏树林所覆盖。奥林匹亚附近曾经白杨成林,但它们成为了一项律条的牺牲品。那个律条说,白杨树是唯一一种可以在献祭时使用的树种。由于这个原因,如今的希腊风光变得更加狂野,也比古代更缺少绿色。

然而并非不能找到一些幽静之地——比如小树林,我们可以想象苏格拉底与斐德罗②在林中交谈的情景。即便是在雅典市中心,在这座人声鼎沸、摩肩接踵的城市里,也可以从紧靠卫城的车水马龙的莱奥佛罗斯·狄奥尼吉奥·阿莱奥帕吉托大街转个弯,拐进纽斯山上蜿蜒曲折的小道。来这里的最佳时间是傍晚时分,好让自己迷失在桃金娘、月桂和柏树林中。树木并不高大,比高个子男人高不了多少,在薄暮之中它们恍若人形,让人不禁想问候它们,走过去攀谈几句。

我在其他任何国度也未曾体验过这种能与大自然称兄道弟般的独

---

① 阿特柔斯,希腊神话中珀罗普斯和希波达弥亚的儿子,伯罗奔尼撒半岛西北部伊利斯国国王。此处指迈锡尼国王的后代。

② 苏格拉底的朋友,也是柏拉图的《斐德罗篇》中的主人公。

特感受，以及这种大自然可以轻易幻化为人形的感觉。因此我觉得，树木变形为树神不仅是希腊人超凡想象力的结果，而且也是敏锐的观察力和准确抓住周围环境所释放出的信号的结果。

离雅典不远，在苏尼翁角①方向，坐落着阿提卡地区最古老的圣殿——布劳隆。道路先是在田野中穿行，然后就变成了无路的沙地。显然，这个地方大概很少有游客光顾。随着岁月流逝，游客们身上朝圣者的特点已经越来越少了。

在布劳隆卫城的脚下，能看到建筑的门廊呈字母 Π 的形状。多立克式的立柱用浅黄色砂岩建造，不算高大，但与周围低矮的山峦相得益彰，田野里散发着收获的气息，四处是起起伏伏的蝉声，这一切构成了一处人迹罕至的圣殿所独有的氛围。

门廊居于整座建筑的主体位置，而且将其封闭起来。在它旁边，人们发掘出两个小型神庙的遗迹——阿尔忒弥斯②神庙和伊菲革涅亚③神庙，此外还有一座祭司殿。希罗多德④记述说，这里每隔四年就举行一次奇怪的仪式，身穿明黄色长裙的年轻姑娘被奉献给女神，她们被冠以母熊之名。古代希腊人解释说，远古时代，人们在布劳隆杀死了一只母熊献给阿尔忒弥斯，女神于是向这一带降下瘟疫作为报复。将年轻姑娘作为祭品是为了安抚那位森林女神。

这种解释不能深究。近年来，人们在此地的考古发掘中发现了史前人类定居点的遗迹。这使我们可以推测，布劳隆的仪式是某个早于希腊的部落举行图腾崇拜的远古回声，熊是那个部落的保护神。

---

① 位于雅典城南的阿提卡半岛南端，一个三面环水的岬角。
② 希腊神话中生育和多产女神。
③ 希腊神话中阿伽门农和克吕泰涅斯特拉之长女。特洛伊战争时，阿伽门农杀死了一头本该献祭给阿尔忒弥斯的鹿，女神大怒，他的舰队被逆风困在了奥利斯港。为求女神原谅，阿伽门农不得不将女儿伊菲革涅亚作为祭品献给阿尔忒弥斯。
④ 希罗多德（约公元前484—前425），古希腊作家。所著《历史》一书是西方文学史上第一部完整流传下来的散文作品。

希腊有熊吗？最后几头熊还生活在希腊北部的崇山峻岭之中，但总体来说，今天的希腊在动物方面似乎相当匮乏。

十九世纪上半叶，人们在雅典附近的皮克尔米亚修建工程时，偶然发现了一处动物墓地！那次发现轰动了整个欧洲的博物学界。

基于那次发现学者们得出结论：在人类历史开始之前，希腊曾是一片动物资源非常丰富的土地。除山羊、獐子和狗熊等各种温带动物外，在这里生活的还有不少热带动物，如：羚羊、大象、鬣狗、犀牛和猴子。此外还有一些典型的寒带动物，如：麝牛。当然，这里也不乏大型猛兽，如：剑齿虎和狮子。希腊雕塑中经常展现的狮子形象，并非如人们认为的那样，仅是凭借想象。

皮克尔米亚的动物墓地是一次大规模山火造成的，成群的动物拼命奔逃，最后滚下陡峭的山崖而丧命。

在欧里庇得斯①的《在陶洛人里的伊菲革涅亚》中，我们可以找到有关布劳隆的记载。文中写道："而你，伊菲革涅亚，在布劳隆的圣山上，你将是掌管神庙钥匙的人，死后你也被葬在那里。人们将把死于分娩的妇女留下的上好布料奉献给你。"

在欧里庇得斯的时代，伊菲革涅亚已经只是一位死去的女英雄。而在此之前，她还被作为生育女神列入仙班。她的位置让给了阿尔忒弥斯，就像海伦娜，原本是女神，后被降级为墨涅拉俄斯②的妻子——导致了特洛伊战争之灾的肇事者。这些降级意味着什么？也许是因为在悲剧诞生之前的一段时间，需要对所有传说进行编排，于是一大批地方神祇必须让位给全希腊的神。

布劳隆弥漫着一种慵懒的、仿佛被遗弃的古老乡村宅院的气息。从卫城山坡上涌出一股山泉，湍急的溪流消失在门廊的地基之下。尽

---

① 欧里庇得斯（公元前480—前406），古希腊剧作家，与埃斯库罗斯、索福克勒斯并称古希腊三大悲剧诗人。

② 希腊神话中斯巴达的国王。

管布劳隆的圣殿被蒙上了一层层传说和信仰的面纱，但在这里建造圣殿似乎更像是出于对水的崇拜——在这个国度，泉水是被当作神迹看待的。

五

德尔斐的风光远远超出一切想象和描写的边界之外。人们用众多美丽的句子来描述它："这是个蕴含着圣物的神秘感、崇高感和恐惧感的地方"；"裸露的巨石形成高大的岩体，神殿在它中央巍然矗立，四周是一片悲壮而高傲的旷野"；"这片被雷神的愤怒反复折磨的土地上，有一个巨大的装饰物"。就像一枚戒指与广阔的地平线相比一样，面对此地的风光，这些话语都是微末和乏力的，无人能用语言穷尽此地的美与神奇。

人来到这山间的旷野，只为揭开众神的秘密。他攀上帕纳塞斯山最高的山崖——从这里根本看不到——那里如此荒凉，以至不曾受惊的狄奥尼索斯①大概还在那里悠然漫步。名为"费德里亚达"的岩壁几乎是从三百米的高度垂直下降。卡斯塔利亚圣泉水②从狭窄的岩缝里涌出。道路开凿在普雷斯托斯山谷的悬崖上方。这条山谷向西通向群山深处，向南则通往伊泰阿海湾方向。极目远眺，海面上波光粼粼，像是蛇身上的皮肤。

德尔斐作为希腊的精神首都，其盛名和地位源于何时已不可考。有些研究者坚持认为，是暴君的统治造成了这一现象。在一些危机时刻，神谕的代言人支持了暴君们风雨飘摇的宝座。值得注意的是，这

---

① 希腊神话中的酒神。
② 根据希腊神话，是能够给人诗歌灵感的圣泉。

里不仅涉及希腊的君主们,而且还有来自弗里吉亚①和安纳托利亚的蛮族国王吉戈斯、克罗伊斯、迈达斯等人。其中迈达斯在七四〇年前后向德尔斐贡献了一座黄金宝座。这是虔诚的表现吗?玛丽亚·戴乐古②说的不无道理:这位亚洲王公像对待一位强大君主一样对待神祇——用收买的办法。

在荷马时代,德尔斐已经声名显赫而且非常富庶。神话告诉我们:此地原本的名称是皮同,统治者是地母该亚。阿波罗希望此地能有自己的神庙。在此之前,需要先杀死母龙皮同——冥界势力的化身。来自于公元前七世纪的荷马赞美诗描写了希腊宗教中这两大基本势力的一场恶斗。

离波光荡漾的泉水不远,宙斯之子用自己的巨弓射死了龙。那是一头狂野的巨兽,曾给人类和他们的劳动成果造成了沉重的苦难。谁碰到它都不能侥幸逃脱,直到射手阿波罗神将自己神勇无比的箭镞射进它的身体。被剧痛撕裂的怪兽蜷缩在地上,发出沉重的喘息……终于魂魄出窍,一命呜呼了。这时,阿波罗自豪地说:"如今你将在此地腐烂,滋养这里的人们。"

荷马赞美诗接着讲述道:胜利者去寻找祭司,作为自己新的神庙和新的宗教的守护者。他化身为海豚游到克里特岛。自此这个地方就被命名为德尔斐③。

神话的第二部分叙述不明,因此有些人将其理解为米诺斯文明对新崇拜中心产生影响的证据。而如今人们更倾向于认为,阿波罗的宗教革命发生于公元前八世纪或更早一些,而此时的克里特岛早已在几个世纪前就被纳入希腊人的统治范围了。与阿波罗神庙相毗邻,在一

---

① 安纳托利亚历史上的一个地区,位于今土耳其中西部。
② 玛丽亚·戴乐古(1891—1979),比利时古典语言学家,也是古希腊宗教历史方面的专家。
③ 德尔斐(Delfy)与"海豚"一词同根。

个名叫玛尔玛利亚的地方，大地众神保持了自己的至高权威，大量的斯芬克斯和其他异于福玻斯①的象征物证明了这一点。极有可能在阿波罗到达之前，皮同曾是神谕代言人的栖居之地。

虽然关于德尔斐神谕的书已经有很多，而且所有研究者都特别强调它的巨大作用，但无论是它的运行机制，还是它的政治地位都依然仅限于推测和假说。埃米尔·布盖说：

> 不管他们是最后的异教徒，还是由于种种原因，想让一切与神谕相关的痕迹都彻底消失的早期基督徒，其结果都是一样：最后一位皮媞亚②将自己的秘密带进了坟墓。

起初，作为神的新娘，皮媞亚必须是处女，后来人们在已婚妇女中寻找，但她们自此将进行修道生活。开始时是每年问一次神谕，后来是每三个月问一次，但在德尔斐的权威达到巅峰之时，也进行特殊问询。女先知的数量也有所增加，但从未超过三人。

在人们的口头传说中，对阿波罗女祭司的描述是这样的：那是被地气喷出来的女人，披散着头发，张着嘴巴坐在三脚椅上。这个歇斯底里的形象与现实相距甚远，因为在德尔斐没有发现任何岩缝能够喷射出这种让人兴奋的地气。这个传说应该被算在后来的基督徒头上——俄利根③和圣金口若望④，他们希望给敌对的宗教机构增添点儿恶魔的硫黄味儿。

神谕问询在神庙里被称为"ádyton（意为禁地）"的地方进行。问询者先要在卡斯塔利亚圣泉里沐浴，交纳费用，然后协助献祭。如

---

① 即阿波罗。
② 古希腊阿波罗神的女祭司，服务于德尔斐神庙。
③ 俄利根（或译作奥利金）（185—251），基督教著名的哲学家和神学家。
④ 圣金口若望（347—407），即君士坦丁牧首约翰一世，因善雄辩而人称为"金口"。

果祭祀顺利完成，他们就进入"禁地"。皮媞亚坐在帘子后面，对问询者提出的问题进行解答。

那些像谚语般模糊不清的预言，需要诠释者进行解读。因此女先知的回答都是被诠释过的。那时的德尔斐是一个复杂的机构，如果可以这样说的话，阿波罗是它的荣誉总裁，但是除了皮媞亚的助手——被称为圣徒的祭司们之外，这里还有各国的大使常驻，以沟通神明的府邸与自己的城邦之间的联系。

遗憾的是，我们不知道其运作方式和人员等级，甚至不知道那些中间人的姓名。一些喜欢刨根问底的研究者从这远古的密谋中解读出了公元前五世纪一个雅典先知及诠释者的姓氏。此人名叫兰普恩，曾在德尔斐工作，但不清楚他是被委派前往的，还是完全出于自发。然而我们知道他曾扮演过非常重要的角色，站在伯利克里[①]一边反对修昔底德[②]。在德尔斐附近出现了一只角的羊。兰普恩对此事作证并且到处宣扬，他声称不久雅典城邦国家将停止在两种政治制度中间摇摆，而大贵族派的首领修昔底德将不得不让位给伯利克里。

从这样一个孤立的事件中，我们无法得出任何总体性结论，如德尔斐总是支持民主力量。亚里士多德说，希腊各城邦国家住在德尔斐的大使们是暴政的支柱。由于信息来源零散，缺乏确凿知识到令人绝望的程度（甚至有关神明的情况也是如此），我们注定只能假设，而每种理论又都可以找到强有力的反证据而遭到反对。

神谕代言人所解答问题的分量千差万别：从个人琐事到战和大计。品达引述过这样一个故事，也许只是个笑话：锡拉岛的一个公民名叫巴托斯，受语言缺陷的折磨（结巴），于是祈求于神明，希望能够摆脱这恼人的病症。皮媞亚回答说，他应该去非洲建立一个殖民

[①] 伯利克里（约公元前495—前429），雅典黄金时期具有重要影响的领导人。
[②] 修昔底德（约公元前500—?），雅典保守派政治家，反对伯利克里所代表的民主潮流。与希腊历史学家修昔底德同名，但并非同一人。

地。听话的巴托斯去了非洲，在沙漠里碰到了一头狮子，惊吓之间他竟然能流利地说话了。这个故事真实与否暂且不论，有一点似乎是肯定的，即德尔斐支持希腊人的移民远征，而且为达此目的，甚至不惜使用结巴。

多亏了希罗多德我们才得以知道，神谕代言人最著名的一件事发生在第二次波希战争之前那些悲惨的日子里。恐惧笼罩了所有的希腊城邦。雅典人求计于皮媞亚，而她的回答丝毫不能让人增添勇气。

> 不幸的人们，为什么还无动于衷？离开你们的家园和筑有圆形城市的高山。因为头颅和身体都不能幸免，一切都会惨不忍睹，被烈火和乘着叙利亚战车的阿瑞斯①的残暴所吞噬。他还会摧毁很多其他的城堡，而非仅你一个；他会把众多神明的庙宇当成火焰的猎物，那景象会让人恐惧得发抖，或者会有黑血从庙宇的屋顶上淌下，预示着不可避免的失败。但是离开神圣之地吧，用勇气回答不幸。

除最后一句话中发出些世俗悲剧的音调（接近于我们今天可能会说的话）外，那彻底失败的景象甚至可能会让最勇敢无畏的人灰心丧气。这时人们听从地米斯托克利②的建议，向神谕代言人请求再次占卜。这一次的回答更加神秘莫测：木头工事能挽救雅典。于是人们建造战船，在萨拉米斯岛海域取得的胜利实际上挽救了整个希腊。

在德尔斐，各种利益集团和政治势力盘根错节，但是认为希腊的精神首都始终俯首帖耳，在危机时刻站在波斯、斯巴达或者最后的马

---

① 希腊神话中的战神。
② 地米斯托克利（公元前525—前460），古希腊杰出的政治家、军事家，雅典人。萨拉米湾海战中，指挥希腊海军将大约600艘波斯军舰诱入雅典外的萨拉米湾一举歼灭。

其顿一方,总是与看似强大的一方结盟的观点,则有些言过其实了。神谕无疑被滥用了,但今天已经很难搞清,哪些是事实,哪些是解读者或试图借助神明之口找到依据者的想象。例如拒绝保卫希腊的阿尔戈斯①和克里特各城市,就是躲在神谕的挡箭牌后面,背叛了与波斯人的战争。但对人性的基本了解使我们不难推断,这一背弃行为的决定性原因与其说是傻瓜般的盲从,不如说是普遍的恐惧。

希腊精神首都的宗教和道德地位给研究者造成了很多困扰。总体上可以说,在此领域希腊的精神首都表现得相当理智,它支持异教崇拜,践行了理性的宽容原则。然而也发生过例外。在征服特洛伊之后,洛克里斯人阿亚斯②侮辱了雅典的女祭司卡桑德拉。为平息此事,洛克里斯人应在长达一千年的时间里向特洛伊人(每年)供奉两个洛克里斯姑娘。她们将始终被仇恨笼罩,过着悲惨的生活,被封闭在雅典神庙里不得离开,也不能和任何人讲话,直到生命的终结。公元前四世纪,洛克里斯人决定终止这一野蛮行为。然而德尔斐建议他们继续维持这一供奉,因为这是分摊到一代代洛克里斯人头上的集体责任。

相当确定的一点是,希腊宗教的人本主义化在很大程度上是借助悲壮的诗歌而非祭司的力量完成的,因为恰恰是埃斯库罗斯③和索福克勒斯④以无比的魄力、尊严和勇气与严重威胁希腊人生活的种族复仇习俗做出了不懈的斗争。他们对宗教人物——那些赎罪姑娘——的理解,要远远高于那些正式的宗教代表。

提到德尔斐,就令人想起在岩壁上雕凿的宽大石阶。神路在拥挤不堪的供奉礼拜堂、门廊、宝库和神庙之间蜿蜒迂回,而雄踞于这层

---

① 希腊城市,位于伯罗奔尼撒半岛东北部。
② 希腊神话中洛克里斯国王俄琉斯之子,参加特洛伊战争的希腊英雄之一。
③ 埃斯库罗斯(公元前525—前458),古希腊悲剧代表作家之一,享有"悲剧之父"的美誉。
④ 索福克勒斯(公元前496—前406),古希腊悲剧代表作家之一。

层叠叠的建筑之上的是多立克式的阿波罗神庙。在更高的地方——最高的山峰上，则是体育场和剧院。

就像哥特式大教堂一样，德尔斐也是集体的作品。公元前五世纪，阿波罗神庙遭火灾焚毁，于是人们举行了一次跨国募捐。德尔斐的祭司们从一个城邦到一个城邦去募集捐款。他们也没有绕开埃及，而埃及法老雅赫摩斯二世为此捐献了一千塔兰同①的黄金。后来，这座复建的神庙再次被地震摧毁，而用于复建的捐赠很快又从全希腊的四面八方涌来，包括那些最贫穷的人也捐出了自己死后的买路钱。

由于地处偏远、道路艰险，所以建筑的成本，特别是运输成本非常高昂。只有用对圣地的依恋才能解释，希腊人为什么没有寻找更便捷的地点来建设自己的精神之都。在采矿点，一块巨石的价格是六十德拉克马②，而运到建筑工地则要贵上八倍。当时一位建筑师每天可以赚到两个德拉克马。

位于阿波罗神庙之下的是还愿所和珍宝库。珍宝库是一些小型宗教建筑，用于存放信徒们捐献的最贵重贡品。为以防万一，这些东西还是不露天存放为好。在这里可以以微缩的方式追寻希腊建筑的发展历程：从最古老的科林斯式珍宝库——简单的长方形厅堂，没有隔断和建筑装饰，直到昔兰尼③宝库——简直是用石头对公元前四世纪的主要数学问题进行的详解。古希腊几何学以尺度与和谐向神明致以敬意。

然而还愿所则证明了希腊各城邦之间的血腥竞争。建设它们不仅是为了向神明致敬，而且更是为了铭记自己的战争荣耀，并提醒对手不要忘记失败。阿尔戈斯的人民奉献自己的还愿所以纪念在厄伊洛埃

---

① 古代中东地区和希腊、罗马使用的质量单位。
② 古希腊银币。
③ 位于今利比亚境内的古希腊城市。

取得的对斯巴达人的胜利。而当斯巴达人在伊哥斯波塔米①战胜了雅典人之后,人们也建造了还愿所,里面放满斯巴达陆军和海军将领的雕像,而它就立在雅典还愿所附近。如果我们补充说,用于建设这些小型神庙的材料来自于对被征服城市的掠夺,那我们就能充分感受到失败者的耻辱。

彼此的敌意和各城邦之间相互冲突的大量例证都不能掩盖一个事实,即尽管如此,希腊仍是一个精神上的整体。这在很大程度上是由于德尔斐的存在。人们从最遥远的殖民地来到这个神圣的山坡,为在神明光辉的指引下获得和解的恩惠。正如品达所说:"他给了我们竖琴和灵感,向我们心中注入对和平的热爱和对内战的痛恨"。

环绕德尔斐的山峦植被稀少,岩石呈棕红色和蓝紫色,一直有崩塌的危险。薄暮时分,在这摄人心魄的背景上,能够看到缓缓移动的苍鹰的身影。

德尔斐——希腊风景的石头王冠。

六

斯巴达几乎无法提供任何审美体验(根本没有)。这座小城——曾是希腊强权的所在地——偏远狭小,房屋残破。斯巴达人用胸膛筑起的坚城,曾享受无数溢美之词,但如今早已化为泥土。那些令人感伤的遗迹,实际上来自于更晚的时代,毫无壮丽气象可言。博物馆乏善可陈,只有一件雕塑值得注意,那就是用粗糙石料雕成的列奥尼达

---

① 伊哥斯波塔米战役,发生于公元前405年,斯巴达和雅典两国间伯罗奔尼撒战争的局部战役,斯巴达船队偷袭摧毁了雅典舰队,并乘胜进逼雅典。翌年,雅典投降。

一世①胸像。它看上去仿佛是米开朗基罗尚未完成的雕塑作品。修昔底德②的预言得以应验——高傲的斯巴达什么也没有留下。

不能提供体验，却能激发思考。人们没能停住时间，尽管整个国家的结构和斯巴达人生活习俗的体系都是为了试图将时间停住。直到最后（指公元前三七一年底比斯人击败斯巴达人），社会鸿沟始终将平民与被排除在法律之外的希洛人③截然分开。后者是无数丑恶屠杀的牺牲品。他们死于斯巴达少年之手，不只是出于仇恨，更糟糕的是，主要出于训练和磨炼战斗意志的目的。在这个最具有寡头政治特点的希腊城邦国家中，权力掌握在一小撮公民手中。自由民的经济活动是被禁止的。从军入伍成为平民所能从事的唯一值得尊重的职业。艺术的保护神是提尔泰奥斯④——他创作了很多赞美诗和颂歌这两种文学形式的作品——在千百年后得到了圣－茹斯特⑤的推崇。

然而斯巴达拥有自己的崇拜者。那当然是一些知识分子，如柏拉图、色诺芬⑥，还有与他们相似的人们。他们更愿意看到国家是靠思想统治，而非由无数令人生疑的生活法则统治。

---

① 斯巴达国王，曾率领三百斯巴达勇士在温泉关与波斯军激战。
② 修昔底德（约公元前460—前395），古希腊历史学家、政治哲学家，曾任海军指挥官。
③ 希洛人制度是古希腊斯巴达城邦的一种国有奴隶的制度，希洛人是被斯巴达人征服的拉哥尼亚和美塞尼亚地区原有居民沦为奴隶者。
④ 提尔泰奥斯，活动于约公元前7世纪的古希腊诗人，诗歌涉及斯巴达生活的各个方面。
⑤ 安东万·路易·德·圣－茹斯特（1767—1794），法国大革命雅各宾派专政时期的领袖。
⑥ 色诺芬（约公元前427—前355），雅典军事家、文史学家。

七

奥林匹亚没有立刻给我留下深刻的印象。那是一片林木茂盛的平坦之地，这在希腊实属罕见。著名的体育场就是一片巨大的草坪。附近唯一一座山丘平整规则，就像克洛诺斯山的坡顶，上面覆盖着浓密的绿荫。光线经过树叶的过滤，又在草地上反射起来，呈现出柔和的绿色，与德尔斐的风光形成鲜明的对照。

早在十八世纪初，奥林匹亚就成为了考古研究的对象。德国人对此地进行了系统的发掘。考古工作一直持续至今。也许正是科学冷冰冰的系统性妨碍了人们对奥林匹亚的美学思考。直到我们置身于博物馆之中，观赏最美丽的希腊排档间饰①和宙斯神庙两个最壮观的三角楣饰②时，我们才能感受到这里真正的价值所在。

令考古学家们忧心忡忡的问题是，保护的原则与修复的原则不总能协调一致，而此问题的存在也并非自今日始。除此之外，出于商业的考虑，人们努力尽早开放考古发掘区，而这经常会阻碍研究工作。如果说，废墟应该拥有自己的感召力，这大概不算过分的夸大其词。当然，这不是说要把缺损的柱子都重建起来，重新贴上排档间饰或者重建庙堂的穹顶。例如，位于苏尼翁角的波塞冬神庙遗址（地理位置绝佳，像灯塔一样矗立在海边陡峭的悬崖上）就拥有修复建筑的完美特征——并非全部修复，但能激发想象。在参观奥林匹亚时，导游手册是游客们的必备品。就仿佛在完成老师留下的功课一样：这儿是赫

---

① 多立克风格檐壁的三角槽排档之间的方形部分，通常装饰有雕塑。
② 希腊罗马时代和文艺复兴时期常用的建筑横梁上一种三角形的装饰形式，由柱子或壁柱支撑。

拉神殿，这儿是宙斯祭坛——他的神庙（粗壮的石柱像树干一样躺在地上），而那儿是菲狄亚斯①的作坊。然而，真正的美的恩惠要到博物馆里才能一见。

据考证，希腊最早的运动会每四年举行一次，通常在七月初或九月初举行。从公元前六世纪开始，这就成了古希腊纪年的基础。运动会持续五天，其组织工作和日程安排会早早地通报各方。近年来，研究者们尝试追寻这些仪式的起源，并解读其中隐含的深意。

奥林匹克的摔跤运动，大概是父亲与儿子（克洛诺斯和宙斯、宙斯和赫拉克勒斯——运动会的守护神）、女婿与丈人（俄诺玛俄斯和珀罗普斯②）为争夺权力而残酷争斗的历史回响。这也成为了全世界无数传说故事的永恒主题。国王的候选人必须表现出自己的高明之处和体力优势——而最有效且毫无争议的方法就是杀死对手。原来如今无涉权力之争的摔跤运动，竟起源于杀戮和夺权。

如我们从《伊利亚特》的故事中所知，阿喀琉斯在帕特洛克罗斯死后创办了运动会。这不仅是一种纪念逝去的英雄的方式，而且该仪式的意义还颇具神秘感。举行运动会的目的是为运动员注入生命的能量，而他们则将这种能量转移到死者身上。

给胜利者唯一的物质奖励就是橄榄枝编成的花环，当然它们并非从路边的橄榄树上随意采来，而是采自"卡里斯特法诺斯"橄榄

---

① 菲狄亚斯（公元前480—前430），古希腊雕刻家、画家和建筑师，被公认为最伟大的古典雕刻家。其著名作品为世界七大奇迹之一的宙斯巨像和帕提农神殿的雅典娜巨像，两者虽已被毁，却有许多古代复制品传世。

② 俄诺玛俄斯是古希腊神话中的比萨王，那伊阿得斯哈珀娜或普勒阿得斯斯忒洛珀（有时也被认为是俄诺玛俄斯的配偶）和战神阿瑞斯之子，希波达弥亚之父。珀罗普斯想要娶俄诺玛俄斯之女希波达弥亚为妻，但是俄诺玛俄斯曾得到一个预言：他将会被自己的女婿杀死。为了阻止这一事情发生，他通过战车赛杀死了12个来向希波达弥亚求婚的人。为了娶到希波达弥亚，珀罗普斯决定与俄诺玛俄斯比赛。为了保证不失败，珀罗普斯向波塞冬求助，后者交给他一辆飞马拉的战车。珀罗普斯和希波达弥亚换掉了俄诺玛俄斯车轮上的车轴，因此俄诺玛俄斯因翻车而死。

树①,据说那棵树是赫拉克勒斯从北方人的国度带来的。这体现了运动会与植物崇拜之间的关系。特别是跑步,赤足有节奏地撞击地面,旨在唤醒大地沉睡的繁殖力。这原本是向赫拉克勒斯致敬的仪式,但不是那个传说中著名的多立克的赫拉克勒斯,而是其更早的化身——那个冥界的赫拉克勒斯——自然魔王。

运动会最初起源于事关生死的摔跤。然而我们也不要以为,在古典时代性命之忧已经彻底消失。比赛不仅是力与美的展示,而更是事关最高奖赏的争夺。特别危险的是四驾双轮战车比赛,在公元前四六二年皮娌亚运动会上,只有一辆战车完整地跑到了终点。刺眼的阳光、弧形急转弯和漫长的赛程造成了很多伤亡事故,而这些事故本身——就像在斗牛中一样——也是观众观赏内容的一部分。

奥林匹亚与德尔斐一样,也是所有希腊人亲如兄弟的象征。在比赛进行期间,被称为"特奥洛伊"②的各国使节宣布休战。社会制度不同、方言习俗各异的各城邦国家原本争吵不休,此时终于可以放松地呼吸自己祖国的空气。那是他们重新发现的,共同的祖国。

运动会是比赛、竞赛或者应该说是争斗,这是希腊文明的基本元素之一。通过争斗产生的不是比较优秀、比较坚强的人,而应是最强者——英雄。因此奥林匹亚是一所力量的学校,是展示个人楷模的场所。

这里还是雕塑学校。运动员将自己的身体出借给神明和英雄。而最杰出的希腊艺术家——菲狄亚斯、米隆③、波留克列特斯④(新美学标准的创立者)则为奥林匹亚工作。

希腊人不懂得团体竞赛。胜利都是个人的胜利,保存下来的运动会优胜者姓名证明了这一点。开始时,在公元前八世纪,优胜者都是

---

① 生长在宙斯神殿旁边的一株古老的橄榄树。意为"适于做王冠的树"。
② 在古希腊语中意为使节、信使。
③ 米隆,活动于公元前480年至前440年的古希腊雕刻家,古希腊艺术古典时期早期的代表人物。
④ 波留克列特斯,活动于公元前5世纪的古希腊著名艺术家,代表作有《荷矛者》。

伯罗奔尼撒人，后来逐渐出现了来自雅典、士麦那①、底比斯、克罗顿②、锡拉库扎③和萨摩斯岛的姓氏。桂冠获得者很有希望在死后成为幸福岛的居民，那里凉爽的海风吹拂，高大的树木花团锦簇，在拉达曼迪斯④和他的妻子瑞亚⑤——最高宝座上统御四方的女神——温柔目光的注视下，入选者轻轻走过。

八

要完整展现希腊的风景，岛屿的景色不可或缺。从伊拉克利翁飞往雅典的飞机上俯瞰大海，可以看到一个个岛屿在海面上浮现。这些岛屿呈黄褐色，边缘支离破碎，宛若狮子的皮毛漂浮在海面上。如果从船的甲板上眺望，这些岛屿则更具人气：外面涂着白灰的平顶房屋、弯弯曲曲的狭小街巷，袅袅炊烟在上面飘浮，一些黑色的人影在从海中拽出的渔网周围忙碌着。

我选了提洛岛号。轮船从比雷埃夫斯港出发，航行了十二个小时，直到米克诺斯岛。船在外海抛锚。摩托艇将乘客运送到一个小渔港。尽管我是夜间到达，但如蜂巢般鳞次栉比的房屋仍然泛出白色的微光。

米克诺斯岛是个很时髦的地方，但幸好由于交通不便，所以还赶不上卡普里岛的水平。最好在清晨时分到码头上去，用目光一点点欣赏岸边的屋舍，这时你的脑海里会浮现出一首巴洛克风格的十四行

---

① 今称伊兹密尔，土耳其西部港口城市。
② 意大利南部爱奥尼亚海沿岸城市，今名克罗托内。
③ 位于意大利西西里岛的一座滨海城市。
④ 希腊神话中宙斯和欧罗巴的儿子，后成为冥界的判官。
⑤ 原文如此，似有误，拉达曼迪斯的妻子应为阿尔克墨涅。

诗,用尽各种美妙的比喻:像粉笔、像泡沫、像大理石、像阿尔卑斯山的雪。那是白色的盛宴——如果"盛宴"一词用在这最宁静的颜色上合适的话。

千百年来,米克诺斯岛就以大海的馈赠为生。这样的句子你可以在各种旅游宣传资料中读到,在那里你经常可以找到真正的名诗警句。严格地讲,从前岛上居民的职业是捕鱼和海盗。小城特别出名之处在于,这里每两家就有一个许愿礼拜堂,而且都是由这两个行业里的头面人物出资修建的。这足以证明:大海常常是异常凶险的,而觊觎他人财富的欲望也是不可抗拒的。

从港口有老旧的摩托艇开往提洛岛。我感受了波塞冬愤怒的威力,实话说,那还算不上真正的愤怒,而只是小声嘟囔,或者说情绪不好而已。但这已足够告诉人们,爱琴海绝不是个小池塘。

况且船主很实在地向游客发出了警告。他指了指垃圾筐旁边一块非常老旧的木板,上面的字迹漫漶不清,也许善于解读复杂手书的语言学家能够看清上面写的内容:本次旅行的风险由游客自己承担。

游客中有一群英国大学生——在命运的威胁面前保持了优雅的冷静。他们展开报纸,但此时并非用来阅读,而是模仿禁欲主义者用来遮脸的罩袍,用报纸遮住脸上的痛苦。德国人立刻开始兴奋得尖叫,但很快就变得疲惫不堪、满面愁云了。一位皮肤白皙、身穿黑衣的瑞典女士始终紧闭双眼,脸上滚下大滴的泪珠。船上除舵手外唯一一个水手——如果用这个词来形容一位世纪老人还合适的话——努力地用一个小桶往外舀水,那是因为不断有翻起的浪花打进船舱。我觉得这次艰险之旅对于理解《奥德赛》中的某些段落是十分必要的。

终于抵达了提洛岛。这是一片贫瘠之地,没有农田,而被海浪堆积起的礁石更像是为海鸥,而非人类准备的。风从四面八方吹来,海水有节奏地拍打着沙滩。全岛面积约十六平方公里。从岛上最高峰辛西娅山顶可以看到一条美丽的岛链:蒂诺斯岛、安德罗斯岛、锡罗斯岛、基斯诺斯岛、塞里福斯岛、安提帕罗斯岛、帕罗斯岛、伊奥斯岛、纳克索斯岛、阿莫尔戈斯岛、米克诺斯岛、伊卡利亚岛。此话有些夸张，实际上不可能看到所有这些岛屿，但它们的名称如此美丽，让我不禁要将它们一一列举出来。提洛岛位于群岛的中部，这也解释了这个圣岛意义特殊的原因。它在迈锡尼时代就已经是著名的地神、丰收之神和生育之神的居所。希罗多德曾记述过从遥远的塞西亚①来此朝圣的妇女们。

在希腊神话中，提洛岛是阿波罗和阿尔忒弥斯的出生之地。在美妙的荷马赞美诗中，他们的母亲勒托②不是向波塞冬求援——正是波塞冬给了这个被怒火中烧的赫拉穷追不舍的女人一个石头庇护所——而是直接向提洛岛求救。她就像个被赶出家门的公主对一个贫穷的农妇说话一样，承诺将会给它报偿——将在祭坛献上许多的百牛祭，还有装满很多辆大车的肥肉。"提洛，如果你愿意收留我的儿子阿波罗……其他人的手将会供养你。"

在把阿尔忒弥斯和阿波罗生下来之前，勒托抱着圣棕榈树的树干跪了九天九夜（原始的分娩方法）。那时这个平凡的奥提伽岛（石子岛）成为了光芒四射的提洛岛。就像德尔斐一样，名称的改变意味着一种新的崇拜的诞生。虽然在几个世纪里，人们向这里引入了越来越多其他的新神祇，但并未以牺牲前人为代价，因为人们遵循一个美好的原则，即不应将年老的父母赶出家门。这无疑是爱奥尼亚人的功劳，他们能够在不损失任何个性的情况下，根据自身需要吸收外来元素。何况不应忘记，整个阿波罗"三人组合"——勒托、阿尔忒弥斯和阿波罗（带着那把永不离手的亚洲式弓箭，在特洛伊城下作为希腊人的对手出现）就是来自东方。

从古代繁荣时期（提洛岛与奥林匹亚和德尔斐并称希腊三个最负盛名的圣地）保存下很多古迹，包括：阿波罗巨大的躯干、美丽的少

---

① 位于东欧和西亚之间的一片地区。
② 希腊神话中的一个女提坦，宙斯的众多配偶之一。

女立像,还有著名的狮台。狮台上的那些狮子前爪直立,向着北方发出无声的吼叫。它们的身体像是被拉长的狗。来自纳克索斯岛的艺术家在约公元前六世纪时雕刻了这些石像,那时他们对狮子的了解大概仅来自他人的描述。

雅典在公元前六世纪成为了希腊最强大的城邦国家之一。他们妒忌提洛岛所拥有的政治和道德地位,因此散布一些古老的神话,旨在突显阿提卡①和提洛岛之间在远古时代的亲缘关系。雅典的僭主庇西特拉图对该岛进行了清理,移除了所有坟墓。自此在提洛岛上既不允许生育,也不允许死亡。临产的母亲和垂死的人们都被运送到临近的里尼亚岛。公元前五世纪,提洛和雅典是反波斯同盟的两首都,但将提洛岛的宝库迁移到雅典,意味着阿波罗的摇篮终将日薄西山了。

提洛岛的复兴发生在希腊化时代和罗马时代。此时这里成为了爱琴海上重要的商业大都会,同时并未丧失自己作为宗教圣地的特征。特别是在罗马人于公元前一四六年摧毁了科林斯②和迦太基③之后,位居欧亚非三大洲之要冲的提洛岛,重新经历了辉煌时期。

这次是新的人、新的神。提洛岛总是像一个好客的旅店。在辛西娅山平缓的山坡上,建起了外国神的平台。三座塞拉皮斯④神庙、一座伊西斯⑤神庙与此前的阿波罗"三人组"神庙以及宙斯和赫拉的神庙比邻而居。卡利马科斯⑥发展了新的传说:提洛岛一条名为伊诺普斯的小溪应该灌满尼罗河的水。埃及圣河之水来向阿波罗朝觐——这是古代世界末期各宗教彼此友善的最有说服力的例证。

人们经常将提洛岛与庞贝作比,其相似性主要在于二者的氛围而

---

① 雅典所在的希腊大区。
② 位于伯罗奔尼撒半岛的东北,临科林斯湾。
③ 位于北非突尼斯北部,临突尼斯湾。
④ 古埃及的一位神祇。
⑤ 古埃及神话中的母性与生育之神。
⑥ 卡利马科斯(约公元前305—前240),古希腊著名诗人、学者、目录学家。

非外观和细节。参观提洛岛的剧院区绝非在墓园中漫步。铺着石块的街道上，保留着车马的印迹。在克里奥佩特拉宫、狄奥尼索斯宫或海豚宫的地面上，会有闪烁的马赛克突然映入眼帘。这座死去的城市依然活着。日常生活的印迹像手印一样，能够在神庙、仓库、宫殿和妓院的墙壁上读出来。

我知道，我写下的一切与题目不符。在描写风景的时候，我的笔过于频繁地滑向了传说和历史的范畴。我甚至无法向自己解释，希腊的风景与其艺术和信仰之间存在着怎样的联系。只有强烈的直觉告诉我，希腊的神庙、雕塑和神话是从这片土地、大海和高山上生长出来的。

描述的欲望和描述的失败。我甚至没能描述一下橄榄树的形态和颜色。而我至少对那棵生长在克诺索斯米诺斯宫宫墙边的橄榄树了如指掌。我用目光数过它所有的叶片，把它的轮廓清晰地记在脑海里。但要成为丢勒①，才能将这种体验变成描绘的对象。

让我来描写一处山坡：山脚下零散的灌木丛呈现银灰色。三所白色的房舍。葡萄园仿佛低矮的长方形凉亭。调了蓝色的绿意从上面播洒下来，而在葡萄架之间则是蓝宝石般的清凉。秋天，角树的叶子就会像声音响亮的青铜制成的小方块。再往上就是龟裂的岩石和稀疏的荒草。

我本想描写来着。

---

① 阿尔布雷希特·丢勒（1471—1528），德国中世纪末期、文艺复兴时期著名的油画家、版画家、雕塑家及艺术理论家。

微末灵魂

致司基斯瓦夫·纳伊德尔①

我看不到，弗洛伊德曾经在什么地方超越自己的心理学之上，我也不知道，他想以什么方式让患者解除那些他自己作为医生也饱受折磨的痛苦。

——卡尔·古斯塔夫·荣格②

我已经不能确切记得，是什么偶然原因让我读到了这篇文章。最有可能的原因是，我在写关于雅典卫城的初稿时，因为工作进展迟缓，我就像往常碰到这种情况时一样，逃避到阅读之中。我读了很多散落在考古学专业杂志中的随笔、专论和文章，而且做了很多笔记。实际上我事先就怀疑这些东西是否会有什么用处。显然我是在自欺欺人，似乎是想为自己找个托词，说明自己没有浪费时间，没有陷入精神空虚，还做了些替代性的、成果寥寥、希望渺茫的工作，但也许从这渺茫的希望中会突然闪烁出灵感的火花。与此同时，在那些古老的图书馆里，每个分类目录的抽屉都包含着成百册各种语言的书目，仿佛在说："你干吗还自寻烦恼，所有东西都写过了，在这个领域没什么可补充的了，你能领受的唯一角色就是编辑。"

就在不安与忧郁之间，我读到了这封西格蒙特·弗洛伊德在罗

---

① 司基斯瓦夫·纳伊德尔（1930— ），波兰文学史家。
② 卡尔·古斯塔夫·荣格（1875—1961），瑞士心理学家，分析心理学的创始人。

曼·罗兰七十岁生日之际写给他的信,而且从这封信的特点看,它是被收在朋友们为给这位伟大作家贺寿而出版的纪念文集中的。

抛开前言和结尾的书信体形式,可以将弗洛伊德的这段文字看作是一篇随笔,更有趣的是,精神分析法的创始人将这一方法加诸自身,严格地讲,是运用到其自身经历中的一段插曲。这段插曲已经过去三十多年,而且表面上看极其琐碎无聊,但像本人所说的那样,却顽固地反复出现在意识范畴,没有任何明显的道理或者原因。

那是在一九〇四年,像往年的八月底、九月初一样,弗洛伊德决定和弟弟一起去地中海度假。然而这一次他们的假期较短,所以决定放弃传统的意大利之旅,而是前往特里斯特,然后打算从那里前往科夫岛小住几日。但在特里斯特偶遇的一位熟人使他们改变了计划。这个季节在岛上非常炎热——他解释说——而去雅典旅行要舒适得多。班轮的时间非常合适,可以留给游客三天时间去游览城市。

奇怪的是,这个看起来很明智且诱人的建议让两兄弟情绪低沉。他们在城里漫无目的地闲逛,谈到雅典之旅时也毫无热情,眼中看到的尽是阻碍。然而当罗特公司售票窗口开放的时候,他们却出现在了那里而且买了票,仿佛暂时忘却了之前的种种疑虑。

"在抵达的当天下午,当我置身于雅典卫城上举目四望,脑海里突然出现了一个奇怪的念头:'原来这一切都真的存在,就像我们在学校里学过的那样。'"他的想法并不奇特,但是准确表达了所有第一次站到斗兽场面前、米洛的维纳斯像面前和蒙娜丽莎画像面前的人的内心感受。但弗洛伊德恰恰是把分析的探针深入到这种经历或者说感受中,以期表明它并非人们所以为的那样简单和寻常。

这位精神分析法的创始人认为,这里出现了一种特殊的共存状况,即在同一心理中,两种相互矛盾的态度及由之引发的两种截然不同的对现实的反应共存。当然这并非某种病理性的自我认知二元分裂,而是在个性中出现了令人不安的裂隙,认知主体与客体之间的简单关系被扰乱。让我们更靠近地观察一下这种现象。

由第一个态度造成的典型反应是惊异，即惊异于雅典卫城真的存在，仿佛此前曾怀疑它存在的真实性；然而第二个态度造成的独特反应是"对这个惊异感到惊异"，因为雅典卫城的现实性此前从未受到质疑。

为了阐明第一种态度，弗洛伊德说，可以略作夸张地将其与一个人的反应作比：这个人在苏格兰尼斯湖畔漫步，突然看到一只著名怪物的尸体被拉上岸来，此时他被迫承认：那怪物竟然真的存在，而我们从来都不相信它的存在。然而第二种态度——我们可以补充一点说，更接近于天真的现实主义——毫无保留地接受所有感官的证据，对于赞叹和恐惧彻底开放，不会被任何思考所扰乱。

对这两种"相互竞争"的感受最自然的理解就是断定，在我们的直接体验与从书本上得来或别人那里听来的东西之间存在着本质的差别，而恰恰是知识和见闻的累加造成了这种感觉的矛盾和现实感的混乱。但是弗洛伊德放弃了这种据他认为过于陈腐且什么也解释不了的说法。

弗洛伊德努力探究，为什么自己在特里斯特如此抗拒那本应极具诱惑力的前往雅典的建议，为什么在置身于卫城之上、直面那些建筑杰作时，自己的喜悦之情被深深的怀疑主义阴影所掩盖。"依照我的感官证据，我此刻站在雅典卫城上，只是我不能相信这一点。"或者同一种感受以另一种更加坚定的方式表达出来："现在我所见的并非现实。"

怀疑主义——就是这个词。这不仅是个词，而且弗洛伊德认为，它还有更多的内涵，那就是深植于人内心深处的心理机制。我们从日常经验中能很好地了解这一机制的运行。多少次当我们遇到不幸时，我们会惊呼"不，这不可能"，仿佛要努力消除这部分现实，将其抛于我们的意识范围之外。作者在这里给出了一个非常优美的文学案例——《哦！可怜的阿尔阿马德》①史诗中的一段，直接体现了这种抗

---

① 原文为西班牙文。

拒反应。布阿卜迪勒①国王得到消息称阿尔阿马德已经陷落。他清楚地知道，这意味着自己统治的终结。但是因为内心的抗拒，他对这个令人无比痛苦的消息假装视而不见，仿佛这样就能改变事态的进程。

人们来向他报信，
阿尔阿马德陷落，
他把信扔进火堆，
*还杀掉了报信人。*②

这个国王的表现和心情很容易理解。他只不过是试图战胜自己的无力感，保持自己依然江山永固的感觉。因此他将那封通报失败的书信投入火里，而且下令杀死信使。在无法改变命运的时候，他选择了破坏传递信息的工具。

这种抗拒反应不难解释。我们可以选取一系列不那么极端、不那么经典和不那么具有文学性，但更接近我们日常经验的案例。吸引弗洛伊德注意的还有同一个心理机制运行的另一方面，这是黑暗的、不合逻辑的、与自我反应本能相矛盾的一面。他努力表明，当幸福突然降临时，比如获得重要奖项、中了巨奖或者是暗恋的女生突然表白，这时人经常表现得像遭遇不幸时一样——就是说也会抛开现实。几乎在所有欧洲语言中都有一句日常俗语，准确表达了这种反应："好得让人难以置信。"弗洛伊德的问题是，如果说对厄运的抗拒是自然而然的事的话，那么我们为什么会对喜讯和命运的垂青做出怀疑和不信任的反应呢？他把这种自相矛盾的情况称为"因成功而失败"。他说，人不仅会因为自己的人生渴望得不到满足而陷入病态，当强烈的期待获得满足时同样会造成这种情况。

---

① 格林纳达王国末代国王。
② 原文为西班牙文。

假如这位耄耋老人在写作这封书信/随笔时,思绪没有回到自己的青少年时代,那么这篇自我心理分析就不算完整。他提到,那时自己家境贫寒、气氛压抑,家里的种种禁令让他的青少年时代缺乏各种机遇和宽阔的视野。

不,他实际上从未怀疑过雅典卫城的存在,而只是从未期待自己有一天能亲眼目睹它的风采。当这一切真的发生时,他想对弟弟说:"你记得我们小时候吗?每天沿着同一条路去上学,星期天就去普拉特公园或者城外随便一个什么熟悉的地方。而现在我们在雅典,在卫城的顶上!我们走过了多么漫长的一条路呀!"他接下来写道:"如果可以将渺小事物与宏大事物作比的话,那么拿破仑一世在巴黎圣母院加冕的那一天,难道不会转头跟兄弟说:'假如我们的父亲此刻在这里,他会说些什么?'"

这是在表达喜悦的自豪,但它仅持续片刻,就几乎立刻被跨越禁忌、摘取禁果的念头以及深深的歉疚感搅乱。歉疚感?是的,弗洛伊德答道。

对谁的歉疚感呢?弗洛伊德的父亲是一个不太富裕的商人,文化程度不高,雅典卫城对他来说没有太大意义。然而儿子们超过了他。他们远远超过了父亲那平凡的人生,把他"推下了神坛",所以应该在这场对"父亲典范的政变"中,寻找作者产生歉疚感的原因。正是这种感觉剥夺了他在与建筑杰作交流时应有的愉悦。

这里我又想起伟大的弗洛伊德的批评家说过的话:"难道彻底渗透进弗洛伊德学派观点的父亲情结证明了,该学派没有做出任何值得关注的,能使人从'家庭浪漫'宿命中解放出来的成就?这种情结连同它盲从的僵化和过度的敏感,是一种被曲解的宗教功能……"

在这封写于垂暮之年的书信/随笔中,作者大概比在其他任何作品中都更强烈地表达了深深的悲观情绪。这不仅是一种认识上的悲观,而且还涉及人性本身,以及人根本无法获得的幸福。

我尽可能忠实地概括了心理分析学说创始人浓缩在一篇短文里的思想轨迹。在那里，他尝试对一次偶然发生的特殊心理现象做出解释。由于这篇文章文笔精妙且极具启发性，我开始考虑，自己是否也会碰到一些相似的情况。就像在阅读精神病学教材时，我们会由于过度投入，而在自己身上找到很多那里描写的病症。

此前我经常问自己一个问题：在面对艺术杰作时我的那种歉疚感是怎么回事？答案并不简单，承认会唤醒主观的恶魔，会让我想起童年，那些生命中的挫折，或者是那些不在的亲人，那些已经逝去，无法与我们分享审美愉悦的人。

所以是这样：站在雅典卫城上，我唤来那些已经倒下的友人的灵魂，哀悼他们的命运，甚至并非哀悼他们的惨死，而是同情他们已无缘再欣赏这世界的无尽美好。我把野罂粟的种子撒上那些被遗忘的坟茔。

然而如果我没有坠入弗洛伊德所描述的那种怀疑主义，那么我对自己的亲眼所见产生疑虑，就是由几个非常重要的原因造成的。既然我已入选——我想——没有什么特别的功绩，就被选出来玩儿这盲目的命运游戏，那我就必须为这个选择赋予意义，去除它的偶然性和随意性。这是何意？意思就是，要面对这个选择，并使它成为我的选择。可以想象，我是所有那些没有成功入选者的代表或者使者。既然已经答应做代表或者使者，那就应该忘掉自我，使出自己全部的感受力和理解力，使得雅典卫城、大教堂、蒙娜丽莎能够在我的内心重现，当然是在我有限的思想和心灵可能的情况下。让我能够把从这一切中理解的东西，再转达给其他人。

我认为，在面对艺术杰作时失去自信是一种很自然的现象。这是艺术杰作的特权，能够击碎我们高傲的自信心，质疑我们自认的重要性。它们带走了我的部分现实感，让我安静，不再像老鼠般围绕那些无聊琐事忙碌不停，也让我不会如圣托马斯·莫尔所说，过于关注那个总想支配一切的"我"。如果我们同意将这一切称为交易的话，那这就是一切可能的交易中最划算的一个。我付出了卑微与宁静，而它们作为交换，给了我自己在内心无法创造的"甜蜜与光辉"。

当代文化的致命罪恶之一，就是它懦弱地躲避与最高价值观的正面交锋。还有就是高傲地认为，我们无需榜样（既包括美学榜样，也包括道德榜样）就能做好，因为据说我们在宇宙中的地位是独特和无可比拟的。正因如此，我们抛弃传统的帮助，在孤独中蹒跚前行，在被遗弃的灵魂的黑暗角落里艰难地找寻。

存在一个错误观点，认为传统就像遗产一样，人们无须努力就能自动继承，所以那些反对继承和不应得的特权的人，也出来反对传统。而与此同时，实际上每一次与过去的接触都要求我们付出努力和辛劳，但这又是艰难甚至徒劳的，因为我们的小"我"总是尖叫着抗拒它。

我一直期待自己不会停止相信，伟大的灵魂之作比我们自身更加客观。而它们将会审判我们。有人曾经恰如其分地说，不仅是我们阅读荷马，观看乔托的壁画，听莫扎特的音乐，而且荷马、乔托和莫扎特也在注视我们，倾听我们，确认我们的虚荣和愚蠢。可怜的空想者、初登历史舞台的新人、博物馆的纵火者、过去历史的抹杀者，他们与那些破坏艺术作品的疯子别无二致，因为他们无法原谅这些作品的宁静、高贵和冷峻的光芒。

雅典卫城

世界上没有一座建筑能如此长久地占据我的想象。照片、画作和描写都是掺了水的食物，既没有香味，也没有色泽和背景。很早以前，我就对那里的地形、主要建筑的尺寸和轮廓了如指掌，但整座建筑群都是位于平面上，呈石膏色，不吸收也不散发光芒，连上面的天空也是纸面上的。

我想象不出任何一种灌木，能够把它安在这座贫瘠的山丘上——这是我最担心的——这座山丘没有岩石的沟壑，甚至连石柱投射的阴影也没有。一切都像用稀释的牛奶做成，一切的线条都完美无缺，以至眼睛和掩藏在眼睛里面的触点从这画面上滑下时，没感到丝毫的阻碍和摩擦，就仿佛滑过玻璃一样。

在前往那里的路上，我内心的恐惧不断生长。我担心此前多少年里反复推测所构建的一切，会被巨大的反差摧毁。如果圣山和它上面保存的神庙遗址并不让我感动，如果我发现它只是分布在世界各地的众多遗址之一，而并非唯一或者哪怕是一处独特的遗址，我是否有勇气承认（哪怕是在自己面前）？我是否会加入那已持续了千百年的赞叹同盟？我们清楚地知道，这赞叹同盟不止在于仍不断更新的感动，而且还在于巨大的劝说能力，在于对信仰的反复述说。

轮船靠上了比雷埃夫斯的码头。第一个失望随之而来：这里看不到雅典。港口的建筑挡住了位于几公里外陆地深处的城市。而我一直以为，恰恰应该是从大海的方向就能一眼看到它。我担心，是摄影家的小把戏把卫城表现得如处于波峰浪谷之中的航船一样巍然屹立。

去市区可以乘坐公交车。我坐在车子的右侧。窗外是成排的房屋、仓库、破败的货场和覆着一层白色灰尘的商店。突然,在一条狭窄的小巷上方,是它,完全出乎意料,高高在上。

一

> 现在在卫城的岩石上还能看到三股叉留下的痕迹,人们说,那是波塞冬在和雅典娜争夺国家统治权时留下的。
> ——保萨尼亚斯①

在第二次米底战争②期间,波斯人曾经登上卫城。尚未弃城而去的守军为数不多。他们被悉数杀死,神庙被焚毁,变成一片瓦砾。这一次,德尔斐的神谕应验了。公元前四七九年,在萨拉米斯岛和普拉蒂亚取得胜利之后,雅典人回到了自己的首都,有人曾准确地描述卫城——只剩下一座空空的基座。

波斯人的宏伟建筑或者埃及的金字塔——无论我们怎么赞美它们的壮丽,对我们来说,终究是无名氏的作品。而存留下来的雅典卫城却与一个人的名字紧密相关,那就是伯利克里。

这个形象在我们的意识中变得高大。他的政治生涯持续了三十二年,但尽管如此,我们如今将整整五个世纪称为伯利克里世纪。

---

① 保萨尼亚斯,亦作帕萨尼亚斯,公元2世纪的古希腊历史学家、地理学家。
② 米底王国,又称玛代王国或米底亚王国,是一个以古波斯地区为中心的王国。实际上米底王国在公元前550年已经灭亡,这里应指发生于公元前480年至公元前479年的第二次希波战争。

关于此人，流传下来许多证据和许多相互矛盾的评价。古代作者中，修昔底德和普鲁塔克①绝对是伯利克里的支持者，而亚里士多德和柏拉图则反对他。柏拉图在《高尔吉亚篇》中毫不犹豫地称其为坏的政治家。他的完整形象出自于学者和小说家的笔下。对那段时期的希腊政治十分熟悉的专家之一纪·蒂·阿斯普瑞蒙特·林登将其比作伟大的英国辉格党人。的确，这个来自地中海的国务活动家更让人联想起英国绅士，性格沉稳、外表平和，但在执行自己的计划时则有着钢铁般的意志。

他比较孤独，周围只有一小群志同道合的朋友，其中包括菲狄亚斯——不仅是一位天才的雕塑家，而且就像是伯利克里身边的马尔罗。

他的许多个性特点与古典时代领导人的形象不符，而且大概不会立刻让人产生好感。他不参加公共娱乐，从不会笑。"*他从不出席招待会*②"——一个法国传记作家继古代作者之后也这样评价他。这在法国人的嘴里意味着放弃了生活中最大的魅力之一。这位富有且知识渊博的大贵族出于深深的爱国情操，违背自己的家庭传统，成为了民主领袖。他对人民没有信任感（在年轻时甚至怀有厌恶之情）。他警惕地观察自己城邦的气氛，在关键时刻借助无与伦比的演说和雄辩才华，将自己的权威加到天平的一端。伯利克里知道，没有雅典他不会成就伟业（小国的政治家通常是喜剧中的角色），他像一个嫉妒心盛的恋人一样，想让雅典的幸福与荣光皆受惠于他。

他的性格和个人生活都极其平凡，众所周知，一个人民党的领导人应该是，或者至少应该打扮成"大众中的一员"。伯利克里至少犯了两个根本性错误，使他与芸芸众生格格不入。他身边聚拢着一批艺术家，更糟糕的是，其中还有哲学家，例如那个将星辰从神明身上剥

---

① 普鲁塔克（46—120），一位用希腊文写作的罗马传记文学家、散文家。
② 原文为法文。

离,并将其称为发光体的阿那克萨戈拉①,还有那个教导人们"如何把弱势观点变成强势观点"的语言分析学家阿夫季拉②的普罗塔哥拉③。普通的雅典民众大概更希望他们的领导者是个粗俗的煽动家而非大知识分子。看起来,他们感受到了对语言(善辩)、现实、权力三者辩证关系的本能担忧。

在一次偶然的情况下,伯利克里朋友们的执着遭到了公众的敌对,这表明他不太受欢迎。于是公元前四三三年,阿那克萨戈拉被从雅典驱逐出去,十六年后,普罗塔哥拉遭遇了同样的命运,其有关众神的著作也被当众烧毁。

阿斯帕齐娅。我们知道,这个女人享有伯利克里炽烈而至死不渝的爱情。为了她,伯利克里和已经与他育有两子的富有的雅典女公民离婚。对于雅典人来说,离婚本身是一件很正常的事。人们将离婚既看作是权利,又看作是习俗。然而让公众舆论大哗的是,伯利克里固执地力求将这种关系合法化。阿斯帕齐娅来自米利都。雅典法律极少承认"跨国"婚姻。此外,更糟糕的是阿斯帕齐娅过于聪慧,完全能与男人平起平坐,因此喜剧诗人——号称是"民众之声"——将她描述为妓女或者妓院老鸨。伯利克里对这些污言秽语不予理睬,但当有人指控阿斯帕齐娅不敬神明时,这位六十五岁的统治者请求法官不要将她逐出雅典。

菲狄亚斯。关于这场官司或者是一系列官司我们知之不多。指控的理由仍然是"不敬神明",因为找这个理由很方便而且总是很难扯清。他们指控这位雕刻家在展现与亚马逊人④作战的雅典盾牌上雕刻

---

① 阿那克萨戈拉(公元前488—前428),古希腊哲学家,原子唯物论的思想先驱。
② 古希腊色雷斯沿海一城镇。
③ 普罗塔哥拉(约公元前490—前420),古希腊哲学家,一生收徒传授修辞和论辩知识。
④ 古希腊神话中皆为女战士的民族。许多强大的希腊英雄通过与亚马逊人周旋来证明自己的勇气。

了自己和伯利克里。告状者是一个叫门农的外国人，他同时也是菲狄亚斯的同事。在这个小人物的背后大概隐藏着伯利克里的某个对手且此人一定十分富有。民众中还流传着关于雕刻家私吞了用于建造雅典纪念碑的黄金的谣言。菲狄亚斯被判剥夺公民身份并驱逐出雅典。

普鲁塔克留下一幅最动人心魄也最具人性光辉的伯利克里肖像。画面上的主人公忧心忡忡地坐在雅典卫城的山坡上，一只手托着那颗不太漂亮、洋葱形状的硕大头颅。历史上流传着许多伟大梦想家的名字，但在他们中间，伯利克里属于最严谨、最认真者之列。

有人指责他重建雅典卫城（在公元前五世纪中叶从提洛岛迁移到雅典）的工程过于浩大，耗费了希腊城邦国家的大部分联盟财政，而这笔钱本应用于防御目的，而非美化城市。可以找出很多理由为伯利克里辩护。

雅典卫城的主体建筑帕提农神庙的建设开始于第二次希波战争结束二十年之后，也就是在伯利克里执政的第十四个年头里。而此前的岁月一直都在进行城市的重建。与罗马人不同，希腊人的房屋和他们的公共建筑都极其简朴。然而雅典人在战胜亚洲强国之后的万丈豪情，雅典作为希腊实际首都的特殊地位，以及谦虚地说，作为"希腊学派"的地位都要求一件能与其雄心相匹敌的作品。

有很长一段时间，人们认为帕提农神庙的建设成本超过了两千塔兰同①。而考古学家罗伯特·斯宾塞·斯坦尼尔根据保存下来的铭文确定，雅典卫城上最大的神庙耗资四百六十九塔兰同，大概相当于约二百座联盟城邦给雅典的岁贡。

围墙、立柱和地板耗费了大部分支出，达到三百六十五塔兰同。天花板、屋顶和大门价值六十五塔兰同。而有意思的是，横饰带、三角楣饰和排档间饰等我们今天评价最高并归于艺术创作范畴的工作，

---

① 古代中东、希腊、罗马使用的质量单位。

却只花费了三十九塔兰同①。

这里还需要补充的是，上面的计算仅涉及建筑本身。当然，在神庙内部还有雅典娜的雕像——那是菲狄亚斯的作品。保萨尼亚斯做出了无与伦比的巨大贡献，他耐心地记录了众多消失的古迹，从而给我们提供了这样一份描述："雕像是雅典娜的立像，她身披长及地面的长袍，胸前是象牙雕刻的美杜莎头像，一手擎着四肘②高的胜利女神，另一只手持着长矛。在她的脚边放着盾牌，而长矛戳在地上的位置还雕着一条蛇。那无疑是厄里克托尼俄斯③的象征。基座上的平雕展现了潘多拉的降生，也就是赫西俄德④和其他诗人所描述的第一个降临到大地上的女人。"

那尊雕像已不复存在，而所有凭推测制成的复制品，即便是奥地利学者卡米洛·普拉奇尼克⑤的那尊最著名的复制品，也很容易把我们引入一种审美窘境。十二米高的巨像，内部用木结构支撑，部分肢体用象牙制成，用金片制作的帷帐、珐琅制作的眼睛、黑色石头制作的瞳孔。幸好这座纪念碑被神殿里昏暗的阴影所遮掩。另外据推测，这件吓人的珍宝要比建筑物本身贵四倍。

雅典经历了前所未有的经济繁荣。大规模开采的拉乌里翁矿山不仅提供了宝贵的银矿石，而且还使得雅典铸造出了最坚挺、最受追捧的钱币，很快成为国际流通货币。土地并不肥沃，甚至相对贫瘠的阿

---

① 换算远古时代的货币永远是一件困难的事。德拉克马和塔兰同对我们来说都是抽象的单位。就我们所知，100 德拉克马相当于 1 个迈纳，而 60 个迈纳相当于 1 个塔兰同。雅典德拉克马的质量略多于 4 克，而其价值约折合为 1/5 美元。一个奴隶价值 150—300 德拉克马，每年平均可带来 60 德拉克马的收入（日租价 1 个 obol）。然而我不知道，这样的换算能否说明雅典货币的购买力问题。——原注

② 旧时长度单位，相当于人的中指尖到肘部的长度。在不同时期、不同地域该单位的实际长度有差别，从 0.47 米到 0.78 米不等。

③ 希腊神话中早期的雅典统治者。

④ 赫西俄德，生活在约公元前 8 世纪的古希腊诗人。

⑤ 卡米洛·普拉奇尼克（1884—1949），奥地利考古学家。

提卡地区的首府①在庇西特拉图时代约有两万居民，而在伯利克里时代则达到二十五万人（包括外国移民和奴隶），这在当时是很不寻常的人口密度（每平方公里超过一百人）。建设大型公共工程不仅为报答神明在希腊与波斯人的战争中提供的帮助，同时也具有经济上的必要性。

很容易想象，雅典卫城是大型国有企业的作品，它雇佣成千上万的奴隶，设计师当然是雅典的天才建筑师们——伊克蒂诺斯②、卡利克拉特③、穆内西克莱斯④，而自由民则负责工程的监理，此外，他们还需要完成神庙的雕刻装饰工作。然而从本质上讲，雅典卫城是一项"团队工程"——我们今天似乎难以理解——数百家小型的手工业作坊为之提供服务。建筑的每一部分都在圣山脚下的作坊里完成，然后用骡子驮到卫城上。有一个细节特别重要而且极大地便利了工程的进展，那就是开采大理石的矿床距雅典只有不到一天的路程。

对工程的参与度取决于公民的富裕程度。拥有一个奴隶的雅典人须运送十车大理石；雇佣两个自由手工业者和三个奴隶的人家，签约负责建起一根立柱。建造一根立柱约耗时五十至一百一十天。

当然，受雇佣的人群不只局限于石匠、雕工，同时也包括木匠、绳索匠、金匠和画师。

他们的薪酬有多少？我们了解一个厄瑞克忒翁神庙建设时期的账单（工程始于公元前四〇九至公元前四〇八年）。工人、手工匠、建筑师赚一个德拉克马，这是维持家庭生活的最低线（当时在雅典五十

---

① 雅典是古希腊阿提卡地区的首都，因此此处指雅典。
② 伊克蒂诺斯，活跃于公元前5世纪中期的建筑师。古代文献指出伊克蒂诺斯参与设计了帕提农神庙。
③ 卡利克拉特，公元前5世纪中期的古希腊建筑师，与伊克蒂诺斯合作设计了帕提农神庙。
④ 穆内西克莱斯，公元前5世纪后期人，古希腊建筑师之一，设计了雅典卫城的山门。

五升粮食要付两德拉克马,一头公牛价值五十至一百德拉克马)。出人意料的是,人们的工资收入没有差别。普通的石匠每天获得日薪,而建筑师则每几周领一次薪水。还有一件有趣的事,就是从事重体力工作的人和高级技术工人,与各种官员、法官和官方作家之间的收入差距并不显著。优秀的雅典雕刻家并没有获得与他们的能力相对应的物质报偿,更没有任何对他们才华的奖赏①。

眼睛看不到的部分与外观部分制作得一样精细。那些立柱给人的感觉仿佛是用整块巨石凿成的。而达成这样的效果,全是由于每段石鼓的精确切割,使之彼此严丝合缝。人们用沙子和水打磨石料的接触面,以消除不吻合的部分。石柱的中央有方孔,里面打进橄榄木制成的木轴,因此无须使用灰膏和金属部件。

保存下来的证据一致证明,菲狄亚斯监督完成的这项工程是在欢乐与热烈的气氛中完成的。其他任何理由都无法解释这项工程的完美程度和建设速度。帕提农神庙在公元前四七七年开工,历时九年完成,尽管横饰带的装饰工程又持续了六年。通廊的建设达到了创纪录的五年,但其最终的完工却被伯罗奔尼撒战争打断。

传说,雅典娜女神本人直接关注着这项工程。在一个最好的工匠从脚手架上掉下来摔成重伤之后,雅典娜在伯利克里的梦中显现并且推荐一种神药,从而挽救了那名工匠的性命。这个故事似乎是从哥特式大教堂的建筑记录中活生生移植过来的。

雅典卫城所在的山丘非常壮丽。它三面悬崖,蓝灰色的峭壁几乎是直上直下。只有面向大海的方向山坡比较平缓,但是到圣山朝圣总是一场艰难的攀登。卫城的山岩高五十米。平坦的山顶呈三角形,底

---

① 值得补充一点的是,雅典人的个人财产极其贫乏,难以与罗马人的财富相媲美。只有几个从事拉乌里翁采矿的雅典富豪是例外,他们的财富可以达到几百塔兰同。第欧根尼·拉尔修在其《哲学家生平》中引用了柏拉图的遗嘱。我们知道,柏拉图是一个富有的大贵族。他除了两片不大的地产(宅基地?)外,给继承人留下了4个奴隶和略超过8迈纳的现金、银器和放贷资金。——原注

边长一百五十米，周长约三百米。在这些数据中已经可以发现自然的系数和比例的基础，仿佛大地亲自为建筑节奏给出了第一个节拍。

如今登上雅典卫城需要先穿过"众议院大门"。门上用希腊语写就的文字庄严地宣布：是法兰西发现了这座门，包括城墙、塔楼和台阶。日期：一八五六年。

这个被法国考古学家认定是古典时期主入口的地方，其实只不过是两座防卫塔中间的通道。防卫塔是帝国时代晚期建成的，看不到任何希腊时期建设的痕迹。那时，雅典卫城一定是需要防备来自北方蛮族的入侵。

看起来，在考古学中没有什么比研究雅典卫城的地形更透彻的了。各种导游手册一直在灌输这样的暗示，它们大致①给出了伯利克里时代各主要建筑的分布。然而不应该忘记，圣山从新石器时代就有人类居住。这里有迈锡尼时代宫殿的遗迹和巨石墙的残余，与我们在阿尔戈斯和迈锡尼见到的相类似。这里最初建起的可能是木制神庙，而后的石头神庙则是暴君们建造的。人们在这里埋葬了传说中最早的雅典诸王。人们把这里当作庇护所，以抵御敌人的入侵。在动荡起伏的数千年历史长河中，雅典卫城始终具有防卫堡垒和信仰圣地的双重特点。

一条蜿蜒曲折的林中小道，替代了那条曾经供宗教巡行队伍登上圣山的古道。这主要是为了游客的便利。随着目标的接近，山顶的建筑依次消失。最先消失的是厄瑞克忒翁神庙，它被画廊高大坚实的外墙所遮挡。然后是帕提农神庙，被粗大的柱体、层层叠叠的堡垒和垂直的岩壁遮挡了视线。雅典人为之无比骄傲的通廊是什么？它们没有防御意义，这一点是确定无疑的。它们体现了伯利克里时代人们的错觉，即雅典再也不会作为堡垒和最终庇护所使用了。无论是谁，当他从烈日中走进那如今已不复存在的柱廊屋顶所投射下的阴影时，都一

---

① 原文为拉丁文。

定会发出无比的赞叹，并对撑起这座建筑的城市产生由衷的敬意。

如果可以的话，且让我们推测一下通廊的美学功能，它仿佛是一座遮挡目光的石头帷幔。通过它，你就可以直接面对帕提农神庙。这就像在发出赞美的尖叫之前，先往肺里深吸一口气。经过通廊之后，帕提农神庙兀然出现在眼前。我们一步一步走来，看它逐渐变大，而此时出现在眼前的它，仿佛骤然变得更大、更壮观。

然而不应忘记，抛开古迹的保存状态不说，我们如今看到的雅典卫城也与古人看到的不尽相同。公元前五世纪的一个雅典人在通过通廊之后，看到的只是帕提农神庙的上部，因为它的西侧外立面被如今已不复存在的阿尔忒弥斯圣殿的围墙所遮挡。他的目光一定会被九米高的"在前线战斗的雅典娜"雕像所吸引，那也是业已消失的菲狄亚斯的作品。雅典娜雕像的左侧曾有一辆四驾二轮青铜战车，而雕像右侧则是第二次米底战争期间从波斯人那里缴获来的战利品：战船的舰首、头盔和盾牌。

古代旅行者对建筑的纯美学价值——如立柱的线条、空间的平衡等不甚敏感，而是更痴迷于那些稀奇古怪的东西（例如特洛伊木马的模型）、纪念碑、还愿所、战利品、石碑、名人遗物、来历成谜的树木和石头等。这些对我们来说无关紧要的东西，被古代作家、旅行家做了细致入微的描写，例如公元前二世纪的波勒蒙就曾为此编写了四部著作。古人的爱好由此可见一斑。这种情况的发生是由于，包括雅典卫城在内的古代神庙不仅是宗教崇拜的地点，同时也是民族特性与民族纪念物的博物馆。

通廊那奢华、豪迈、宫殿般的，甚至可以说是舞台般的装饰，比卫城的主神庙成本还要高四倍。穆内西克莱斯在伯罗奔尼撒战争之前完成了建设工程，但其两翼的建设情况证明了整个工程是被突然中止的。

画廊位于通廊的北侧，那里曾是希腊绘画博物馆，当然如今已空空荡荡。画作已经不知所终，这反而激起了我们无尽的推测与遐想。

那些画作是否真的如此逼真,以至阿佩利斯①的葡萄引来了飞鸟?潘菲鲁斯②的画是什么样的?他画的惊雷和闪电是否真如普林尼所写,"画出了难以描绘的东西"?

南侧,在最向外突出的一座堡垒上有一座微型的爱奥尼亚③风格胜利女神雅典娜神庙,它坐落在悬崖之上,轻盈而脆弱。不幸的埃勾斯④就是从这里纵身跳了下去。

人们在很长一段时间里曾经认为,在伯利克里时代绕过通廊的最后一排柱子,帕提农神庙就会出现在面前。然而应该靠近它的西侧外墙,那里有一个三角形院落以及一座小型通廊,经过它才能看到建筑物的全貌。希腊建筑师不仅建设了神庙,而且利用地形的落差以及平台和院墙安排了"视觉点",像其他建筑细节一样,取得了平衡和精致的效果。

帕提农神庙肯定是最美丽的多立克风格神庙之一。它看起来比实际尺寸要大得多,也壮观得多。其实际长度为六十九米、宽三十一米、高十七米。如果我们不满足于美学家的观点的话——"希腊神庙没有尺寸,只有比例"——那么这种宏大感还来自于:整座建筑仿佛是腾空而起,脱离地面。它建在敦实厚重的三层基座上,每层基座的高度各不相同。而石柱就矗立在最上面一层基座上。

这是一座伤痕累累的建筑,雕塑曾经是构成建筑物不可分割的组成部分,但如今大都已剥落。希腊人的目光总是投向如今已空空如也

---

① 阿佩利斯,公元前4世纪的希腊宫廷画师。
② 潘菲鲁斯,公元前4世纪的希腊画师。
③ 爱奥尼亚柱式是希腊古典建筑的三种柱式之一,纤细秀美,由于其优雅高贵的气质,广泛出现在古希腊的大量建筑之中。
④ 希腊神话中的雅典国王,他的儿子忒修斯决定去克里特岛杀死弥诺陶洛斯,为雅典解除可怕的贡赋。临行前埃勾斯与忒修斯约定:如果忒修斯成功地杀死了怪物,返回时就在船上换挂白帆(忒修斯所乘的船只在起航时挂的是黑帆)。忒修斯成功地杀了弥诺陶洛斯,但却忘记了与父亲的这个约定。在海边盼望儿子的埃勾斯看见归来的船上挂的仍然是黑帆,误以为儿子已死,在悲痛中跳海自尽。爱琴海也因他而得名。

的神庙顶部。在那里，菲狄亚斯雕刻了波塞冬与雅典娜因阿提卡地区而起的争端（西侧的三角门楣）和雅典娜降生（东侧的三角门楣）的场景。雕塑上面镀金，再辅以蓝、红和棕等颜色，一点儿也不像喜好白色的美学家们所希望的那样"低调、内敛"。要知道，那些古代天空的彩色画卷非为我们而作，而是为了来自提洛岛的商人、来自维奥蒂亚的农夫、来自遥远而贫穷的联盟城市的使节们而作，为了让他们感到头晕目眩。与这座城市融为一体的雅典娜如在荷马赞美诗中一般，是力量的光辉。在这位蓝绿色眼睛的女神无与伦比的威力面前，伟大的奥林匹斯山瑟瑟发抖："周围的大地恐怖地尖叫，大海翻滚，腾起黑色波涛，最后苦涩的波涛又忽然止息。"

排档间饰的题材包括巨人之战、征服特洛伊、与亚马逊人战斗以及半人马与拉皮斯人①的搏斗等。选取这些传说中的片段绝非偶然，而是有着自己明确的思想内涵。它们仿佛构成了最后以欧洲战胜亚洲收场的波斯战争的序曲。希腊传说中的古老故事在这里暗喻了创作者所生活时代的历史事件。

部分保留下来的内横饰带展现了雅典娜降生节巡行②的场景。这是自由之城里自由公民的群像，人们朝拜自己在天上的守护神。那些在现实中只能站在神庙台基上的人，此时与众神同列，而且不是跪伏着，而是走在漂亮的游行队伍中，没有虚假的谦卑，没有神明崇信者那过分张扬的自豪。有一点让人不安（让那些认为希腊神庙乃是理性主义栖居之地的人感到不安），就是这个横饰带几乎难觅真容，因为

---

① 希腊神话中的部族，与半人马有亲缘关系，但属人类。
② 可怜的伯利克里，连他这个梦想也只是部分实现。雅典娜降生节从未成为全希腊的节日。与富庶的雅典相比，希腊人更喜欢那些非政治化、却带有悠久传统的贫穷城邦：比如奥林匹亚、德尔斐。真正广受欢迎的节日并非过于庄严、编排痕迹过重的雅典娜降生节，而是大众化、低俗化、粗野化的大小酒神节。这个节日的特点让人联想起中世纪的"傻子节"——那个被教会容忍的下流而且封闭的集市，连同装扮的教皇和展现酒神巴克斯胜利的车子，车子在上帝伴随之下，由赤裸的男女半人马拉着。——原注

它始终隐藏在列柱廊屋顶投射下的阴影里。

如今这一切都已不复存在。我们学会了像看片段和碎片一样欣赏希腊艺术品。我们过于轻易地相信，它们的完美和优雅都恰恰由于它们是片段和碎片。我们不会甚至不愿意去想象一下米洛的维纳斯①或者其他任何一个希腊神庙原本的样子是怎样的。

柱头上已经空空荡荡，女神的大理石面颊突然失去了肌肤的光泽，变成粗糙的石头，我们却从这一切中获得了独特的（大概从未被彻底研究过的）审美满足。艺术与自然之间永恒的比邻关系，艺术家凿出的东西与大自然凿出的东西之间明显的界限，都无法激发想象，让我们把整体讲完，而恰恰相反，却让整体沉寂下去。

十九世纪的美学家（直至今日，这种对待古代艺术品的态度依然相当普遍）似乎对保存至今的希腊建筑丧失了颜色和雕塑感到很满意。时光将它们削减到只剩下骨架，回复到初始的状态。我们内心充满喜悦，这更是一种源于形式分析的智慧的喜悦，而非感官的愉悦。我们陶醉于希腊人的"视觉准确性"，这使他们最出色的建筑物仿佛出自雕刻家之手。殿角的立柱事实上要更粗壮一些，因为它们受光较多，而光线会使它们看起来比较纤细，也会使它们看起来离其他柱子较近，不致让人觉得它们与其他柱子是彼此分离的。柱基和柱顶过梁的线条并非完全水平，而是稍稍弯曲。对于帕提农神庙的伟大设计者——伊克蒂诺斯和卡利克拉特来说，这种"视觉准确性"大概与美学问题无涉，而是源自现实的技术要求：确保建筑的坚固和稳定。

从帕提农神庙向北，靠近地米斯托克利墙的地方坐落着直到公元前四〇七年才完工的厄瑞克忒翁神庙。在古典时代，它违背常规，被冠以"老神殿"之名。希罗多德描述说，在米底战争期间，当波斯人攻入雅典卫城，最后的守卫者就避难于此，并祈求神明显灵，助他

---

① 米洛的维纳斯雕像于1820年在爱琴海上的米洛岛被发现，因出土时已失去双臂，因而又常被称为"断臂维纳斯"。

们解除危难。这个细节表明,这里是圣山上最神圣之地,也许是前古典时代神谕的所在地,或者是迈锡尼诸王宫殿的所在地。

尽管考古发掘和研究工作已经持续了数十年,厄瑞克忒翁神庙仍然是最难被认识的希腊圣殿之一。各种各样的宗教崇拜混杂在一起,彼此叠加。"圣地真正的混乱",有人这样说。

厄瑞克忒翁神庙不会像帕提农神庙那样,给人是一座建筑的印象,实际上这是彼此相连的两座神庙:东边的部分为雅典娜而建,西边的部分为波塞冬而建。传统上波塞冬与埃瑞克修斯是同一个化身,也是神话中阿提卡地区最早的统治者。因此按照建设者的初衷,这应是一座体现和解精神的庙宇,因为众所周知,这两位奥林匹斯神曾因为雅典土地发生过争执。

无论是在布局还是在意义方面,厄瑞克忒翁神庙的北面部分都是最神秘的。我们知道,祭坛通常位于希腊神殿的前面,而在这里,我们可以在神殿内部找到多达三个祭坛,所以说这是一座神庙—纪念堂,或者更直接地说:是一座神庙—陵墓。在女像柱组成的门廊下,埋藏着被顶礼膜拜的几位早期阿提卡国王的遗骸。沿着墙壁安放的石头长凳令人推测,这里曾是举行成人礼的地方。因此,这座爱奥尼亚风格的神庙隐藏着雅典神话和雅典崇拜中最古老的圣物箱。

作为一个整体的雅典卫城是什么?中学课本里的答案可能会是:一组和谐的建筑群。然而当人们第一次把目光投向这里时会发现,事实并非如此。巍峨的多立克风格的帕提农神庙与爱奥尼亚风格的厄瑞克忒翁神庙相毗邻,敦实浑厚的通廊与轻盈典雅、精雕细琢、美丽如画的胜利女神雅典娜神庙并列。

考古学家阿诺德·沃尔特·劳伦斯将雅典卫城与波斯波利斯[①]的宫殿进行了比较,并在此基础上得出结论:伯利克里渴望与被打败的波斯君主们的宏伟建筑一争高下。其证据是,这里运用了对希腊艺术

---

① 古代波斯的都城之一。

来说很陌生的非对称原则；重点聚焦于一座并非居于中心位置的建筑物身上；壮丽的宫殿式入口以及有些过分奢华的外部装饰。

对于为什么雅典卫城不是一个整齐划一的建筑群这个问题，更简单和更可信的答案是：这与不同建筑物的建造年代有关。我们不知道伯利克里的计划，因为该计划并未被彻底实施。战争的爆发和他本人的去世打断了这项工程。只有帕提农神庙和通廊是他的作品。

两座建筑的精神本质是相同的。雄伟简洁的设计表达了民主的胜利、满怀的豪情和对未来的憧憬。

在伯利克里为在伯罗奔尼撒战争第一年阵亡的将士宣读的悼词（修昔底德的记载让我们能够读到这篇文章）里，可以读到对众神的长篇连祷。他将公民的命运赋予这些神明的护佑。这同时也是对城邦的赞美。雅典的声名不仅高昂激越，而且几乎具有宗教或者神秘的色彩。

伯罗奔尼撒战争为强盛的雅典画上了句号。其造成的影响在雅典卫城的建设中可见一斑。帕提农神庙比厄瑞克忒翁神庙早二十年（差不多一代人的时间），而这两座神庙仿佛是来自不同的时代。前者恢宏壮丽，是为一位神明或者说是神化的城邦而建造。而后者的布局诡异多变（厅堂分为两层，有三个入口，仿佛是在那些巨大的、并无实际功能的女像柱后面的装饰），室内集中了众多的英雄和神明。在这里能够找到末世所特有的逃避现实、沉迷往昔、追寻传统的倾向。帕提农神庙的柱子就像石化的安提戈涅[①]合唱团，而厄瑞克忒翁神庙就像欧里庇得斯的戏剧，预言着希腊化的世界，一个帝国争端不断、永无宁日的世界。

[①] 在此补充一句，索福克勒斯是伯利克里的朋友，在建设帕提农神庙的时候，曾任财政委员会主席，负责经营联盟财政。——原注

二

> 遍布古代宫殿遗址的雅典是一所巨大而穷困的
> 医院,那里有多少基督徒,就有多少受苦人。
>
> —— 巴宾

在差不多二千五百年的时间里,雅典卫城经受了一次又一次战争、劫掠和对神明的亵渎。哪怕是部分重建伯利克里的杰作,看起来也几乎毫无可能。几段哥特体的文字、几块土耳其墓石、威尼斯狮子——这是关于圣山动荡历史仅存的物证。

亚历山大大帝知道,雅典现在是,而且在未来很多年中将一直是反马其顿的解放运动中心。但希腊故都的声名如此显赫,以至其在取得打开通向亚洲大门的格拉尼库斯战役①胜利之后,送来二十面缴获的盾牌,命人挂到帕提农神庙的柱子上。

一个名叫季米特里奥斯的人,是亚历山大大帝的一位将军之子,又被称为"城市占领者"。他做出的亵渎神明之举,在雅典卫城的历史上前无古人、后无来者。简单地说,他住到了帕提农神庙,或者说把神庙的一部分改成了自己的私人住宅。对此他向雅典人解释说,是女神本人邀请他住到自己家里。同时他的举动也过于放纵,不仅大排筵宴,而且还有高级妓女作陪。当丑闻已经太过出格的时候,他就安排上演一系列戏剧,以与女神达成和解。普鲁塔克以非常优雅委婉的方式提及此事:"考虑到城市的声誉,没必要清楚细致地描述所有那

---

① 马其顿亚历山大大帝与波斯帝国发生的三场决定性战役之一,发生于公元前334年5月。

些在此发生的丑事和恶行。"季米特里奥斯的这段插曲看来是从苏埃托尼乌斯①的《罗马十二帝王传》中直接截取出来的。

公元前一四六年,科林斯被罗马人摧毁(波利比乌斯②暗示性的预言:"士兵践踏着化为灰烬的画作,掷着骰子作乐。"),这应该是对雅典人可怕的警示。但是在这个每个演说家都因为失去自由而郁郁寡欢的城市,人们期待的只是复仇的时机。

罗马国内的困境促使本都国王米特里达梯③到东方和希腊去寻找罗马的对手。雅典反罗马运动的旗手是演说家阿里斯提昂,公众称其为"战略家"。罗马元老院派遣苏拉去攻打米特里达梯。他的军力薄弱,但迫使希腊人跪地求饶的残暴程度却无与伦比。奥林匹亚、埃皮达鲁斯和德尔斐的宝库先后遭到劫掠,连圣林也被砍伐一空。"我们是众神的士兵,因为众神向我们付费。"

对雅典的围困持续了长达九个月的时间。卫城的抵抗最为顽强。而当阿里斯提昂过于相信语言的力量,派遣两位说客去说服罗马统帅必须撤去围城时,苏拉简短地回答:"元老院和罗马人民把我派到这里,不是为听你们上演讲课,而是让我来惩罚叛逆。"公元前八六年五月,卫城陷落。接下来是对抵抗者的屠杀,大批雅典最优秀的公民以身殉国,而载满艺术珍品和珍贵手稿的船只则驶向了新的世界之都。

大概很难估算为了成为罗马人的学校④,希腊人遭受了怎样的牺牲和损失,因为除了战争劫掠,也就是那些"正式"的抢劫之外,还要加上大量被私人收藏者带出希腊的艺术品。

---

① 苏埃托尼乌斯(69或75—130),罗马帝国时期的历史学家,最主要的著作就是《罗马十二帝王传》。
② 波利比乌斯(约公元前203—前120),古希腊政治学家、历史学家。
③ 指米特里达梯六世,罗马共和国末期地中海地区的重要政治人物,本都王国国王,也是罗马最著名的敌人之一。
④ 罗马人征服了希腊,但在哲学、宗教、艺术、科学等众多方面却以希腊为师,故有此说。

第一次世界大战爆发前几年，曾经有一则考古新闻轰动一时。当时人们在突尼斯海岸附近的海底，与马赫迪耶遥遥相对的地方发现了一艘装满艺术品和家具的沉船，船上甚至还有大量建筑部件的成品，如四米长的柱子、大理石石材和柱头等。这些物品拥有很高的艺术价值，学者们根据墓碑上的铭文很快就断定，这些东西出自雅典。海难应发生在公元前一世纪初。这无疑是一艘从比雷埃夫斯向罗马运送苏拉战利品的船只。超载的船只在暴风雨的冲击下，在突尼斯海岸附近解体。就此我们可以得知，苏拉从雅典运送石柱，将其用于重建内战期间被烧毁的卡比托利欧山①上的建筑群。

　　那场发生在公元前七〇年，因为西塞罗的控诉词而名垂青史的费尔斯的著名官司②，为我们提供了宝贵的类比和概念，罗马的"艺术饥渴症"到底意味着什么。费尔斯在西西里统治的三年期间，掠夺了那里所有的一切，从神庙里的神像纪念碑到他在西西里富人手上看到的戒指。新的世界统治者们如狼似虎的胃口与艺术鉴赏力无涉，而且我们经常可以看到他们令人震惊的无知。罗马执政官穆米乌斯在占领并且劫掠了科林斯之后，对负责将希腊艺术品运往罗马的人威胁说，如果艺术品被他们损坏，他们就得照原样重做——这怎么可能呢？

　　况且西塞罗本人也是一个狂热的收藏家，他写给身在希腊的阿提库斯③的书信就是明证（"如果你发现了什么对我合适的雕塑，不要犹豫，立刻给我买下来"）。而他在针对费尔斯的控诉词中也犯了一系列错误（鉴定错误的归属、对重要的艺术价值不加区分等）。

　　从奥古斯都时代开始，罗马皇帝对雅典实施了相对自由的政策。佩特洛尼乌斯④在《萨蒂利孔》中开玩笑说，在雅典碰到神比碰到人

---

① 意大利罗马七座山丘之一，也是其中最高的一座。
② 盖阿斯·费尔斯是公元前73年至公元前71年罗马派驻西西里的统治者，在此期间强取豪夺。西塞罗代表西西里向罗马元老院控诉费尔斯。
③ 古罗马贵族，西塞罗之友。
④ 佩特洛尼乌斯，罗马尼禄统治时期的一位抒情诗人和作家。

还容易。实际上,在罗马统治之下,希腊的故都经历了真正的纪念碑入侵,不仅是神明和皇帝的纪念碑,还包括一些二流的保护神或者城市慈善家的雕像。奥古斯都本人在雅典就有很多雕像,至少有一座在雅典卫城上。在帕提农神庙附近,距其东墙二十米的地方建起了献给罗马和皇帝本人的庙宇。从建筑残迹可以推想,这座规模不大,但很敦实的圆形建筑就位于伯利克里时代建筑杰作的身旁。温和地说,这是一个美学误解。在画廊的西墙附近,至今还有一座灰色的大理石基座,上面依次矗立过不同的纪念碑,先是纪念帕加马①一位国王的纪念碑,然后是纪念安东尼②和克娄巴特拉的纪念碑,最后则是献给阿格里帕③的纪念碑。此人是皇帝的小舅子④,如我们所知,正是他为城市求得了特权。

不仅是纪念碑基座的主人交替变幻,连现成的躯干上也经常会被安上新皇帝的头颅,刻上新的文字,使同一个纪念碑能先后表现提庇留、尼禄、维斯帕西亚努斯或者提图斯⑤等不同的人物。

使徒圣保罗对雅典人的夸赞有些言过其实。他在雅典看到一座为不知名的神祇建造的庙宇后,称他们是最虔信宗教的人。而那不过是通常的谨慎小心之举,就像恺撒们的雕像,并不能证明人们的热情,而只能证明那是机会主义的产物。

建造通往通廊的巨型台阶被算在克劳狄一世皇帝和卡利古拉皇帝

---

① 古国名,位于小亚细亚西北。
② 我们知道,安东尼——这个非同寻常的 bon vivant(法语:善于和喜欢使用生活的人)——曾于公元前 39 年到过雅典,并且以极其盛大的方式举行了与雅典娜的婚礼。借此机会,罗马将军从雅典人手中骗取了高达 400 万古罗马铜币的"嫁妆"。这是彻底的冷嘲热讽还是政治游戏?可能更是后者,因为除此之外,安东尼还化身为狄奥尼索斯(这与他的性格更为相符),同时任命克娄巴特拉为阿佛洛狄忒。这种神话的组合对于复活亚历山大大帝的思想十分必要:欧亚的联合。——原注
③ 玛库斯·维普撒尼乌斯·阿格里帕(公元前 63—前 12),古罗马政治家、军事家,屋大维的密友。
④ 原文如此,实际上阿格里帕应为屋大维的女婿。
⑤ 四人分别是罗马帝国第二、五、九、十任皇帝。

的头上。希腊最可信赖的朋友之一——哈德良皇帝在圣山范围之外实施了自己的美化雅典计划。但是，如保萨尼亚斯记载，他的纪念碑位于帕提农神庙内部，不清楚这是因为哈德良自认为是新的忒修斯，还是因为在纪念碑林立的圣山上已经找不到一块合适的地方了。

弗拉维乌斯·克劳狄乌斯·尤利安努斯①是最后一位渴望恢复奥林匹亚希腊诸神，同时为整个希腊恢复过去荣光的皇帝。在致元老院和雅典人民的信中皇帝写道："当我将双手伸向卫城，祈求弥涅耳瓦②守护自己的仆人，不要将他抛弃时，我流淌了多少泪水，发出了多少呻吟。"

据传说，他曾派遣使者去往被赫卢利人③洗劫一空的德尔斐寻求神谕的指点，为自己的计划祈福。他得到的答复是："你告诉国王：圣殿的废墟里曾是欢乐的大厦，神明失去了自己的家；山泉和月桂林皆已喑哑，连水也已不再说话。"

德克西普斯④的名字已经归于遗忘的流沙。那时既没有普鲁塔克写他的生平，也没有杰出的雕塑家为他留下肖像供后世敬仰。要知道，这位雅典演说家和作家应享有希腊人的纪念。三世纪中叶，当哥特人占领了阿提卡地区并在雅典城里栖身之时，德克西普斯在潘台利克山和帕纳塞斯山的山谷中临时组织起一支公民军团并且赶走了哥特人。这是希腊人的最后一次胜利，尽管十分短暂。在卢浮宫里有一段有关德克西普斯的纪念性文字。我们从中可以知道，他曾担任雅典执政官⑤和大雅典娜降生节荣誉委员会成员，这证明了传统雅典行政机构的生命力（至少是名义上的）。

---

① 弗拉维乌斯·克劳狄乌斯·尤利安努斯，罗马皇帝，公元361年至363年在位，是罗马帝国最后一位多神教信仰的皇帝。
② 罗马神话中的智慧、科学和文学女神，相当于希腊神话中的雅典娜。
③ 赫卢利人系东日耳曼部落，公元3世纪从斯堪的纳维亚迁徙至黑海沿岸。
④ 德克西普斯，希腊异教历史学家。
⑤ 古时雅典有九位执政官，德克西普斯是其中之一。

四世纪末,雅典被纳入拜占庭统治。公元四二五年在君士坦丁堡建立了一所由国家控制和资助的"大学"。雅典哲学家们的自由学院这次遇到了强劲的对手。在几个世纪里,雅典一直与其他的古代文明中心展开竞争,但四世纪和五世纪盛行一时的新柏拉图主义,被判为国教基督教的敌对宗教,这是查士丁尼一世①在五二九年下旨将哲学家和演说家从雅典驱逐出去的原因之一。这一行政命令所造成的后果,比任何战争失利所带来的后果都更加严酷。雅典自此成为了东罗马帝国的一个边塞小城。

帕提农神庙在六世纪和七世纪之交被改建成圣智教堂。这是一种对现存的希腊神庙进行改造的办法。列柱廊的立柱中间砌上墙壁,从西侧打开一个新的入口,而原来的入口被砌死,从而构成一个装饰着壁画的半圆形后殿。在平坦的天顶下增建了一个拜占庭风格的半球形穹顶。墙壁上装饰着壁画,主教的宝座则是从狄奥尼索斯剧院"借来"的。然而所有这些工作都没有改变帕提农神庙的结构,它的外观未被破坏。厄瑞克忒翁神庙被以相似的方式改建为圣母教堂。

拜占庭统治者很少到访古代希腊的首都。让人印象最深刻的是巴西尔二世②在十一世纪初的访问,他选择雅典卫城庆祝自己对保加利亚人作战的胜利。这是在向早已死去的传统致敬。

我们可以从保存下来的迈克尔·蔡尼亚提斯布道书中,管窥十二世纪末雅典居民的精神状态。他曾在雅典担任大主教达三十年之久,平日就住在卫城里,在帕提农神庙里进行弥撒——可以说,他达到了所有人文主义者的梦想之巅。在自己华丽的布道文中,这位饱学之士、基督徒和古代文明的崇拜者将神话与《圣经》混在一起,并且提升了自己的"小羊"③,称他们是"黄金的种子",应该通过信仰在

---

① 查士丁尼一世,东罗马帝国皇帝,公元527年至565年在位。
② 巴西尔二世,东罗马帝国皇帝,公元年976年至1025年在位。
③ 基督教认为耶稣是人类的导师,他像牧羊者放牧羊群一般教导人们,故有此说。

道德上超越大埃阿斯①、锡诺普的第欧根尼②、伯利克里和地米斯托克利。

那些可怜的文盲小羊（而且是相当复杂的民族混合体，操着与古希腊语差别极大的语言）听着他的布道，茫然不知所云。迈克尔大主教抑制不住自己职业性的喊叫："噢！雅典——智慧之母，你为何落入了愚昧的深渊！我的布道如此直白，去除了一切雕饰，但在宣讲时我仍觉得自己似乎是用某种外语——波斯人或者塞西亚人的语言，说着难以理解之事。"

十字军征伐的浪潮削弱了拜占庭帝国，实际上此前他们在与土耳其人和保加利亚人的连年征战中已经筋疲力尽。希腊永远地从拜占庭分离出来，并被分裂为一系列公国。雅典被划入奥托·德·拉·罗歇③统治的一部分，他接受了"麦加斯·基尔"的封号并且从法国国王那里获得了大公的爵位。一个法兰克王朝就此诞生，并统治了阿提卡地区三代人的时间，直到一三〇八年阿提卡地区的德·拉·罗歇家族最后一位大公无嗣而终。在这段时间里，雅典卫城被改建成一座中世纪城堡。带城垛的围墙将其环绕起来，而在通廊的南侧则建起了一座巨大的四方形防卫塔。该塔一直保存到十九世纪末期。

与距马其顿国王菲利普击溃希腊人和苏拉战胜米特里达梯的远征军不远的地方，法兰克人在与加泰隆尼亚人的战争中遭到惨败。后者是雇佣军，拜占庭皇帝安德洛尼卡二世·帕里奥洛格斯④征募他们去

---

① 希腊神话人物，特洛伊战争中希腊联军的主将之一。
② 第欧根尼（公元前404—前323），古希腊哲学家，犬儒学派的代表人物。
③ 指雅典公国，第四次十字军东征后西欧封建主在拜占庭帝国废墟上建立的十字军国家之一。由勃艮第骑士奥托·德·拉·罗歇于1205年在雅典建立。公国领有以雅典为中心的阿提卡半岛，曾先后臣属于塞萨洛尼基王国（1224年前）和亚该亚公国（1224年后）。公爵本人驻扎于雅典卫城。雅典公国在希腊中部逐步建立起一整套西欧式封建体制，取代了原有的拜占庭帝国中央集权的行政体制。
④ 安德洛尼卡二世·帕里奥洛格斯，拜占庭帝国帕里奥洛格斯王朝皇帝，1282—1328年在位。

与土耳其人作战。但他们很快就开始进行自己的征服。法兰克骑士们彻底溃败。雅典和底比斯落入加泰隆尼亚人之手。但加泰隆尼亚人的统治时间很短,没有在圣山的建筑上留下任何痕迹。

阿奇亚约利家族是个富有的商人家庭,出身自该家族的佛罗伦萨人成为雅典公国接下来的统治者,并且成就了雅典卫城一段最为独特的建筑奇缘。阿奇亚约利家族的一个成员内里奥雄心勃勃,希望雅典不输于意大利十四世纪①的宫廷。雅典卫城的主建筑帕提农和厄瑞克忒翁是神庙。剩下的通廊被改建成意大利风格的宫室。建于伯利克里时代的壮观入口的四周被砌上墙壁,墙上开窗,从而得到了四个轩敞的招待厅。这个独特的意大利-多立克式风格的"卫城宫"被与画廊连接起来,而在其平坦的屋顶上又加建了一层楼房。

一四五六年,在君士坦丁堡陷落后不久,穆罕默德二世的代理人奥马尔将雅典纳入其属地。对于土耳其人来说,这里仅是一个战略支点而已②。

新的战争技术,特别是在征服拜占庭的战争中崭露头角的火炮,开始发挥决定性作用。这要求对圣山的防御建筑进行根本性改造。历代雅典公爵进行的中世纪式的强化已经远远不够。通廊被防御墙包裹进去,要塞里面建起了新的军事建筑和弹药库。帕提农神庙被改建成清真寺。唯一从外面可见的增建部分是在古典建筑屋顶上添加的宣礼塔,而厄瑞克忒翁神庙则被装饰为城堡长官妻室的住房。

火药库位于通廊里一个专门建造的带拱顶的房间里。一位法国旅行家记录下一个民间传说并广为传播。据说一六五六年,雅典卫城的长官在一次伊斯兰教节日期间决定炸掉圣德米特里教堂。在实施这项卑劣计划的前夜突然电闪雷鸣,闪电击中了通廊,造成的爆炸破坏了

---

① 原文为意大利文。——原注
② 18世纪下半叶,即在土耳其统治末期,雅典约有3000土耳其人和5000希腊人。——原注

房顶、天花板和柱顶过梁。这之后,火药库被移到了帕提农神庙,据认为,它坚实的结构足以保证安全。

在长达两个多世纪的时间里,除了雅典卫城被改成土耳其要塞之后最初几年威尼斯人发起的一次短暂而毫无意义的攻击之外,土耳其统治未受到任何外来的干扰。一六八三年,土耳其精锐部队在维也纳城下被击溃之后①,希腊这个古代海上共和国的雄心复燃起来。那场遥远的战争决定了雅典卫城最著名建筑此后的命运。

早在一六八四年春,威尼斯就与土耳其断绝了外交关系。一年后的夏天,在弗朗西斯科·莫罗西尼指挥下,威尼斯军队在伯罗奔尼撒登陆,在取得一系列胜利后最终占领了整个半岛。莫罗西尼的军队由不同民族的军官指挥:瑞典人、德国人和法国人。在一系列军事行动中,奥托·威廉·科尼希斯马克伯爵脱颖而出。他是三十年战争中一位著名指挥官的儿子。在这次远征中,他的夫人有一位陪同女伴②,名叫安娜·阿克耶尔姆。她的书信和笔记成为了解那次不幸远征的宝贵资料。

占领伯罗奔尼撒半岛并未满足威尼斯人的胃口,特别是土耳其人使用了被动防守的战术。战争的结果是征服行动不断升级,莫罗西尼的参谋部考虑了两个方案:第一个方案是向优卑亚岛③发起进攻,而第二个方案则是攻克雅典。最终第二个方案被接纳。土耳其人也在防备雅典被围,因此正在加强其防御能力。胜利女神雅典娜神庙成了这些行动的牺牲品。它被土耳其工程师们夷为平地,以便给一个准备部署炮兵部队的炮台腾地儿。神殿拆下来的材料则被用于加固工事。

威尼斯人实施了一次战术佯动,让土耳其人以为他们的攻击目标

---

① 维也纳之战发生于1683年9月12日,波兰国王扬三世(也译为约翰三世)率领波兰、奥地利、德意志联军打败奥斯曼土耳其大军,解除了维也纳之围,阻止了土耳其向欧洲的扩张。

② 原文为法文。

③ 希腊第二大岛,位于色萨利以东的爱琴海中。

是优卑亚岛,而实际上他们在比雷埃夫斯登陆。这样,莫罗西尼的部队几乎没有遭到像样的抵抗就接近了主防御点——雅典卫城。威尼斯人的大炮和陆军完成了对要塞的合围。战斗双方准备进入旷日持久的围困战。

迫击炮对雅典卫城的轮番炮轰用现代术语来说,可以称为"扰乱性射击"。然而一六八七年九月二十六日,从安放在李西克拉特纪念碑附近的大炮中发射出去的一发炮弹打穿了帕提农神庙的屋顶,造成了剧烈爆炸。神殿的二十多根立柱、大量的柱顶过梁、穹顶、屋顶和墙壁被炸飞。土耳其帕夏①、要塞指挥官和许多士兵都在废墟之下死于非命。三天后,悲惨的废墟上空飘扬起圣马可狮子旗②。

威尼斯人的胜利被愧疚感困扰。科尼希斯马克伯爵肯定不是个没心没肺的将军。青年时代他曾刻苦攻读,也曾在莱比锡大学用拉丁语讲授过落入野蛮人之手的雅典经历了怎样的悲惨命运。历史让他成了那个给自己崇敬的城市致命一击的人。安娜·阿克耶尔姆写道:"伯爵由衷地悔恨,是他毁掉了这座延续了三千年之久的弥涅耳瓦的美丽庙宇"(时间上不甚严谨),而且确信,这座神庙再也无法重建起来了。这其中有很多伪善。有确凿的证据表明,希腊间谍通报了科尼希斯马克关于帕提农神庙里放着什么,因此那发糟糕的炮弹绝非偶然命中。

现在,雅典卫城已经是一片废墟,莫罗西尼希望将帕提农神庙上展现雅典娜与波塞冬之战的三角楣饰中间部分运回威尼斯。在写给议会的报告中他写道:

> 预见到将放弃雅典,我考虑带走几件能为共和国增添光彩的最漂亮的装饰品。为此我尝试从嵌有最精美雕塑的弥涅耳瓦神庙正面,将朱庇特雕像和两匹骏马的浮雕切割下来。但当我们开始

---

① 奥斯曼帝国行政系统里的高级官员,如总督、将军等。又译为巴夏、帕沙。
② 狮子旗是威尼斯的象征。

取下这些雕塑的时候,一切都从很高的地方崩塌下来,万幸的是,工人们没有发生任何意外。①

从战略的角度看,莫罗西尼占领雅典毫无意义。威尼斯人从城市中撤退时带走了一部分当地的基督徒。土耳其人回到了已经十室九空的阿提卡地区,又重新将雅典卫城变成了要塞。在被摧毁的帕提农神庙里,又建了一座没有宣礼塔的小清真寺,就像在铁条被拽断的笼子里一样。

雅典或者哪怕雅典卫城本身在几个世纪中的沧桑巨变已经难以追寻,这主要是由于图像资料的匮乏。中世纪或文艺复兴时期绘画作品展现的雅典充满幻想,将其描绘成一座哥特教堂密布的弗拉芒海滨城市,或者一座阴森森的北方城堡。在航海图上雅典被标注为 Setina,而从海上看到的雅典卫城也只是作为航标点。

直到十七世纪法英先后与最高朴特②建立外交关系之后,到希腊旅行并且描述那里残存的古迹才成为可能。一些外交使团在雅典建立起来,我们如今可以称之为领事馆,兼具政治和贸易的职能。比如说构成当时"法国人圈子"的人数屈指可数:几个传教士、一个无所事事的枪械修理工和几个行业不明的人。参观雅典卫城实际上是不可能实现或者至少是极其困难的,因为土耳其人担心间谍活动,所以不允许外国人进入要塞。

也正因如此,那些执着的旅行家撰写的报道如今更能激起人们的赞叹。他们冒着个人危险,成功地编写并绘制了雅典和雅典卫城的说明与地图。我们想象一下那些被热情驱使的旅行家:在驴背上经历漫

---

① 在欧洲各地的博物馆里随处可见这次远征的"士兵纪念品"。因此在哥本哈根的博物馆中陈列着哈特曼船长运回的拉皮斯人和半人马的头像。——原注
② 奥斯曼朴特,又称庄严朴特、最高朴特,是指奥斯曼帝国的底万,政府政策制定的地方。

长的旅行,夜晚就露宿在荒山上牧羊人的窝棚里,历经千难万险最终抵达这座梦想之城。接下来就要开始与要塞指挥官进行复杂的谈判,并不时以整袋的咖啡或肥硕的家禽作为支撑。当最终获得了参观许可,还是有一系列严格的限制与禁令。他们开始匆匆地游览,穿行在土耳其帐篷、军事建筑和神庙之间,四周是疑心重重的士兵们警惕的目光,随身带着测量工具、速写本和始终不离身的保萨尼亚斯①——那是一千多年来唯一一本旅行手册。一切都取决于要塞指挥官和士兵们的情绪。

伦敦业余爱好者俱乐部资助了很多前往东方的考古旅行者,斯图尔特和瑞威特先生是该俱乐部的成员,他们二人毫不费力地完成了古代雅典遗迹的测量工作。但是当英国人温哈姆和法国人罗伯特·德勒测量赫罗狄斯·阿提库斯②剧院时,头顶上则落下了石块儿和警告射击。

英国素描画家爱德华·多德韦尔③生动地描述了自己的一次奇遇。他在雅典卫城工作时使用了照相暗盒——照相机的原型,这种机器能够给出建筑物的微缩画面,所以能严格按比例重现建筑物并将其保存到画作中。"有一天,当我借助我的照相暗盒描绘帕提农神庙时,要塞指挥官惴惴不安地问我使用这个特别的机器在施什么魔法。"多德韦尔试着解释并且演示那部机器是如何工作的。土耳其军官显然吃惊不小。"看到这儿……我换了语气威胁他说,如果他继续妨碍我、打扰我,我就把他也装进我的黑匣子里去。"从那以后,多德韦尔再没受到妨碍。

在那些向我们传递了有关雅典卫城宝贵信息的旅行家中,尤其是在莫罗西尼的炮弹还没有落到卫城之前到达那里的旅行家中,还特别

---

① 保萨尼亚斯,生活于公元2世纪罗马时代的希腊地理学家、旅行家,著有《希腊志》,此处即指此书。
② 赫罗狄斯·阿提库斯(101—177),希腊人,曾任罗马执政官,也是演说家。
③ 爱德华·多德韦尔(1767—1832),爱尔兰画家、旅行家和作家,对雅典考古情有独钟。

值得提及耶稣会士巴宾以及里昂的医生和古代文明爱好者雅各布·斯庞①。巴宾特别详细地描述了帕提农神庙，这对我们意义重大，其原因之一是，保萨尼亚斯（如我们所知，喜好特别的东西）在自己的作品中对雅典卫城上最美丽的神庙绝口不提。对于这位法国耶稣会士来说，帕提农神庙是完美的化身，在美学上超越了君士坦丁堡的圣索菲亚大教堂，而横饰带和三角楣饰的雕塑则是任何当代艺术作品也难以比拟的。对于巴洛克风格盛行的时代，巴宾的观点独树一帜，而且对于整个时代的品味来说颇具挑衅性。

雅各布·斯庞有关希腊朝圣之旅的三卷本旅行报告于一六七八年在里昂出版。专家们说，这是"现代以来第一次名副其实的雅典之旅"。今天可以轻而易举地指出这位学识渊博的旅行家所犯的错误和疏漏，例如将帕提农神庙的两个三角楣饰混为一谈。还有更糟的，就是将它们归功于哈德良时代的雕刻家。希腊是一个还未被建筑师触及的国度。斯庞的书迅速在欧洲大陆流行，而且正如安娜·阿克耶尔姆提到的，科尼希斯马克的书箱里也不缺此书。

在巴黎国家图书馆里保存着一个绘画专题。拿破仑时代的文物保护人员给了它们一个相当怪异的标题："雅典弥涅耳瓦神庙，哈德良所建，在该神庙未被威尼斯人摧毁之前，派驻最高朴特的大使诺因泰尔先生下令绘制"。诺因泰尔侯爵无疑是路易十四最才华横溢、精明能干的外交官之一。在土耳其首都处理完一系列错综复杂的关系之后，他在一大群幕僚的陪同下前往希腊旅行。到达雅典的时间是一六七四年夏。

> 我第一次在隆隆炮声中庄严地迈进了这座宝库（雅典卫城），这里封存着那些奇迹，我又四次乔装改扮②返回那里，以

---

① 雅各布·斯庞（1647—1685），法国医生及考古学家，是前往希腊旅行的先驱。
② 原文为拉丁文。

更好地欣赏和了解那些美丽的雕刻，我的画师将它们很好地再现了出来。

表现帕提农神庙的作品——作者是雅克·凯瑞①——算不上杰作，况且，满脑子幻想的艺术家是无法做到精致细腻的。画家无疑是在匆忙之间，从一个不太舒服的角度，在没有脚手架之类的辅助设施的情况下完成这幅作品的，但是其作为史料的价值却难以估量。

诺因泰尔无疑是古代作品的真诚崇拜者，他对它们命运的担忧，还有不那么大公无私的动机在大使报告中都一览无余。

原作完全应该安放在国王陛下的办公室或者画廊里，在那里，它们将得到陛下对艺术和知识所给予的呵护……那时它们就不会再遭受土耳其人的侮辱和冒犯，那些土耳其人为了避免偶像崇拜，把那些雕像的鼻子或者其他部位凿下来，还认为自己是在做值得赞美的事。

保存在巴黎国家图书馆里的那些在诺因泰尔旅行期间完成的绘画作品表明，帕提农神庙三角楣饰上的很多雕像那时已经遭到严重破坏，但是如果可以这样说的话，雕塑主体部分完整地保存了下来。

一个世纪之后，舒瓦瑟尔-古菲耶成为法国驻君士坦丁堡的大使。这位二十四岁的年轻人前往希腊旅行，并将此行的经历写进那本著名的《在奥斯曼帝国希腊的风景如画之旅……》。这位受过良好教育的人文主义者、碑铭研究院以及后来法兰西学院的委员像诺因泰尔一样，梦想着为法国获取更多希腊雕刻藏品。雅典有他的代理人路易斯·福韦尔——领事、画师及素描画家。在一封信中，大使让福韦尔

---

① 雅克·凯瑞（1649—1726），法国画家，以1674年绘制的大量帕提农神庙画作著称。

搞到厄瑞克忒翁神庙的一根女像柱,而在另一封信中则写得更加明目张胆,他让福韦尔不要失去任何机会,去劫掠任何可以劫掠的东西。然而这些举措的收获却乏善可陈,大概有一块因为暴风雨从三角楣饰落下来的排档间饰现在存放在卢浮宫里。

法国人没有做到的事,一个名叫托马斯·布鲁斯·埃尔金的人做到了。他的姓氏至今还会激起所有希腊人的愤怒。关于他,拜伦以辛辣的口吻说道:"哥特人没有做到的事,苏格兰人做到了。"① 一七八九年,埃尔金勋爵被任命为英国驻最高朴特的代表,于是他开始着手运送雅典卫城的雕塑。他以空前的精力,动员一切可以调动的政治和经济手段,"把它们运到更安全的地方"。他成功地获得了土耳其政府的许可,同意他制作石膏铸件,还允许他将一些刻着文字的石头和某些雕塑的碎片带走。帕提农神庙周围搭起了脚手架。两个意大利建筑师、两个铸件专家(也是意大利人)和一个被不太恭敬地称为"埃尔金勋爵的卡尔梅克人"的俄国画家费奥多尔·伊万诺维奇,以及画家鲁盖里指挥下的数十名工人开始了工作。最紧张的工作是在一八〇一年至一八〇三年期间。土耳其政府的许可所涉及的几件雕塑,如今可以在伦敦大英博物馆中欣赏到。实际上这是很大的一批藏品,包括三角楣饰的十二块巨型残片、十五件排档间饰和五十六件横饰带上展现雅典娜降生节巡行场景的浮雕。

埃尔金的经历足够写一部引人入胜的小说:勋爵在法国被捕,鲁盖里在土耳其战争爆发后逃亡,运载着无价之宝的船只沉没,雕塑被打捞海绵动物的渔民打捞出水,然后是议会和报刊上连篇累牍的争论,思考这件丑闻整个的道德层面、美学层面和经济层面。最终直到一八一六年英国政府支付了十三万五千英镑,购买下了全部藏品(埃尔金要求的是十三万六千英镑)。这笔钱在当时堪称巨资,一些英国

---

① 原文为拉丁文。

媒体义愤填膺,在讽刺画上,约翰牛①周围是憔悴不堪的一家人,孩子们喊着:"爸爸,别买这些石头,给我们面包。"

上面我们说过,人们也考虑了菲狄亚斯及其门徒的雕塑作品的美学价值。可以推测,假如埃尔金勋爵运回的大理石出自希腊化时期,英国政府大概就不会那么吝啬了。

尽管不乏溢美之词,但由当时英国最杰出艺术家们组成的委员会对菲狄亚斯及其门徒的作品评价是:略低于"观景殿的阿波罗"②或"拉奥孔与儿子们"③。

十八九世纪之交,希腊出现了一类新的游客——浪漫主义朝圣者。许多图画展现了激情澎湃的年轻人,身穿黑色斗篷,靠着一根断柱,忧伤地注视着散布在大理石废墟中间的羊群。"哦!梭伦!哦!地米斯托克利!黑色阉人的统帅是雅典和希腊所有其他城市的主人。"

这句呼唤发自弗朗索瓦-勒内·德·夏多布里昂。这位《基督教真谛》的作者在从巴黎前往耶路撒冷的旅行途中(一八〇六年)在斯巴达停留了一天,在雅典停留了四天。他既没有装扮成考古学家,也没有装扮成社会学家或是艺术史家,而是在自己的《从巴黎到耶路撒冷纪行》中为我们留下了一些篇幅,以无与伦比的方式唤醒了土耳其奴役状态结束之前十几年的雅典。

那是黎明时分。

> ……雅典、卫城和帕提农神庙的废墟都染上了桃花般绚丽的色彩;在金色阳光从水平方向的照耀下,菲狄亚斯的雕塑变得栩栩如生,阴影的动感让人觉得,那些浮雕仿佛在大理石上晃动,远处的大海和比雷埃夫斯被日光照耀得白茫茫一片;科林斯城堡

---

① 代指英国。
② 著名的古希腊大理石雕像,现藏于梵蒂冈博物馆。
③ 著名的大理石雕像,现藏于梵蒂冈博物馆。

反射出新的黎明，在西边的天际闪耀，仿佛一块紫色与火红色相间的岩石。

夏多布里昂绝非仅是环境描写，他在福韦尔领事的陪同下来到此地，为的是获得"关于阿提卡地区建筑、天空、阳光、景致、土地、大海、河流、森林和山峦的清晰印象"。而福韦尔领事则是无与伦比的古代雅典文明专家。让作家高兴的是，他能够修正自己内心原有的画面，为它填上色彩、味道和光线。

最令他感到震撼的是帕提农神庙的力度与和谐。他也无比赞叹伊克蒂诺斯，后者将多立克式的庄严与科林斯的轻盈巧妙结合，将没有基座的沉重石柱直接置于三层厚重的石阶之上，立刻使神庙获得了宁静轻盈之感。他的表述十分到位：整体的和谐感源于对建筑与环境之间恰当关系的敏锐把握，同时也源于建筑各部分的完美无缺。

夏多布里昂的记述之精确，其对技术细节的关注以及文学描写的精妙都使他成为"考古时代开始前"顶级的希腊旅行家之一。他未能避免错误（如今可以轻而易举地挑出这些错误）。受到斯庞记叙的影响，他也把帕提农神庙三角楣饰上的雕像归于哈德良时代艺术家的头上。但是受到正确的直觉引导，他同时也指出，菲狄亚斯让两个三角楣饰都赤裸着，这是不可能之事。

对于深陷奴役之中的欧洲故国，许多浪漫主义者痛心疾首，这也使夏多布里昂的笔下诞生了如此的场面：

Dizdar，或者说指挥官，是监视梭伦人民①的鬼怪化身。他住在堆满菲狄亚斯和伊克蒂诺斯艺术杰作的城堡里，甚至不曾想到，是哪个民族留下了这些遗迹。他不愿走出自己建在伯利克里的建筑废墟之间的窝棚，有时这个无灵魂的暴君只是挪蹭到自己

---

① 指希腊人民。

藏身之所的门边，盘腿坐在肮脏的地毯上，烟袋的青烟在弥涅耳瓦圣殿的石柱间袅袅升起，而他的目光则茫然地扫过萨拉米斯岛和埃皮达鲁斯海岸。

一八二一年春，希腊爆发了反对土耳其人的起义。我们不应以为，在那些拿起刀枪的起义者心中，永恒的希腊精神——那个哲学家和艺术家的希腊——是起义行动的灵感和原动力。

一个亲希腊的人曾经感伤地说，希腊人民在任何时代也没有像解放前四分之一世纪里那样，对幸存的古代遗迹表现出如此的冷漠。希腊起义者不是以伯利克里的名义，而是以拿撒勒人①和四位《福音书》作者②的名义进行战斗。在十几个世纪里，正如有人说过的那样，东方教会像用盐保存鱼一样，保存了民族的独特性。

雅典甚至已经不再是重要的战略支点，而是一个人烟稀少，只有数千居民的小城。在战斗中，城市和卫城堡垒几经易手。但这更是有关象征、有关旗帜的争夺。战争的命运是在其他的战场上决定的。

从一开始，土耳其人就在雅典有组织地搜罗人质（一八二一年复活节），将他们关在法兰克高塔里。土耳其禁卫军关闭了城市的大门以防止起义军渗透。然而起义者还是成功地占领了城市。对于作为文化古迹的雅典卫城来说，战斗双方的武器装备简陋，特别是起义军方面长期缺乏大炮无疑是个福音。被围困者向城外发动了一场突袭。由一个犹如来自东方童话里的高大黑人率领的土耳其部队，突然尖叫着冲向起义军战壕。然而这支部队被彻底歼灭。作为报复，土耳其人立刻开始屠杀人质。屠杀发生在地米斯托克利城墙上。被砍下的头颅沿

---

① 拿撒勒，耶稣基督的故乡。此处即指耶稣。
② 四《福音书》作者指马太、马可、路加和约翰。

着山坡一直滚到前排房屋的门边。①

布莱奥尼帕夏率领四千名阿尔巴尼亚士兵驰援被围困在要塞里的守军。像在古典时代一样，市民们从城市撤出，到萨拉米斯岛上去防守。而当布莱奥尼撤军时，雅典人就又回来重新围困要塞。这差不多是围绕圣山的死亡四对方舞②的开始。

经过近一年的围困，精疲力竭的土耳其人耗尽了最后的弹药和水，缴械投降。接下来是狂欢、混乱，基督徒和伊斯兰教信徒的互相杀戮。奥德修斯·安德鲁斯托斯被任命为要塞指挥官。历史学家对此人的评价褒贬不一：对一些人来说他是民族英雄，由于起义领导层缺乏理解而造就的牺牲品，而另一些人则认为他是捣乱分子和叛徒。考古学家们不能原谅他为找到传说中的珍宝而下令摧毁了喀罗尼亚城③里面的狮子。

新任指挥官全力以赴地准备防守。他在画廊附近发现了一个古代的喷泉，于是让人建造堡垒将其环绕起来，还没忘记模仿那些古代建筑师的样子刻上一段话："此堡垒于一八二二年九月由安德鲁斯托斯之子奥德修斯将军从头建造。"

这座堡垒已经荡然无存，而建造它的人也同样命运悲惨。他与起义领导层发生了争吵，成为了洗劫阿提卡地区的土耳其匪帮的头子。被捕后被关在法兰克塔下面的地牢里，不久被杀。他的尸体被缠上绳

---

① 与这些事件同时代的麦克瑞安尼斯绘画集里，有展现起义战斗的画面。这本画集现在保存在希腊首都博物馆里，以向民族历史表达应有的敬意。这是一幅希腊版的埃皮纳勒图画（埃皮纳勒是法国东北部城市，以版画和图片生产出名——译注）。幼稚的叙事性画面更像一场闹剧，在当代观众眼中常会让人微微发笑。欧洲的浪漫主义画家，特别是法国人以极具戏剧感的冲击力表现这场起义的题材，充满了豪迈气息、悲壮色彩和恐怖感，给情感以宣泄，毫不吝惜使用火热的赭石与钴蓝。——原注

② 流行于欧洲宫廷的一种集体舞，又称卡德利尔舞。

③ 希腊城市，位于雅典西北方向。

索从窗户扔出去，以造成试图逃跑的假象。①

发生迈索隆吉翁②大屠杀的一八二六年对于起义来说是黑暗的一年，这一年夏天，赖希德帕夏率领下的土耳其人再次包围了雅典卫城。部署在缪斯山上的部队轮番炮轰帕提农神庙的西面外墙。火枪手则在画廊和通廊的墙壁上留下累累弹孔。厄瑞克忒翁神庙里从前的后殿穹顶，连同大部分古代雕塑被炮弹击中，轰然倒塌。

看起来，这一次雅典卫城已经在劫难逃了，莫罗西尼的故事将再次上演。赖希德帕夏看到城堡久攻不下，便下令工程兵在圣山下挖一条长长的地道，目的是做一个"大地雷"。土耳其人在那条地道里安放了三吨半火药，数量足以将半个城堡炸上天。帕夏对胜利信心十足，下令让一线包围部队撤出。但是谨慎小心的希腊人挖了十二条地下深壕，吸收化解了全部的爆炸力。帕夏的努力付之东流。

就在这时，雅典的战争剧场里查尔斯·法布维埃上校③登场了。这位法国的职业军人来自洛林的一个家族，他命人给自己画一幅头戴裹头巾，身穿羊皮氅，腰挎大弯刀的肖像。除了浪漫主义的热情，法布维埃还带来了极其宝贵的东西——良好的军事素养和对待战斗任务的理性态度。他将起义部队组织成常备军，将秩序与纪律等观念引入了落伍的、业余的指挥行动中。

一八二七年冬，他指挥一支为数不多的军团去支援在雅典要塞里的被困部队。这是一次特殊的出征，因为其目的不仅是强化守军的人数，而且还要运送战争物资。指挥官的汇报尽管枯燥，但值得引用：

> 以亲希腊志愿者为首的我们到达距土耳其战壕射程一半的位

---

① 在雅典历史和民俗博物馆里有一些著名古代人物的木制胸像，曾作为起义船只的船头装饰。地米斯托克利和梭伦长着大鼻子和凶徒般可怕的胡须，与希腊古典雕像相距甚远，更让人错以为是克里特荒岛上的牧羊人或者是海上的匪匪。——原注

② 希腊中南部城市，1821年至1829年希土战争时的战场。

③ 查尔斯·法布维埃（1782—1855），法国将军，曾参与希腊独立战争。

置，那些战壕很深，而且守卫严密。午夜前一个小时，满月。当他们看到我们时，我们就像冲锋般飞步冲过去，只是枪里没有子弹。我们跨过战壕，冒着霰弹炮和枪支非常密集的火力，跑过战壕与要塞之间的空地。我方有四人牺牲，十二人受伤。

法布维埃的大胆行动将雅典卫城的守卫时间延长到了一八二七年六月。从军事角度看，这只是不值一提的一段插曲，但守卫者的坚持有着巨大的道义和政治意义。当希腊人放弃要塞的时候，他们祖国的命运已经确定。一八二九年在埃迪尔内①签署的和约恢复了希腊的独立。然而土耳其人直到一八三三年四月才撤出雅典卫城。此时的雅典只有三百幢房屋和两千名居民。奥托一世国王②采取的最初行动之一就是将圣山非军事化。士兵们腾出来的阵地交给了考古学家和建筑师们。

在一八三三年秋季号的《两个世界杂志》③中，我们可以读到一封准确描述古迹现状的信：

> 亲爱的朋友，您也看到了雅典卫城并且对它由衷赞叹，但现在要到达那里，您必须得穿过整整一圈防卫工事，绕过堡垒，然后是一个又一个的炮台。到达通廊脚下时，您却找不到通廊。在您面前的是厚重围墙层层包围的火药库，仔细观察，您能发现砌在墙里的石柱。沿着这条路接着往前走，通过一个狭窄的过道向右，您会发现，寻找无翼的胜利女神神庙也是徒劳。它应该就在这儿呀？您对自己说道，手里拿着保萨尼亚斯的书。就是在这儿，这个能看到大海和当年埃勾斯眺望海上船只的地方。那航船

---

① 旧称哈德良堡，现为土耳其埃迪尔内省省会。
② 奥托一世（1815—1867），巴伐利亚王子，1832年被选为独立后的希腊第一任国王。
③ 《两个世界杂志》创办于1829年，是迄今仍在出版的欧洲历史最悠久的杂志之一。

应该载着他的儿子——战胜了弥诺陶洛斯的忒修斯凯旋而归。但他在海上看到了挂着黑帆的船,误以为儿子已死,于是纵身跳下了悬崖。就是在这里,在这个地方,应该矗立着无翼胜利女神的神庙。但威尼斯人的大炮在一六八七年把那座建筑轰塌了,而土耳其人的手则把建筑材料弄得七零八落,大理石也被运往他处,使得这个地方已经面目全非,难以辨认。终于到达了雅典卫城,您还在寻找通廊,您想至少发现构成那个美丽入口左翼的画廊。可您现在只能在拥挤的土耳其房屋中间找到一个厅室,里面的残片堆积如山,足有房间的四分之三高。就是在这个厅里,建筑师斯图尔特努力重建胜利神庙,因为他无法在其他任何地方找到它。

在君主制初年,人们曾考虑为国王驻地另选新址的问题。德国新古典主义建筑师卡尔·弗里德里希·申克尔设计了新的卫城。这个幸好未能实现的梦想至今还让我们难堪和恐惧,帕提农神庙险些消失在门廊、石柱和圆形大厅的洪流里。此外,这个伪建筑还将有空中花园、玫瑰平台、柏树丛和棕榈树加以美化。在石头装饰之上会耸立起雅典纪念碑(像糟糕的歌剧里那样),而这与菲狄亚斯的精神已经没有多少关联了。

如今参观雅典卫城的游客中,已经很少有人能意识到,他们所见到的是经过长达一百多年艰辛努力而完成的重建作品。"重建"一词容易让人产生误解。人们使用一个新词来描述这些工作——石柱重新就位①,意为将石柱重新竖立起来,而更宽泛地讲,它的意思是所有"依据严格的考古原则,按照本来的顺序安装和加固建筑原件"的工作。

十九世纪三十年代末,第一项重建工程——被土耳其人毁掉的胜利女神雅典娜神庙完工。然而在这项工程期间人们犯了两个严重错误:没有加固神庙下面的堡垒,也没有检查古代的地基。一百年后,

---

① 原文为希腊文。

人们不得不将这座建筑一块石头一块石头地拆解然后重建。

石柱重新就位看似简单的原则在实践中却带来了一系列难以解决的问题。二十世纪在卫城上指导施工的希腊建筑师巴拉诺斯这样描述仅仅是厄瑞克忒翁神庙一小部分的修复工作所遇到的困难:

> 格里高·苏族的平版印刷品向我们展现了一八二七年时女像柱的立面几乎已经全毁。艾佛尔·毕达基斯在城里找到了女像柱的一个头,它被交给巴伐利亚雕刻家伊姆霍夫进行维护工作。这根女像柱的胸段躺在神庙东面不远的地方,一八四四年希腊雕刻家安卓里在帕卡德工作期间找到并对其进行了翻新。填充了新大理石块的穹顶原本是用木柱支撑的,一八七二年被换成了铁柱。其中一根铁柱穿过用泥陶复制的女像柱(原件被埃尔金运到了伦敦),支撑着部分穹顶。但是女像柱的头,包括那个在一八四四年被翻新过的,都处于非常糟糕的状态,因为那些铁支架安装不当,发生了移动。此外还需要将那个陶制的女像柱更换成水泥的。用墙壁加固的门廊也应该改正。出于这众多的原因,人们决定彻底拆掉前立面重新安装。

希腊神庙的重建工作实际上使人们得以了解古代建筑学的奥秘。一八四五年,英国科学家弗朗西斯·克兰默·潘罗斯第一次对帕提农神庙进行了精确测量。他捕捉到了一些细微的视觉修正,例如柱座与水平线有微微的倾斜,高差为二百二十八毫米,是雅典卫城主神庙宽度的千分之一。千百年来被看作是冰冷几何学作品的建筑,这时人们发现,实际上是各种曲线的复杂游戏。

巴拉诺斯领导的帕提农神庙修复工作因为一项发现而大大简化:组成同一根柱子的石鼓,在古代都用同一个字母标记,同时用不同的数字标明其排放顺序。石柱缺失的部分用水泥浇筑的部件代替,因为新的大理石不会有帕提农神庙著名的金色光泽。这项工作要求有伟大的，我想说是钟表匠般的精细。新加工的柱顶过梁对于结构加固来说必不可少，人们给它们涂了油，然后精确地推入缺失的部分。没有进行完整复建是明智之举，令人敬佩，因为那样可能将把帕提农神庙变成一个学院派的古典主义忧伤城堡。

高高在上的——就是它！
我的内心发出充满光明的，如凯旋般的呐喊。
道阻且长，而我到达目的地的机会近乎渺茫。需要克服重重障碍：各种政府机关的高墙、紧闭的大门、长长的走廊和一大群化整为零、坐在办公桌后面的监管人员。他们的手指里牵扯着那根决定我能否获得传奇经历的细线，犹豫着是否给我盖上那枚具有魔力的公章。
其实本可以止步于阅读他人的报道，止步于专家的论证，可以最终承认，我们梦想的对象将始终存在于视觉和触觉范围之外。而直接面对它的欲望是如此强烈，推动我从身体上靠近它的激情是如此强烈，它们从何而来？我渴望将手放在上面，在身体上与它融为一体，然后起身离开，随身带走什么？图画？颤抖？
我从未停止相信雅典卫城的真实存在，并不需要与它面对面相会来强化这一信念。雅典卫城是现实的奇迹。它没有给感官以诱惑，没有承诺任何超越现实的东西。它完整地实现自我，既不高估，也不贬低。
那时我不断重复着一句笨拙的表达：他在，我也在，而将我们的出生年代彼此分开的巨大时空差缩减了，消失了。那一刻，我们是同时代的人。
到达雅典已是傍晚时分。拖着沉重的行李开始寻找旅馆，起初在城里有些迷路。写卡片、喝咖啡、看展览又消耗了宝贵的时间。我知道，潜意识中我在努力拖延与雅典卫城的见面时刻，仿佛要借此强化自己的感受力。
夜幕降临，山的四周已几乎空无一人。如果我的记忆没有出现差错的话，那一刻我开始数柱子——八根、十七根，然后再数一遍，八根、十七根，跟学校课本里画的完全一样。我仿佛想以冷静和理性的方式接受这个不期而至的时刻。

很快我意识到，在我的内心存在着两个雅典卫城：白天的，和晚上的。看待前者时是分析性的，头扎在导游书里。检查建筑图纸、研究整体结构、触摸古代石材、想象损失部分，有点儿像对发掘出的动物进行解剖研究。

最初是尝试适应和自我调适对待这座古迹的态度。考虑到视觉冲击力、体量和先后顺序，我"为自己"选择了通廊和帕提农神庙。胜利女神神庙对于要体验其石头质感的人来说，有些过于精致了，给我的印象是一件成功的复制品、一篇关于古典题材的好作文。对我来说，最难的是与厄瑞克忒翁神庙找到契合点。金属支架使女像柱门廊大为失色，剥夺了建筑的意义和应有的轻盈感。那些女像柱本身已经伤痕累累，失去了美貌，仿佛是停留在从人形变成柱子的半途中。在为数众多的古代雅典崇拜构成的黑漆漆的池塘上空，这个爱奥尼亚风格的神庙仿佛在诉说，难以将过去的信仰与新的建筑表达方式结合在一起。

第二个雅典卫城——夜晚的卫城，闪烁在夜空中，展现出自己的全貌。我在缪斯山上坐下，就在费洛帕波斯纪念碑旁边。山下是穷困的普拉卡区，不时有家长里短的说话声传来。白色的房屋在黑暗中发出石灰的光泽。空气中弥漫着羊肉、橄榄和大蒜的味道。雅典卫城就矗立在洋葱味道编织的花环里。向左看去，那些树木之间，每晚都要举行"太阳与光芒"① 演出。索福克勒斯的合唱团轮番用法语和英语哭泣。光线在夜幕中揭开圣山的一角。舞台上的反光灯发出火焰般的红色光芒。

那一刻，雅典卫城对我来说是一件雕塑作品，而非整个建筑群。帕提农神庙沦为废墟的南侧柱廊，被拦腰截断的柱身都让我的心一阵

---

① 原文为法文。

阵发紧。石头与不断袭来的空虚进行着战斗。

在我的意识中,雅典卫城从美学层面过渡到历史层面。我既没能重复十九世纪人文主义者的感动,也没有重复他们的祈祷。理性信仰的话语无法从我的嘴中说出:"哦,高贵!哦!质朴而真实的美!对女神的崇拜意味着理智和智慧,而你,你的圣殿是良心与坦诚的不朽课堂。"①

在我面前的雅典卫城,被简化为一具骨架,被从身体上剥离。对我来说,它既是一件意志、秩序的作品,又是一件混沌、艺术家和历史的作品,是伯利克里和莫罗西尼、伊克蒂诺斯和劫匪们共同的作品。当目光触碰到它的伤痕和残缺,我感受到一种赞美与怜悯混杂的情感。

如果说我获得了那些身处威胁之中的人所独有的幸福感,那大概是源于我意识到一个非同寻常的事实,即"我竟然赶上了",在它和我没有到达时光的黑暗尽头,去分享所有人类的共同命运之前,在茫然未知的未来到来之前。

---

① 原文为法文。(选自欧内斯特·勒南《在雅典卫城上的祷告》)

萨摩斯旧事

献给米洛斯拉夫·赫鲁伯①

这是一块从亚洲大陆分离出来的陆地——漂浮在爱琴海波涛之上的萨摩斯岛。在这里,爱琴海另有一个美丽的名字——伊卡洛斯海。萨摩斯岛东海岬距陆地的距离非常近,以至于在晴好天气里,一个游泳好手可以毫不费力地泅渡过去。

岛屿呈狭长形状,在东北部,大海深深嵌入陆地,构成一个港湾。萨摩斯岛的主要港口和与岛屿同名的首府就坐落于此。

岛上地形山峦起伏。斯特拉波在强调此地多山时曾经解释说,萨摩斯的意思就是山丘。最大的山系位于萨摩斯岛西部。整个岛屿东部平坦开阔,而在西部,高达一千四百米的克尔克托斯峰几乎垂直入海,构成一道坚固的屏障。

萨摩斯岛在公元前一千年左右被希腊殖民,在雅典的繁荣期开始之前很久,这里就已经成为爱奥尼亚文化的中心。雄伟的宗教建筑,其中包括高大的赫拉神殿,大都建造于公元前八世纪。赫拉神殿在公元前七世纪曾被翻新,之后在公元前五六〇年被两位建筑师罗伊库斯②和西奥多勒斯③改建。它曾是当时希腊最大的宗教建筑,其规模令人叹为观止:长一百零二米,宽五十二米。在希罗多德时代,萨摩

---

① 米洛斯拉夫·赫鲁伯(1923—1998),捷克诗人、美学理论家、翻译家。
② 罗伊库斯,公元前6世纪萨摩斯岛的雕刻家和建筑师。
③ 西奥多勒斯,公元前6世纪萨摩斯岛的雕刻家和建筑师。

斯岛的首府坐落在大海之滨，像露天圆形剧场一样层层叠叠依山而建，被认为是世界上最美丽的城市之一。

在雅典拥有的船只还寥寥无几时，强大的萨摩斯舰队已经独霸爱琴海，并远达西西里岛、伊庇鲁斯①和其他众多的滨海殖民地。萨摩斯统治者与埃及保持了良好的关系，而在东部，则与波斯总督们平等相待。

萨摩斯是杰出建筑师、工程师和艺术家的祖国。这里曾开办著名的雕塑和制陶学校，这里也将冶铁和制铜技术发展到了极致。萨摩斯建筑师的美名无与伦比。至今仍可以看到波利克拉特斯②时代在山岩上开凿的引水渠。当大流士一世决定在多瑙河上建桥时，监督工程的就是萨摩斯的建筑师。

波利克拉特斯，萨摩斯的僭主、商人之子、大贵族的敌人、艺术保护人。阿那克里翁③和伊比库斯④之类的杰出诗人是他"文艺复兴"宫廷里的座上宾。历史上还流传着许多著名萨摩斯画家的大名：卡里丰⑤、西奥多勒斯、提莫泰斯⑥、阿戛塔尔库斯⑦。其中最后一位也活跃在雅典。据说，他还把绘画引入了剧场（还创作了一部关于舞台布景的论著，可惜没有保存下来）。

在萨摩斯出生的哲学家有毕达哥拉斯⑧、麦里梭⑨，历史学家有

---

① 希腊西北部地区。
② 波利克拉特斯，古希腊萨摩斯岛的著名僭主。大约公元前538年开始统治，前522年去世。
③ 阿那克里翁（公元前520—前485），希腊著名诗人，以饮酒诗和哀歌著名。
④ 伊比库斯，约活动于公元前6世纪前后，古希腊诗人。
⑤ 卡里丰，公元前6世纪希腊画家、医生。
⑥ 提莫泰斯，不详。
⑦ 阿戛塔尔库斯，公元前5世纪希腊画家。
⑧ 毕达哥拉斯（约公元前580—前500），古希腊哲学家、数学家。
⑨ 麦里梭，公元前5世纪希腊哲学家，爱利亚学派。

派吉奥斯①和杜里斯②。

萨摩斯岛杰出人物的名单还可以列很长很长,但一切还是应该先从赫拉这个名字说起。据说,她就出生在这里的伊姆博阿索斯河边。

我们将绕开描写古老石头的习惯。原因很简单,我没有亲眼见过这个岛,如果不算一战前的一张明信片的话。那张明信片上能看到一根没有柱头的多立克式石柱,像根工厂里的烟囱,孤零零地立在像被火烧过的天空下,在一片干枯的景物中间。

我们暂且谈一段历史插曲,人们称其为萨摩斯叛乱或者萨摩斯反抗。这件事发生于公元前四四〇年至公元前四三九年之间,为时很短,因此被许多历史学家所忽视。然而对我们来说,这件事看起来比专家描写的更重要,结果也更沉重一些。

我们努力从相互矛盾的信息来源与描述中重新建构那段历史,同时不削弱对被征服者的同情。

两座杰出的爱奥尼亚城市——萨摩斯和米利都处于长期的纷争之中。争议的对象是古希腊七贤之一毕阿斯③的祖国,位于小亚细亚海滨,大门德雷斯河入海口附近的普林纳。这两个希腊城邦之间的争执有点儿像家里吵架,很难找到根本原因和"是谁挑起的"。争吵双方都属于提洛同盟,该同盟后又被称为雅典海上同盟。同盟的成员一共超过二百个,形式上大家拥有同等的权利,在同盟委员会大会上各有一票。而实际上由于实力的优势,雅典拥有决定性的一票。

在萨摩斯和米利都的纷争中,理智告诉人们,雅典应该保持调停人的立场,不要偏袒其中任何一方。然而很难解释清,为什么作为经

---

① 派吉奥斯,不详。
② 杜里斯(公元前340—前270),又称萨摩斯的杜里斯,古希腊历史学家和评论家。
③ 毕阿斯,公元前6世纪古希腊哲学家、辩论家,"古希腊七贤"之一。

验丰富的政治家,伯利克里卷入了这场危险的游戏——如果我们不接受普鲁塔克造的谣,说这是因为出身于米利都的阿斯帕齐娅劝说的结果。不管怎么说,雅典表态反对萨摩斯,认定争议城市普林纳应归米利都所有。萨摩斯人感觉受到了伤害,因此不承认这一决定。雅典的武断政策使其自由国家的地位受到质疑。人们传言,萨摩斯政府不会屈服,将为自己的权益而战,甚至会退出雅典同盟,而这将是一个危险的先例,因为这可能会引发一系列其他希腊城市起来反抗雅典人。在此情况下,伯利克里决定采取迅速而果断的行动,就是说实行干预政策。

公元前四四〇年夏,由四十艘三列桨座战船组成的远征军团从比雷埃夫斯起航,去镇压反抗者。

萨摩斯戏剧的第一幕就此闪电般结束。猝不及防的萨摩斯岛落入了雅典人之手。雅典人解散了现政府,组成了保证效忠的新政府,在岛上留下了卫队,还将五十名最杰出的公民和同样数量的孩子作为人质带走,送到利姆诺斯岛①上。

事情看似最终得以解决。伯利克里的辩护者说,雅典人在萨摩斯岛建立了民主统治后就班师回国了。这种说法听起来就像学校的郊游报告一样平淡。

然而一部分萨摩斯人在雅典人入侵之前就逃到了小亚细亚,到当时萨第斯②的军事指挥官毕苏特内斯的宫廷去求援。他们纠集了约七百人趁夜色在岛上登陆,推翻了强加的政府,把人质从利姆诺斯岛救出来,而雅典人则被交到了波斯人的手上。

因这样一段插曲——希腊历史上从来不缺插曲——事态变得严重起来,特别是拜占庭这个虽地处希腊世界的北方边界,却构成贸易重

---

① 希腊爱琴海北部岛屿,为希腊第八大岛。
② 位于今天土耳其马尼萨省境内的古代城市,曾是古国里底亚的首都,也是波斯帝国的重要城市之一。

地和战略要冲的希腊殖民地,也加入到了叛乱者行列中。伯利克里决定在形成反雅典同盟之前果断行动。

公元前四四〇年——第二次征讨萨摩斯。这场行动规模浩大,不仅是因为与第一次出征相比,有更多的舰船加入,而且更因为这是个政治性时刻——有盟军参与雅典一方的军事行动。修昔底德的观点很具典型性,他说伯利克里派自己的战舰去希俄斯①和莱斯博斯②,召集这些国家参战。那么召集令一定是相当严厉的了。

在战争行动的同时,伯利克里以其特有的娴熟手腕开展了外交行动,将萨摩斯在国际舞台上——如果可以用"国际"一词的话——孤立起来,让整个冲突限制在希腊内部。他从同盟财政中拨出一部分款项支付给波斯总督们(这位雅典领导人在联盟大会上介绍财政状况时,对此类支出只是一语带过:"用在了必要的目标上"),以换取他们在冲突中保持中立,如果说这还在可接受范围内的话,那么将卡里亚③沿岸的希腊土地交给波斯则大大超出了底线。

第二次萨摩斯战争波澜起伏。伯利克里率领六十艘战船进攻萨摩斯岛,而且在特拉吉亚岛附近的海战中打败了敌舰队。然而尽管雅典军队在萨摩斯岛登陆并且开始了漫长的围城和海上封锁,他却并未能在军事上征服对手,也未能击垮他们的抵抗士气。此时有四十艘来自雅典和二十五艘来自希俄斯岛和莱斯博斯岛的战船前来支援伯利克里的船队。

这时,伯利克里听说腓尼基人的战船前来为萨摩斯岛解围(这并非实情,因为在整个冲突期间,萨摩斯岛是完全与世隔绝的),他分出六十艘封锁城市的战船,沿着卡里亚海岸航行,以图截断腓尼基人的道路。

---

① 希腊第五大岛,位于爱琴海东部。
② 希腊第三大岛,位于爱琴海东北部。
③ 安纳托利亚历史上的一个地区,在今土耳其境内。

这时被围困的一方立刻开始反击。出乎意料的进攻让雅典人猝不及防，萨摩斯人成功摧毁了警卫船，并与对手进行了一场成功的陆战，许多俘虏也参加了战斗。大海重又门户大开，可以补充食物和战争所需的物资了。萨摩斯的天空透出了希望的色彩，这种情形持续了整整十四天。

然而伯利克里带着自己的船队返回了萨摩斯，严密的封锁重新开始。从雅典、希俄斯岛和莱斯博斯岛又有多达九十艘战船前来增援。

在围困九个月后，弹尽粮绝的萨摩斯岛投降了。这发生在公元前四三九年春天。

投降的条件极其苛刻。萨摩斯人必须拆毁城墙，交出自己的舰队，送上人质，支付天价的战争成本，数额高达近八百五十万德拉克马。此外岛上还部署了雅典守卫队，萨摩斯失去了同盟城市地位。

有一位参加了此次远征的雅典战略家，他所获得的荣誉不是因为战争中所取得的优势，而是因为与战争精神相悖的成就。在希腊，职业将军的行业并不为人所熟知。这解释了，为什么索福克勒斯在这场兄弟相残的战争中获得了令人生疑的战略家美誉，就是因为他的《安提戈涅》在剧院里取得的成功。我们并不太清楚具体的情况，不了解诗人是个什么指挥官。古代好事者流传着一个笑话，说在整个战争中，最让他兴奋的是有大量青年男子参与其中。

有一位哲学家在战线的另一侧，他就是伊塔格内斯之子麦里梭。他的战术才能、出人意料的行动、迅雷不及掩耳的出击，甚至在对手阵营中也赢得了充分的尊重和认可。可以说，麦里梭是一位职业哲学家——更奇怪的是——他是巴门尼德学说①的支持者，而该学说认为生命是唯一的、永恒的、无限的、没有终结和静止不变的。根据那位

---

① 巴门尼德（约公元前515—?），古希腊哲学家，最重要的"前苏格拉底"哲学家之一。他创立的哲学学说是对此前古希腊原始朴素哲学的继承和发展。著有《论自然》。

大师的学说，麦里梭认为，每一个变化、每一个转变、每一次运动都绝对是个错误。尽管如此，他还是一个天赋异禀的指挥官，而且其指挥的战斗绝非花架子。

是的，这场战争是诗人与哲学家的对话。战争中充满了真正的死亡、真正的伤痛、真正的勇敢和真正的胆怯。我们想象中的古代决战是歌剧般的场景，不要太当真，造成这种感觉的原因之一是历史电影，里面衣着可笑的男人们在战场上奔跑，手里拿着原始的杀人工具。对我们来说，那血色像是壁画上漫漶不清的色彩。

我们甚至不知道近似的死亡人数，也许即便我们知道那个数字，而我们那被各种大数字反复刺激的想象力，我们那在经历了白人间众多血腥战争之后变得迟钝的感受力，也根本不会再有所触动。

萨摩斯战争期间并不乏野蛮暴行，为此胜负双方一直互相攻讦。如普鲁塔克就曾记载，萨摩斯人当着雅典战俘的面焚烧猫头鹰标志①，作为报复，雅典人给被俘的岛屿守卫者烙上了萨玛伊那的标志。萨玛伊那是一艘著名的战船，船头像猪鼻子一样向上翘起，船体则像个鼓胀的肚子。

历史学家杜里斯（当然，他并非生活于这一事件发生的年代）记述说，战争失败后，萨摩斯战船的指挥官们被运往米利都，在那里被折磨致死。他们先是被绑缚在城市广场的十字架上整整十天，待他们已经奄奄一息时，再用木棒击打头部，最后曝尸荒野，无人埋葬。杜里斯来自萨摩斯。伯利克里的辩护者说，杜里斯夸大了自己祖国所遭受的不幸，为的是使雅典人蒙上恶名。

伯利克里戴着胜利者的花环进入雅典。这当然是一种借自罗马习俗的比喻性说法。然而民众的热情确实空前高涨，就像以往取得不明不白的胜利时一样。历史上流传着一个很有说服力的插曲，插曲的主

---

① 在古希腊，猫头鹰是雅典娜的象征，而雅典娜是雅典的保护神。

人公是艾尔皮尼斯,一位当时已经年过七旬的老妇人,奇蒙①的姐姐,卡里阿斯②的遗孀。这一定是位不同凡响的女人,关于她的一生有很多令人难以置信和诽谤诋毁的故事,可能是因为她的勇敢和智慧都远超常人。与雅典妇女的传统不同,她的兴趣远远超出了家务的范畴。她敢于在由男人们把持的公共事务中发言——这大概激起了深深的恐惧。人们还说,她曾在公元前四六一年奇蒙与伯利克里达成短暂"停火"时发挥过中间人的作用。

在一片欢欣鼓舞之中,女人们给伯利克里戴上花环、配上绶带,"就像迎接获胜的摔跤手一样",而就在此时,艾尔皮尼斯走到他面前说:"这一切的确配得上这些赞美和花环,伯利克里,为此你让那么多勇敢的公民丢了性命,而且不是像我的兄弟奇蒙一样,是在与腓尼基或者波斯的战争中牺牲,而是为了在一个与我们有同盟和血缘关系的城邦恢复秩序。"

如普鲁塔克描述,伯利克里狡黠地引用了一段阿尔基库罗斯③的名言,只是这段话既不太对题,也不太文雅:"休为自己再涂抹香料,既然你已如此衰老。"

在雅典,不是所有人都像艾尔皮尼斯-卡桑德拉那样透彻地看清了事态发展。伯罗奔尼撒战争的疾风恶浪正在逼近。雅典的强国之梦已余日无多。这个最美妙的世界里,只是表面上还一切都平静如常。萨摩斯就像几年前的优卑亚岛,被征服并遭受屈辱,雅典的优势再次得到确认,但针对胜利者的仇恨在滋长,特别是在帝国的东部,在希腊土地卡里亚被可耻地交给波斯人之后。

玛丽亚·黛乐谷曾写过一本研究伯利克里的精彩著作,她的话不

---

① 奇蒙(约公元前510—前449),又译客蒙,古雅典的军事领袖和政治家。
② 卡里阿斯,公元前5世纪人,雅典人,曾作为代表与波斯谈判签订《卡里阿斯和约》。
③ 阿尔基库罗斯(公元前680—前645),古希腊最早的抒情诗人之一。

无道理：从这场看似规模不大的战争开始，海上同盟走向瓦解，伯利克里政治生涯的黄昏也就此到来。

如我们所知，萨拉米斯岛战役之后建立的雅典同盟，是为了解放爱奥尼亚城市并抵御波斯入侵。而当野蛮人入侵的威胁已经过去，同盟的财政已经从提洛岛迁移到雅典后，它就成了雅典的政治工具。人们发现，因目标而产生的机构往往比目标本身更长久。这样的案例不仅在古代历史中屡见不鲜。

这个本应是自愿加入的同盟有一个根本缺陷，那就是不冒战争危险无法从中全身而退。加盟的城邦国家必须承认雅典事实上的优势，这在经济压力方面显而易见。

大部分城邦国家每年须向同盟的共同财政缴纳一至三塔兰同，这是一个尚能够忍受的数额，特别是考虑到通货膨胀的因素。但是该金额可以被随意提高。在不成功的反叛之后，萨摩斯被强加的纳贡金额就达到每年八十塔兰同，此外，反叛者还要支付雅典高达一千塔兰同的战争成本——这对哪怕是最富裕的城邦国家来说也是毁灭性的负担。由于同样的原因（反抗雅典）埃伊纳①支付了三十塔兰同。一段时间之后，纳贡金额被压缩到十三塔兰同，乃至八塔兰同。这在实践中可以形容为对忠诚的奖赏。

在确定财政负担时的独断专行，不仅是雅典的政治工具，同时也出现在非政治领域。很难说清，为什么萨索斯②要付三十塔兰同，而富得多的拜占庭只付十五塔兰同。这种收钱方面的任意性肯定不利于人们对雅典人的好感。

喜剧作家特勒克勒德斯说"雅典人交给了伯利克里"：

> 来自城邦同盟的收入和城邦本身，

---

① 希腊岛屿，位于萨龙湾。
② 希腊岛屿，属北爱琴海诸岛。

> 让他联结一些城邦，搞散另外一些，
> 让这里的石头城墙矗立起来，
> 让那里的城墙变成瓦砾一片，
> 同盟、军队、权力与和平，
> 还有自己的财富，自己的全部幸福……

有一件事是民众和各国最难原谅他的——如果人们总体上能原谅他的话——那就是羞辱。战场上赤裸裸的军事失败还可以接受，因为总可以归罪于对手的优势、猝不及防或者己方统帅的无能。但自豪感受伤则很难愈合。

雅典人对失败者惯用的羞辱方法——除了在发生动摇的联盟国家里建立军事殖民地之外，还包括拆除被占城市的城墙。萨摩斯和埃伊纳就是这种情况。没有城墙的城市仿佛被公开取笑，接受被强加的保护人的看管，面对任何入侵者时都只能束手就擒。这是一个极其荒谬且短视的政策。伯利克里的亲戚亚西比德①对这些事理解得更透彻。公元前四一七年，他为同盟之事与阿尔戈斯②谈判时，承诺仿照雅典的长墙建设连接城市与大海的城墙。大概没人会误以为，亚西比德对阿尔戈斯和后来的帕特雷③这么做是出于无私的爱。

就这样，雅典在与萨摩斯的战争中大获全胜，但在道义和政治方面，这个胜利是值得怀疑的。公众的热情十分高涨。如《伊安篇》④记述的那样，伯利克里感到非常自豪，而且说"阿伽门农征服野蛮人的城市用了十年时间，而他只用了九个月就征服了最重要、最强大的爱奥尼亚城市！"为了公平我们要补充一句，如此趾高气扬的自我吹

---

① 亚西比德（公元前450—前404），另译为阿尔基比阿德斯，雅典城邦的政治家。
② 伯罗奔尼撒半岛东北城市。
③ 旧译帕特拉斯，位于伯罗奔尼撒半岛西北部。
④ 又译《埃奥恩》，是柏拉图较早的一篇对话录。

嘘与我们所知的伯利克里不尽相符,因此此话大概是来自某个街头吹捧者之口。

雅典不仅是民主的摇篮,而且也是演说家和诡辩家的祖国。如果事情可能激起道德批评或者干脆说应受道德谴责,从而使一个人身处困境时,他就应想出一个说法,使邪恶能够蒙上一层面纱。在这种行为中可以看到魔术的成分。他们相信,世界的主体不仅是实物和事件,语言也有本质性和创造性功能。雅各·布克哈特①在他那本《希腊文化史》中既饱含赞叹又不无讥讽地说到了雅典人在谈论坏事时谨小慎微的说话技巧,以及总能找到委婉说法的语言才能。就以这种方式,他们把监狱称为住房、纳贡称为补贴、占领称为保护。

阿提卡喜剧是社会舆论的传统表达方式,将民主国家公民有权批评政治家和政府机构的原则以艺术的形式表现出来。发人深省的是,萨摩斯之战的直接后果是在雅典历史上第一次引入了审查制度——禁止讽刺诗人在舞台上用真名表现人物。这绝非一个无关紧要的细节,这意味着深刻的内部危机已经初现轮廓。

对言论自由的严格限制,表明民众中的情绪与公开场合的热情和乐观情绪并不一致。很有可能批评的声音在升高,而艾尔皮尼斯——公民良心的极好例证——并非个案。

历史学家为伯利克里辩护说,并非他下令限制言论。该法案可能是在其不在雅典期间由人民大会投票通过的。此外,辩护者们还说,禁令并没有得到遵守,没过多久(在两个戏剧演出季后)这个与民主祖国不相符的措施就被中止了。

民主的祖国?是的,在野蛮人的汪洋大海中,这的确是民主的祖国,尽管它也曾将自己的意志强加于人,但它热衷于自己的理想和使命,热衷于自己唯一正确的道路,力求沿着这条道路引领希腊这个由

---

① 雅各·布克哈特(1818—1897),出生于瑞士巴塞尔,是杰出的文化历史学家。

大大小小偏僻邦国构成的纷扰不断的微缩世界。

我们的任务不是让读者享受可疑的愉悦，以为人类历史上根本没有纯洁之事，以为在自由的口号下总是隐藏着暴力，这对于某些人来说是现在和未来滥用语言和暴力的方便理由，因为，既然伯利克里本人也曾是个"帝国主义者"……

那么，重提这件历史久远的丑闻有何助益？从萨摩斯岛被奴役的故事里可以得出怎样的结论？我想是这样：那些入侵者从战场归来时，他们的衣褶和鞋底上带了细菌，他们自己的社会、自己的自由也将由此患上疾病。

关于伊特鲁里亚人

近来，伊特鲁里亚①人属于热门话题，仿佛他们才被发现不久，仿佛他们是地中海考古的最新惊人发现。对这一神秘文明的兴趣已经超出了学术界的范畴。那些沦为废墟的伊特鲁里亚城市频频见诸报端，还有不少关于伊特鲁里亚文字已被破解的激动人心但却漏洞百出的报道。许多国家的文学家创作小说，让罗马人祖先的悲惨历史得以复活。意大利旅游手册向游客们推荐那些此前一直被排除在传统旅游线路之外的城市：沃尔泰拉②、塔尔奎尼亚③、维伊④。这既非第一次，也不会是最后一次伊特鲁里亚热。

考古学家和历史学家们成功复原了意大利伊特鲁里亚人公元前九世纪之后的历史。在台伯河⑤、阿诺河⑥与第勒尼安海⑦之间，他们在罗马人之前创造了第一个古代文明。"伊特鲁里亚如此强大，以至从

---

① 处于现代意大利中部的古代城邦国家，古罗马的伊特鲁里亚时期是其强盛时期。
② 意大利托斯卡纳大区的一个城镇，城内有一座建于罗马时代的剧场。
③ 意大利泰博省的一个市镇，城内有大型伊特鲁里亚人的墓葬群。
④ 古代伊特鲁里亚人的城市，位于罗马西北方向十余公里处。
⑤ 意大利第三长河，源出亚平宁山脉向南流经罗马后，注入地中海的第勒尼安海。
⑥ 除台伯河外，意大利中部最重要的河流之一。
⑦ 地中海的一部分，位于意大利半岛西面。海域被意大利的萨丁岛、西西里岛、利古里亚、托斯卡纳、拉齐奥、坎帕尼亚、卡拉布里亚及法国的科西嘉岛包围着。第勒尼安海的名字是来自意大利的原住民族伊特鲁里亚人，传说中这个民族在他们的王子第勒纽斯带领下由吕底亚迁移到今天托斯卡纳一带。因此伊特鲁里亚人有时也被称为第勒尼安人。

意大利一端到另一端,从阿尔卑斯山到墨西拿①海滨,到处都传播着它的威名。"蒂托·李维②如是说。在辉煌时期持续了几个世纪之后,公元前四世纪前后,短命帝国——如果可以这样说的话——开始衰落。公元前二世纪,伊特鲁里亚被强大的罗马人彻底吞并并且融合。胜利者的历史学家开始致力于消除被征服者的历史贡献。我们作为罪行和沉默的继承人,正在努力恢复历史的公正,恢复历史上那些伟大的沉默者和失败者的发言权。

假如有人问我们,古代历史上哪些事件或者哪些进程至关重要,我们会毫不犹豫地列出希腊人与波斯人的争斗,以及罗马人的四处征伐。希腊和罗马历史作家的巨大权威无疑对此产生了重要影响,因此从历史破晓之时就已开始的波澜壮阔的地中海周边殖民进程在我们的意识中总是朦胧浮现。对于同样一些历史学家来说,人类这样一次伟大的经历就像一幅已经多处破损的壁画,或是一张被希腊人、腓尼基人、伊特鲁里亚人、迦太基人、罗马人之手反复涂写的多层羊皮纸卷,让一些罕为人知、只有名称和败绩留存下来的种族得以浮现到历史的表层。

在公元前第一个千年开始的时候,意大利的居民还生活在史前阶段,就像置身于东方伟大的文明火种之外的全欧各地居民一样。半岛上稀稀落落的村落,或者顶多是山顶上建有防御工事的定居点,大都居住着使用原始的黄铜或青铜工具的农牧民。在公元前九世纪,或者也许直到公元前八世纪,正是由于伊特鲁里亚人的原因,意大利从漫漫的史前长夜中被唤醒。从波河③河谷到坎帕尼亚④,沿着第勒尼安海岸建起一座座人口众多的城市,贸易发展起来,冶金业诞生,伟大

---

① 意大利西西里岛东北部的城市。
② 蒂托·李维(公元前59—公元17),古罗马著名历史学家,著有巨著《罗马史》。
③ 意大利最长的河流,位于意大利北部。
④ 意大利南部的一个大区,以那不勒斯为首府。

的艺术第一次在半岛上繁荣。伊特鲁里亚人拥有使之成为地中海文明强国的一切条件：肥沃的土地和矿山、陆军和舰队。古人还将一系列航海领域的重要发明——包括锚的发明——归功于伊特鲁里亚人。即便这个说法未必准确，但至少表明，他们在古代航海强国中占据领先地位。

拉齐奥是罗马强权的摇篮，但直到公元前七世纪中叶，它还是个无足轻重的国家，居住着四十个彼此联系松散的部族。在克利俄开始演说之前①，永恒的罗马是什么？在著名的七山丘上只有几个破败的村落和一群出身不同、习俗各异的人，生活在近乎原始的状态之中。

应该将罗慕路斯和雷穆斯连同他们的喂养者②送回神话博物馆，并且明确地说，罗马真正的创立者是伊特鲁里亚人。他们轻而易举地获取了对拉丁人的优势，并且建立了未来帝国的首都。从公元前六一六年到公元前五一〇年，伊特鲁里亚的塔克文王朝在那里统治。罗马那时候是一个伊特鲁里亚城市，这绝非推测，而是在近年来的考古发掘中得到了证明的事实。因为在这里不仅找到了伊特鲁里亚城市中常见的阿提卡陶器，而且还找到了最古老的城墙残迹。那些城墙的历史归属于塞尔维乌斯·图利乌斯——塔克文王朝的第二位国王。马克西姆下水道③是伊特鲁里亚工程师的作品，它的目的是将沼泽遍布的古罗马广场一带的水抽干。在卡比托利欧山④上，现在的保守宫⑤下面发现了一座朱庇特神庙。这座神庙具有托斯卡纳建筑所特有的内殿。几年前在罗马出土的两块伊特鲁里亚碑文证明，当时这座城市的居民

---

① 克利俄是希腊神话中9位文艺女神（缪斯）之一，掌管历史。这里指在有历史记载之前。
② 传说中罗马城是由被母狼喂养大的罗慕路斯和雷穆斯兄弟俩建立的。
③ 原文为拉丁文。
④ 意大利罗马七座山丘中最高的一座，罗马建城之初的重要宗教与政治中心。
⑤ 位于罗马的卡比托利欧广场，元老宫右侧，与新宫相对。保守宫得名于这里在中世纪曾是市政官员驻地。

也用伊特鲁里亚语交谈。或许罗马之名并非源于罗慕路斯，而是源自伊特鲁里亚的卢姆家族。至少有一点确定无疑，即罗马最古老的标志——那只母狼——是公元前五世纪伊特鲁里亚的铜器。

起初，拉丁人既未对伊特鲁里亚人构成竞争，也未构成威胁。此时伊特鲁里亚人的真正敌人是希腊人。

传统上人们将伊特鲁里亚人的分布地区划定在阿诺河与台伯河之间。而实际上，他们的真正中心是今天的托斯卡纳，而其胃口还要大得多。北有伦巴第①——意大利的粮仓，南有坎帕尼亚②。伊特鲁里亚人夺取了科西嘉岛和撒丁岛。如果相信来自西西里的狄奥多罗斯，伊特鲁里亚人还计划对那个位于大洋之上、海格力斯之柱之外③的童话般的岛屿（可能是马德拉岛④或者加那利群岛⑤中的一个），也就是位于当时世界边际之外的岛屿进行殖民。

通常是商人比殖民者要先行一步。对于考古学家来说，伊特鲁里亚人曾经涉足此地的显著痕迹就是托斯卡纳特有的陶器——*伊特鲁里亚黑陶*⑥，人们在马赛、伊比利亚半岛和迦太基都有发现。

从很早开始，伊特鲁里亚人和希腊人的征途就如刀剑般彼此交织在一起。最早一批希腊殖民者在西西里东部碰到了托斯卡纳人，双方

---

① 意大利北部区名，北与瑞士相邻，意大利最重要的经济区。
② 意大利南部工业最集中的地区。
③ 海格力斯之柱是在西方经典中，形容直布罗陀海峡两岸耸立的巨岩的短语。一般认为，北面一柱是位于英属直布罗陀境内的直布罗陀巨岩，而南面一柱则在北非，但确切是哪座山峰一直没有一致说法。根据伊特鲁里亚人和古罗马人记录的古希腊神话，海格力斯必须完成12项英雄伟绩。其中的第10项，就是到西方牵回巨人革律翁的牛群，带回给欧瑞斯修斯王。这个功绩成为了海格力斯出行当中，向西走得最远的一次。按照西西里的狄奥多罗斯的说法，在抵达塔尔提索斯（Tartessos）之后，海格力斯应在直布罗陀海峡两岸立几根柱子。封闭地中海的海格力斯之柱对于古人来说意味着已知世界的尽头。"海格力斯之柱之外"相当于"直布罗陀海峡之外"。
④ 位于北大西洋的东部。
⑤ 大西洋中由七大火山岛屿组成的群岛，位于非洲西洋岸之外，隶属于西班牙。
⑥ 原文为意大利文。

为争夺埃奥利群岛爆发战斗。在坎帕尼亚,希腊人成功地保住了离伊特鲁里亚人的卡普阿不远的库迈港,要知道那是在敌国的中心位置。伊特鲁里亚人与迦太基人结盟,并于公元前五四〇年在科西嘉岛附近打败了希腊舰队。这场胜利并不具有决定性,飘忽不定的平衡状态也仅能持续几十年时间。

公元前五世纪对于伊特鲁里亚人来说预示着漫长的垂死挣扎期即将开始。假如不是意味着未来世界之主的诞生,失去罗马对他们来说可能并没有那么可怕。罗马人在征服了拉齐奥后,几乎立刻转而进攻临近的维伊。关于征服这两个城市的战斗,罗马的历史学家们,特别是蒂托·李维有很清楚的记载。它们清楚地证明,就在那时,罗马征服世界的想法已经开始萌芽。戏剧和史诗都曾描写那场持续百年的较量,但仿佛都是以特洛伊战争为摹本。城市最终于公元前三九六年陷落(如特洛伊一样,也是在长达十年的围困之后),人民不是被变成奴隶就是被屠杀,朱诺①的雕像将被用来装点阿文提诺山②上新建成的罗马神庙。伊特鲁里亚的命运已经注定。塔尔奎尼亚、卡西里、武尔奇、沃尔西尼等一系列伊特鲁里亚美丽城市的陷落只是时间问题。

据尼波斯③描述,就在残暴的马库斯·福利乌斯·卡米卢斯④夺取维伊的同一天,波河河谷里涌入了大批的凯尔特人。这时伊特鲁里亚被彻底围困。尽管凯尔特人暂时满足于获取肥沃的山谷(他们在那里建立了山南高卢),但他们的抢劫拉力赛使这个国家备受蹂躏。与罗马人的战争尽管残酷,但这是两个势均力敌、文明发展水平相当的对手之间的较量,其间可以使用大家接受的战术原则和外交手腕。而处于无政府状态的野蛮人团伙则像冰雹、旱灾和瘟疫,像入侵中世纪

---

① 罗马神话中的天后,朱庇特之妻,系女性、婚姻、生育和母性之神。
② 罗马的七座山丘之一。
③ 康涅利乌斯·尼波斯(约公元前100—前25),古罗马传记作家。
④ 马库斯·福利乌斯·卡米卢斯,约活动于公元前5世纪至公元前4世纪的古罗马政治家和军事将领,曾五次出任罗马独裁官。

欧洲的维京人一样,让人感到惊慌失措而又无能为力。

在谈到伊特鲁里亚人与罗马人的斗争时,我们过于笼统简略容易让人产生误解。实际上伊特鲁里亚从不是一个我们现代意义上的国家,而是一个城市及其附属区域的联盟,就像古希腊的情况一样,没有一个明确的政治中心。尽管存在过称霸的现象(塔尔奎尼亚、卡西里及后来的丘西),但每个城市各自为政。这极大地方便了罗马人的行动。伊特鲁里亚联军从未与罗马人交锋过。在一些城市遭受致命威胁时,另一些城市则正与罗马媾和或者对邻邦的灾祸冷眼旁观。伊特鲁里亚人也不会将对手暂时的失败转化为己方的优势,例如在历次萨莫奈战争①期间就是如此。而罗马人以拉丁式的持之以恒,剔除掉一个又一个抵抗据点。如果他们缔结了一个停战协定,那也是为了准备下一场行动。和平对于伊特鲁里亚人来说意味着对打击的宿命期待。他们的战术就是绝望的防守。

也许伊特鲁里亚人有着这样一幅命运图景,是由于我们只能从他人的信息来源看待他们的结果。因此他们仿佛只是历史的客体而非有意识的主体,不能自我辩护,不能解释自己失败的原因,不能要求后代们给予平和的判决,给予宽容和理解。

即便我们认为自己已经了解了伊特鲁里亚历史的所有重要事实,但在英雄、元老院成员和将军等有血有肉的人物形象不胜枚举的罗马历史面前,对伊特鲁里亚历史的讲述是多么苍白和抽象。**但是这种缺陷正被新的人类种族历史观所弥补,它显示了文明现象的生物特点。伊特鲁里亚人的历史就像某种已灭绝动物的历史。这是一个很高的,看似超然的观察视角。**

起初,伊特鲁里亚城邦国家施行君主制,其宗主、伊特鲁里亚富甲一方的也许统治者②拥有宗教权、立法权和统军权,也就是说拥有

---

① 在罗马征服意大利中部的过程中,曾经发生过三次萨莫奈战争。

② 原文为拉丁文。

绝对权力。该政权出现的危机与公元前六世纪和公元前五世纪之交在罗马发生的危机相似。就像世界各地发生的情况一样,象征物往往比其原本表示的东西更具活力。黄金王冠、宝座①——装饰着象牙的王座、权斧柄②和双刃斧(与米诺斯人相似)被罗马人"借用",并成为高官显贵和胜利者的专属。在伊特鲁里亚,原始的君主制转变为寡头统治,后者努力维护自己的特权,反对君主专制的威胁和平民运动。伊特鲁里亚平民尽管进行了一系列抗争,例如公元前二六四年在沃尔西尼发生的反抗,但没能革新僵化、复杂的社会制度。罗马共和国在早期几个世纪里出现的贵族阶层与市民阶层差距逐步缩小的趋势,对于大贵族统治的伊特鲁里亚国家来说是陌生的。甚至那些备受赞誉的希腊艺术家、工匠,即便很早就在托斯卡纳定居,在这个国家仍只有客籍民③的政治地位。那奴隶又能怎样呢?他们的命运并不比在其他古代国家好,一次次被血腥镇压的反抗足以证明这一点。我们不应相信那些多愁善感的小说家所说的伊特鲁里亚人更加宽厚,以及壁画上描绘的那些优雅的管家、笛手和舞者穿梭在盛宴之间的场景。

在意大利的博物馆里可以看到数千个伊特鲁里亚武士的小雕像,让人既由衷赞叹,又不觉心生怜悯。瘦削的身材、戴着头盔的漂亮头颅、像羽毛笔般轻握着的矛,这一切让人联想起芭蕾舞剧,而非嗜血的战士。与美学暗示相反,看起来,伊特鲁里亚人的军队能征惯战,而且肯定是装备精良、组织有序。在博洛尼亚附近找到的铜器展示了这支军队行军的场景。部队的前边是骑兵,然后是明显分为三个阵列的步兵:第一方阵是前锋打击部队,然后是二线重装部队,队伍最后是轻装士兵。这完全对应罗马军团的划分:枪兵、重装部队和后备兵④。其

---

① 原文为拉丁文。
② 伊特鲁里亚人的习俗,用细树枝扎成木棒,上面安装斧头。由斧钺手持着走在高官队前,其数量多寡象征权力的高低。
③ 古代希腊的外籍居民,包括被解放的奴隶。此处指在伊特鲁里亚客居的外国人。
④ 原文为拉丁文。

至在该领域，伊特鲁里亚人很不幸地也成为了罗马人的老师。

那么在面对神明的雷霆之怒和上天安排的命运之时，什么是伊特鲁里亚人的战略和护甲呢？他们无疑是古代民族中最笃信神明的民族之一，但是他们的信仰，即便给他们带来了愉悦，却肯定没有给他们插上翅膀，就像阿拉伯人或犹太人那样。恰恰相反，却让自己的信徒们被厄运紧紧缠绕。

与希腊和罗马的宗教相反，伊特鲁里亚人的宗教是一种解释性宗教。有一天，一个超自然的生命在田垄里显现，惊得农夫达尔康目瞪口呆。这个农夫就是塔尔奎尼亚的创立者，而那个超自然的生命就是塔格斯神。他容貌像个孩子模样，而智慧却像个世纪老人。受惊的达尔康开始叫喊，人们应声跑来，塔格斯开始说教。

关于伊特鲁里亚人的宗教，我们全凭罗马人、希腊人和拜占庭人的评述才略知一二。这些评述诞生的年代较晚，已经是伊特鲁里亚文明消亡之后的事了。这似乎可以说明，为何有关该宗教的精髓，即该宗教形而上的部分及道德伦理部分如此语焉不详。评述者主要关注该宗教的——如果可以这样说的话——技术部分，按照古人对伊特鲁里亚人的观点，主要关注的是占卜——*迷信之母*[①]。

伊特鲁里亚训导书——如罗马评述者所称呼的那样——是各种调节神与人之间关系的纪律总集，主要是基于对各种符号的理解。在人的微观宇宙与神的宏观宇宙之间存在紧密的、形式上的联系，它们被编入这部训导书。而祭司的职责就是解读个人和整个民族的命运。

伊特鲁里亚人的这部神圣典籍——就像凯尔特的德鲁伊[②]传统一样，最初伊特鲁里亚人的传统也是口口相传的——分为三个最基本的

[①] 原文为拉丁文。
[②] 在凯尔特神话中，德鲁伊具有与众神对话的超能力。在凯尔特社会中地位崇高，阶级仅次于诸王或部族首领。可以免除兵役及纳贡义务。他们不仅掌管祭祀，同时也是医生、魔法师、占卜师、法官、诗人以及其所属部族的历史记录者。德鲁伊的原意为"橡树贤者"，即"透彻树的道理之人"。

部分：《占卜书》①——讲述通过动物内脏（主要是肝脏）进行占卜的技巧；《闪电书》②——内容包括对雷电的解读；《礼仪书》③——既涉及个人生活，也涉及社会生活的各种规章制度，包括建立城市和营建神庙的方法、基本的法度以及梦和奇迹所蕴含的神谕等。

在皮亚琴察④的一座小型城市博物馆里，收藏着一件形如肝脏、上面刻满文字的铜器。古人确信，肝脏就是生命的栖居之地，而对于伊特鲁里亚人来说，它也是一个宇宙的缩影。这件铜器发现于十九世纪七十年代，是一种祭司们用于研究动物内脏的教材。它的表面被分成一些刻画精细的几何图形，图形的中央写上神祇的姓氏。所以这既是一个小型的星图，又是一个众神在人体中所处位置的分布图。根据最普遍的推测，祭司极其详细地研究每只献祭动物的肝脏，从中发现的变异现象对他来说意味着某位神祇发出的信号或者话语。

众神也通过雷电传达旨意。九位神祇共掌管着十一种雷电，其中只有丁尼亚⑤（相当于罗马的朱庇特）拥有三种雷。第一种雷可以随意施放——这是警戒性的雷声。第二种雷很危险，必须在丁尼亚的十二位同伴集体认同的情况下才能施放。第三种雷是致命的雷，乃天堂毁灭之火，只有在列入大神之列的所有神祇同意的情况下才能打到地上。这种众神共同执掌天条的独特制度表明了天界的等级制度相当复杂，也要求祭司们要有精确的观察办法。伊特鲁里亚人将天空分成十六个部分。发现天上闪电发生的位置以及地面上被雷电击中的位置，能够使伊特鲁里亚祭司们确定是哪位神在发言。

对宗教的描述不应简化为对众神的罗列。确定众神名单和他们的特征并不太能说明问题的本质。对于伊特鲁里亚人的宗教来说，考虑

---

① ② ③　原文为拉丁文。
④　意大利北部城市。
⑤　伊特鲁里亚神话中的主神，相当于希腊神话中的宙斯或罗马神话中的朱庇特。

到其文献资料的支离破碎和外来信仰,特别是希腊宗教、巴比伦宗教和加迦勒底宗教①的强烈影响,这一点就尤显重要。同时还应考虑到伊特鲁里亚人宗教信仰所经历的深刻历史变革,以及不同神祇不具有普遍性的特点,而是与某一特定地区、特定城市或神庙相关联。

在伊特鲁里亚万神殿中占据首要位置的是三天神:丁尼亚、尤尼②和梅那瓦③(在罗马对应的是男性三天神:朱庇特、玛尔斯④和奎里纳斯⑤)。出身于沃尔西尼家族的威尔特纳斯是一位年轻英俊、充满活力的植物之神,像大自然一样拥有一千种变化。而起初在波普罗尼亚被崇拜,后来拓展到整个伊特鲁里亚的葡萄嫩芽守护神有一个响亮的名字——弗福伦斯。对他的狂欢式崇拜在伊特鲁里亚人中间极为盛行,这威胁到了罗马人的习俗。关于这一点,一位历史学家曾经有所记载。最著名的女性神祇是图兰——地中海女神母亲、妇女和爱情的守护神在伊特鲁里亚的化身。

以上对伊特鲁里亚神祇的举例说明可以提示我们,伊特鲁里亚人的宗教充满了对世界的愉悦的接受。事实上,也许除了埃及人以外,没有一个古代民族如此关注阴暗的冥界。恐惧、悲观(由于政治上的失败而不断加深)、如影随形的死亡,这些构成了该宗教最显著的特征。

早期的伊特鲁里亚坟墓里还充满了狩猎、盛宴、舞蹈和音乐的场景。从这些过去时光留下的影子似乎可以看出,人们那时过着无忧无虑的快乐生活。但从公元前五世纪开始,在亡灵居所的墙壁上,爬上了像夜鸟般可怕的恶魔——凯隆和图丘查。塔尔奎尼亚的祭司坟墓展

---

① 迦勒底人是古代生活在两河流域的居民,是闪米特人的一支。公元前626年,迦勒底人建立勒巴比伦王国。大约位于古代美索不达米亚南部。迦勒底人创造了高度发达的文化,其宗教信仰与古代中东地区的宗教信仰关系密切。
② 相当于希腊神话中的宙斯之妻赫拉。
③ 相当于希腊神话中的雅典娜。
④ 罗马神话中的战神,重要程度仅次于朱庇特。
⑤ 罗马神话中的战神,在罗马的神殿中占据第三的位置。

现了为纪念死者而举行的葬礼运动会，场面令人震撼。壁画上有两个相互搏斗的人物形象（大概是奴隶），他们的血将给亡灵带去安宁。其中一个人用锁链拽着一条大狗，正在扑向一个头部被袋子蒙住，手拿棍棒抵抗的男子。

这种显而易见的残忍并未使古人的心灵受到触动，我们已知的古代作家中，也没有人因此对伊特鲁里亚人横加指责。实际上，古罗马的许多血腥场面，甚至包括角斗士表演，都发源于伊特鲁里亚。然而这些事已经超出了当时人们的道德敏感性之外了。但是，伊特鲁里亚人有一些习俗却很令古希腊人和古罗马人所不齿。他们猛烈抨击伊特鲁里亚人对待妇女的态度。在第勒尼安人的社会中，妇女有着极高的社会地位和交往地位，该文明的这种"女性化"特点尤其让罗马人愤懑不已。可以毫不夸张地说，埃涅阿斯①的后代们把伊特鲁里亚人描绘成负面人品的典型、一片漆黑的背景，好让自己严厉的美德愈加显得光辉四射。

从古至今百试不爽的贬低邻居的办法，就是说邻家的妻子或者女儿德行不佳。可以编厚厚一本以第勒尼安妇女品行不端——作者们所认为的——为话题的希腊和罗马文选。希罗多德写道：在吕底亚②（即传说中伊特鲁里亚人的祖国），所有姑娘都靠做妓女积攒自己的嫁妆。普劳图斯③大概是以希罗多德为榜样，也没忘搜集行为不端的第勒尼安姑娘：

不是让你以土斯基女人的方式，

---

① 特洛伊英雄之一，维吉尔的《埃涅阿斯纪》描述其从特洛伊逃出后建立了罗马城。

② 小亚细亚中西部一古国，濒临爱琴海，位于今土耳其西北部，相传为伊特鲁里亚人的发源地。

③ 普劳图斯（约公元前254—前184），古罗马剧作家，其喜剧是现在仍保存完好的最早的拉丁语文学作品。

> 不知廉耻地用身体给自己赚嫁妆。①

公元前四世纪的希腊历史学家塞奥彭普斯②将伊特鲁里亚人的生活描述为无休无止、不知羞耻的狂欢。

在伊特鲁里亚坟墓里展现盛宴、游戏和野餐的壁画上,男人身边总是有女人。大概只有在克里特-迈锡尼文明中,妇女获得过如此高度的自由和独立。这两个彼此相距遥远的文化之间存在的联系,让人不禁浮想联翩。甚至如文特里斯③一般严谨缜密的思考,也深受这种感觉影响,在其年轻时代的论文中,曾经尝试确定,伊特鲁里亚文字在多大程度上令人想起线形文字B,尽管二者之间存在历史关联的可能性极小。还有一个事实特别凸显了伊特鲁里亚妇女所拥有的在古代社会极其罕见的崇高地位,那就是在男性名字旁边不是加上父亲的名字,而是加上母亲的名字。

不管道德如何,有一件事确定无疑,即在艺术生活领域,伊特鲁里亚人绝对堪称大师。他们具有可爱的童真,热爱游戏以及不懈地追求精致、高雅和奢华。文艺复兴时期托斯卡纳的宫廷,仿佛是这一文明来自久远年代的回声。

早期的单院落房屋后来演变成许多房间环绕天井的布局,从而构成强调私密性和生活魅力的居住空间。

> 他们习惯于每天两次举行欢宴,坐在鲜花簇拥的地毯和各种银制餐具中间。大批仆役在桌边服侍,仆人们全都是精挑细选,容貌俊美,并且根据宴会的种类不同,穿着价值不等的服饰。无

---

① 引自普劳图斯的《本箱喜剧》,G. 普日霍茨基译,克拉科夫,1931年至1937年。——原注。
② 塞奥彭普斯(公元前380—前315),古希腊历史学家、雄辩家。
③ 迈克尔·文特里斯(1922—1956),英国建筑师。因成功破解线形文字B而知名。

论是居所、主人还是仆役，一切都精致典雅、雍容华贵……

此时，他们已经失去了自己原有的力量和祖先们的战争荣耀，每天只是沉迷于欢宴和轻浮的游戏之中，而这种堕落恰恰源于这个国家的财富。

他们的饮食艺术一定是非常出色。位于奥尔维耶托①的戈里尼墓中壁画充盈着美食的气息。那些画作以惊人的现实感展现了美食家们全套的"实验室"设施：纷繁复杂、设计精巧的厨房用品，钩子上悬挂着大块的鲜肉和各种野味。

欢宴总有歌舞相伴。假如伊特鲁里亚人生活中的各种声音得以留存的话，那么占主导地位的一定是悠扬婉转、无处不在的笛声。"第勒尼安人伴着笛声拳击搏斗，伴着笛声和面做面包，伴着笛声鞭打奴隶。"古代观察家的话让人吃惊。伊特鲁里亚的传说讲述了真正的俄耳甫斯②式的狩猎方式。笛手隐藏在丛林中，用自己的笛声引诱野兽自投罗网。

音乐和舞蹈距戏剧只有一步之遥。一位罗马的作者认为，戏剧的起源是这样的：年轻人在向众神祈祷时要做一系列手势，开始时这些手势并不灵巧，而到后来就能表达对天神的祈求内容了。伊特鲁里亚的舞者、小丑和演员们很快来到了罗马并且大受欢迎（*演员*③一词就源于伊特鲁里亚语）。戏剧的第二个源头是农夫们向自己的保护神献祭时的歌唱。这种仪式最著名的中心是费斯岑纽姆地方。贺拉斯曾经谈到那些极具农民激情和幽默感的民歌，特别强调它们信手拈来的农谚和不拘一格的讽刺。如果不算那个偶然从作品中被截取出来的托斯

---

① 位于意大利翁布里亚大区西南部的小城。
② 俄耳甫斯是希腊神话中的诗人和歌手。善于弹奏竖琴，据说其弹奏时"猛兽俯首，顽石点头"。
③ 原文为拉丁文。

卡纳悲剧作家——一个名叫沃尔纽斯的人的话,伊特鲁里亚的整个戏剧文学就没有任何东西流传下来了。

然而伊特鲁里亚的生活并非无休无止的欢宴。这是一片艺术和阴郁宗教的国度,同时也是一片与罗马生活模式迥异的世界。表面上看,伊特鲁里亚人对死亡的恐惧和追求精致享乐的现世生活之间,似乎相互矛盾。

我们已经提到,伊特鲁里亚人于公元前八世纪出现在意大利。这听起来像是在说浪漫主义歌谣里的灵魂。他们的起源问题在古代已经引起人们的好奇。希罗多德认为他们来自于小亚细亚岸边的吕底亚。

> 在梅尼斯国王之子——阿提斯国王统治时期,整个吕底亚遭受了大饥荒。起初,吕底亚人痛苦地忍耐着,但饥荒持续不停,人们开始寻求解决之道。大家众说纷纭。就在这时,人们发明了骰子游戏、圆形骰子、皮球和其他各种游戏,只是没有发明西洋棋,吕底亚人没有把西洋棋的发明权归于自己头上。在发明了这些游戏之后,人们面对饥饿就有了解决之道:第一天不停地游戏,这样就忘了饥饿,第二天停止游戏,吃饭。就这样人们度过了十八个年头。然而厄运绵延不绝,且日益加重,这时国王将所有吕底亚人分成了两部分,让一部分人留在国内与命运抗争,而另一部分人则向外迁移。他自己继续担任留在国内的那部分人的王,而让王子第勒纽斯担任向外迁移的那些人的王。抽签之后,一些人离开了故国,前往士麦那,并在那里建造了船只。他们把自己的全部所需,能够移动的家当都放到了船上,然后就扬帆远航,去寻找新的生活来源和土地。最后,在遇到许多民族之后,他们到达了翁布里亚①,在那里建立了城市,并一直居住至今。因为是王子带他们来到此地,因此他们用王子的名字替代了吕底

---

① 意大利中部地区,首府佩鲁贾。

亚人这一称呼，自此他们就有了自己的名字——第勒尼安人。

另一些历史学家认为，爱琴海上的一些岛屿是伊特鲁里亚人的摇篮。哈利卡那索斯的狄奥尼修斯①认为他们是本地土著人。希腊人称他们为逖圣人（Tyrsenoi）或逖伦人（Tyrrenoi），罗马人称他们为土斯基人（Tusci）或伊特鲁斯基人（Etrusci），而他们则以雷森那人（Rasenna）、雷斯那人（Rasna）自称。当代学者更认同伊特鲁里亚人来自东方的说法。马西莫·帕罗提诺②——伊特鲁里亚学的泰斗——在一篇著作中不无愤懑地说，只要在沙龙上出现一位伊特鲁里亚文明的研究者，立刻就会被有关第勒尼安人来源的问题淹没。但是没有人会对希腊人或罗马人的来源问题纠缠不清，仿佛这些问题已经彻底解释清楚而且已经尽人皆知了，但实际上并非如此，它们像伊特鲁里亚人的起源问题一样仍然极其复杂且迷雾重重。

这位学者的愤怒是有道理的，但我们能把人类的好奇心和刨根问底的需求怎么样呢？对我们来说，人的来源不清意味着他们的存在是不完整的。古代历史作家理解这种需求，他们的作品里往往充斥着编造的家族起源说。我们通过个体的棱镜，以及某个英雄开启的家族延续下来的纯正宗族谱系的棱镜，可以看到整个群体。希罗多德在谈论列奥尼达一世③的时候，在列举了众多前辈之后说到大力神，用那位神秘的远祖来支撑这位历史人物。

对于希腊人来说，伊特鲁里亚人是个令人不安的谜。这不仅是因为伊特鲁里亚人构成了希腊人殖民征服之路上的第一个严重阻碍，而且还完全不能将他们纳入野蛮人之列，因为他们拥有与希腊非常接

---

① 哈利卡那索斯是位于卡里亚南部的古代希腊城市，今土耳其境内的博德鲁姆。哈利卡那索斯的狄奥尼修斯是古希腊历史学家、修辞学家。
② 马西莫·帕罗提诺（1909—1995），意大利著名考古学家。
③ 列奥尼达（约公元前540—前480），古希腊斯巴达国王，第二次希波战争中的英雄人物。

近，在很多方面不分伯仲的文化与政治生活。此外，他们的语言令人想起利姆诺斯岛①被雅典人征服之前的土著人方言。人们在利姆诺斯岛发现的墓碑上雕刻的铭文，与伊特鲁里亚文字非常相近，这就是显著的证据。

如何走出古人就已深陷其中的推测与猜想的怪圈？弗朗茨·阿尔特海姆②和马西莫·帕罗提诺建议我们，用一个更有意义的问题来替代有关伊特鲁里亚人来源的问题，这个问题就是：这个民族是如何在亚平宁半岛上形成的？无论他们是本地人还是东方人，他们的文明诞生并且兴盛于意大利，这一定是许多因素造成的，是种族融合，而非单一部族的结果。因为在谈到法国人（或者其他任意一个比较大的民族）的时候，我们知道，这个民族的概念是由众多种族构成的，包括凯尔特人、利古里亚人、罗马人、法兰克人，至少依次包括这几个大的种族。这也是对那些追求民族血统纯正的疯子的极大讽刺。

三个多世纪以来，伊特鲁里亚语言的秘密一直吸引着研究者们的目光。解读未知文字的常规办法是寻找发音的对应体和符号的意义。象形文字和楔形文字就是这样解读的。而伊特鲁里亚语的情况却截然不同，甚至有些自相矛盾。我们可以很容易地读出伊特鲁里亚的文本，但我们无法理解，或者严格地说，能理解的不多。换言之，伊特鲁里亚语的字母体系（尽管在几个世纪里也曾发生变化）我们是了解的。我们知道，第勒尼安字母很可能源于希腊语，它的某些音节代表希腊语中的相似音节。然而这种语言的发音与希腊语完全不同（例如伊特鲁里亚语中用"u"完全代替了元音"o"）。

当我们力图解读一种未知语言时，那么该语言的语言学材料必须足够丰富，更重要的是，必须足够多样。实际上，流传下来的伊特鲁里亚文字材料数量可观，达到一万件以上，但是除了三篇珍贵的发现

---

① 希腊爱琴海北部岛屿，希腊第八大岛。
② 弗朗茨·阿尔特海姆，德国历史学家。

之外（其中最长的一篇保存在萨格勒布，有一千五百个单词），其他所有文本都极其短小，而且枯燥得让人绝望。几乎所有文字都是诸如"维瑟尔和瑞姆塔·萨提内之子维尔·帕尔图努斯享年二十八岁"之类的碑文。这个博大文明留给我们的不是我们猜想必定存在的史诗或者宗教典籍，而是阴郁晦暗的讣告集。

无论怎样付出，都不给予回报的文字材料并没有削弱研究者的兴趣。在幸运的考古发现给他们送上梦寐以求的双语文本之前，他们努力不靠额外的帮助来解读伊特鲁里亚文字。一些人使用推论法，即在一篇伊特鲁里亚文字下配上一篇我们掌握的古代文字，这应是一种他们认为与伊特鲁里亚文字有亲缘关系的文字。参与试验的语言清单很长。富有耐心的语言学家们尝试过用希伯来文、希腊文、埃及文、亚述文、赫梯文或者意大利的一些方言来解释那些晦暗的文字。但是第勒尼安人的语言对于这些尝试看似相当抵触。另一些人使用了归纳法，即放弃其他语言的帮助，而是从被研究语言的内部入手。他们借助已经相当丰富的有关伊特鲁里亚的宗教和文明知识，寻找可能针对某些宗教仪式、社会阶层的称号或者某些著名史实的重复说法或相似说法。以上两种方法都要求研究者抱有极大的谨慎和精细态度，迄今为止这些工作收获寥寥。

法国伊特鲁里亚学研究者雷蒙德·布洛赫[①]讲述了他在托斯卡纳进行考古发掘期间经历的一件事。一位被调查土地的所有者出于信任，告诉他说自己发现了一根刻满文字的石柱。石柱的一部分刻着拉丁字母，而另一部分的文字对这个农夫来说犹如天书。他不知道该拿这块大石头怎么办，所以干脆又把它埋回了土里。

> 你能想象我当时的心情有多激动。这难道不是一件我们梦寐

[①] 雷蒙德·布洛赫（1914—1997），法国学者，从事伊特鲁里亚研究和法国宗教史研究。

以求的拉丁文-伊特鲁里亚文双语文本吗？我请求那位农夫允许我调查他的那块土地，立刻得到了他的同意。很遗憾，发掘毫无收获，或者至少说不是我希望得到的东西。挖出了一堆石头，无疑来自一些罗马时代的建筑，但挖出的石头上没有任何文字的印迹。我扩大了搜寻的范围，但都是徒劳。既失望又激动的我，试着解释了一下这个秘密的原因……那位农夫，我的那个通风报信者，大概是希望找到来自伊特鲁里亚时代的物件，因为这一带有众多包含珍贵信息的托斯卡纳坟墓，于是翻找了自己的土地。就像经常发生的那样，他的挖掘是在夜里进行的，以免走漏风声，同时也避开路人和邻居好奇的目光……而夜色茫茫之中，寻宝者的想象力就变得异常活跃和大胆……可能他听到了我说自己渴望找到一件拉丁文-伊特鲁里亚文双语碑铭，于是在想象之中实现了我渴望的目标。这绝非不可能之事。同样，也可能还有另外的解释：他的确找到了那件碑刻，但我们那位寻宝者没有像他自己说的那样把它埋掉，而是可能把它损坏了，用锤子砸碎了用作建筑材料，这在很多国家经常发生。然而他永远也不会承认这种亵渎圣物的行为。

这段话极好地反映了考古学与偶然性之间经常发生的引人入胜的游戏。

迄今为止，考古调查工作主要是在城市周边的墓地里，而非城市里进行，所以极有可能存在涉及行政管理或其他公共事务的伊特鲁里亚-罗马双语文献、公告和判决。在不甚发达的小城市里找到这种文件的机会要大得多。因为在这里，胜利者没有彻底消除被征服者的习俗和语言，而伊特鲁里亚-罗马时代一直持续到公元三世纪。坎帕尼亚是伊特鲁里亚影响与希腊影响相互交错的地区，在这里进行考古发掘以及在小亚细亚进行的考古发掘也许能帮我们揭开谜底。尽管屡屡受挫，但科学家们并未认输。智慧与谜团之间迷人的战斗仍在继续。

丰富多彩的艺术作品在很大程度上弥补了书面文字材料的匮乏，这使我们得以重现伊特鲁里亚人的政治生态和个人生活。艺术代替文字，成为永恒存在的标志与证明，这已不是第一次。它替代了文本枯燥的述说，让我们能够直观地看到那个文明。不仅对学者来说是如此，对于普通爱好者来说这同样是难得的良机。正如大卫·赫伯特·劳伦斯①写到的那样，普通爱好者寻找的不是客观真理，而是接触。"伊特鲁里亚人既非理论，也非结论。他们如果是什么的话，那就是经验。"

有很长时间，我对伊特鲁里亚艺术毫无反应。在博物馆里，我的目光碰到过伊特鲁里亚铜器，却以为它们是希腊人的二流作品；碰到过坟墓上的雕塑，却以为是罗马的复制品。简单地说，我经历了对历史的蔑视和对伊特鲁里亚人的视而不见。

直到十九世纪末，他们的艺术还被看作是希腊艺术的乏味的复制品。这种观点的源头是如今已经被战胜的实证主义的艺术"进化"论。古代艺术的王冠应该属于希腊化时代自然主义的希腊雕塑。学院派糟糕的口味，加上从社会科学领域移植来的理论——将伊特鲁里亚人彻底湮灭。朱尔斯·玛莎②在一八八九年出版的《伊特鲁里亚艺术》一书中平静地宣称，该艺术大概可以归于不太成功的模仿之列。

但是自二十世纪初开始，视角和感受力发生了急剧变化。这在很大程度上是由于各种革命纲领和当代艺术宣言。历史学家、批评家和公众的注意力，转向了这个此前与古典范式相比，一直被轻蔑地看作是原始、衰落和野蛮的时期和流派。在与这种范式的争论中，伊特鲁里亚人的艺术成为了重要的论据之一。

---

① 大卫·赫伯特·劳伦斯（1885—1930），20世纪英国作家，是20世纪英语文学中最重要的人物之一。
② 朱尔斯·玛莎（1853—1932），法国考古学家、伊特鲁里亚研究家。

这些争论和重新评价的尝试却没能解释艺术史上最重要也最复杂的问题之一，即伊特鲁里亚艺术的独立性和其美术的原创性问题。人们实际上谈到了第勒尼安人艺术作品中的一些引人注目的特征，如宁愿忽视似乎不太受关注的整体和谐，而是通过强调细节，以获得表达的力度；还有运动感、对速写方式的偏好、自由开放的作品结构，以及追求抽象形式的倾向等特征。这一切都说得很漂亮，但真正面对伊特鲁里亚艺术时，我却始终在赞叹与失望中摇摆不停，让批判精神和分析能力都荡然无存。这是我值得介绍给缺乏耐心者和喜好分类者的经历。

对于许多人来说，与艺术作品的交流是基于对已被接受的美学范式的确认。对于这些人来说，伊特鲁里亚艺术将无可避免地处于严格的自我封闭状态。要完全地感知它，首先要在自己内心形成自发的直接反应能力，对与我们已经习惯接受的东西不同的事物保持愉悦的好奇心。伊特鲁里亚人教给我们的一课是如何从美学成见中解脱出来，让位给难以定义的、眼睛与对象之间没有利害冲突的游戏。

在不断了解新的伊特鲁里亚墓地、新的青铜器、新的雕塑的过程中，一种逐渐放大的混乱感始终伴随着我。很难抓住这个艺术的某种清晰发展脉络，或者说有意义的、有说服力的流派与分期。有一些毋庸置疑的艺术杰作，没有它们，我们的想象力博物馆会贫乏得多，这包括：维伊的阿波罗像、卡西里的夫妻合葬椁。但与它们混杂在一起的艺术品，却仿佛是批量生产的，其艺术上的重复性令人大为扫兴。几乎在每一件伊特鲁里亚的作品中都包含三个时期：久远历史的遗产、当代希腊艺术的影响和罗马艺术的先声。就像在生活中一样，伊特鲁里亚人在艺术领域仿佛也在不断追逐难以捕捉的准则和结晶。

这是些令人感伤的漫步之地：切尔韦泰里、塔尔奎尼亚、沃尔泰拉、维伊，岩石的坟茔上荒草萋萋。在地中海松、蟋蟀和柏树的王国里，就在地下不深的地方，盛宴、狩猎和舞蹈在石壁上化为永恒。坟墓上的雕塑于我记忆中留下最深的印迹。一个男子用肘部撑着身体，抬起头，遮挡的幔帐勾勒出他的躯干，仿佛永恒只是一个漫长的炎热夏夜。

拉丁语课

那么如果连你,我亲爱的弗朗西斯科,也像所有生物一样,被对幸福的渴望所占据,那就重复:rana, ranae, nanam, rana, rana①。再了解一下时间句的复杂性:ubi②, ut③, ubi primum④, ut primum⑤, simul⑥, simulac⑦, simulaque⑧, dum⑨, donec⑩, quod⑪, antequam⑫, priusquam⑬, cum⑭……而首先要了解一下条件句的结构,以便句中没有欺骗、恐吓

---

① 拉丁文,这个词的意思是"青蛙",给出的分别是拉丁语"青蛙"一词的各格形式。——原注
② 拉丁文,意为:当……的时候。——原注
③ 拉丁文,意为:当……的时候;既然。——原注
④ 拉丁文,意为:既然只是,既然只有。——原注
⑤ 拉丁文,意为:既然;当……时;从此。——原注
⑥ 拉丁文,意为:同时。——原注
⑦ 拉丁文,意为:既然只是,既然只有。——原注
⑧ 拉丁文,意为:同时。——原注
⑨ 拉丁文,意为:当……的时候;在……同时。——原注
⑩ 拉丁文,意为:直到……——原注
⑪ 拉丁文,意为:如果说……——原注
⑫ 拉丁文,意为:在……之前。——原注
⑬ 拉丁文,意为:之前。——原注
⑭ 拉丁文,意为:同时;当……的时候。——原注

和谎言的容身之地。

——博莱斯瓦夫·米钦斯基①《给罗马公民弗朗西斯科的复信》

一

那所中学坐落在山丘上,是一座白色的三层建筑,有着巨大的窗户和红色的坡顶。如果说它有什么与众不同的话,那就是近乎粗犷的简朴。建筑外立面没有任何装饰,只是在屋顶上有一只鹰的浮雕。浮雕下面有一块似乎应该是刻文字的地方。最恰当的拉丁文警句可以是:*幸福者是了解万物本源的人。*②——或者如果有人问我们的意见,但实际上没有任何人问过我们的意见——也可以是尤维纳利斯③致青年学子们的教诲:*孩子应获得特殊的尊重。*④

穿过一道厚重的大门,面前是一道长长的台阶,台阶顶端矗立着我们学校守护神的高大雕像。石膏般苍白的国王向前伸出穿着鞋的左脚,而就是这个看似无关紧要的细节,却成为了与教育机构严肃性格格不入的一个学生传统的物质基础。我们那位浑身雪白的守护神,左脚却是令人不安的黑色,而且被无数的触摸摩擦得闪闪发光。摸他的脚是为了保护我们免受邪恶诱惑,不会得不及格,以及我们的老师不会发怒。严格的禁令也无济于事,我们以愚昧的、农夫般的固执投身于这项魔法实践。学校里本应崇尚理性,但是众所周知,没有什么比

---

① 博莱斯瓦夫·米钦斯基(1911—1943),波兰散文作家。
② 原文为拉丁文。出自维吉尔《农事诗》。——原注
③ 尤维纳利斯,生活在公元1世纪至2世纪的古罗马诗人。
④ 原文为拉丁文。出自尤维纳利斯《讽刺集》。——原注

官方的理性主义更有助于神秘主义的发展。

作为新生的胆怯和敏感让我在开始时并未关注周围的景物，而是关注于嗅觉印象。衣帽间位于最底层宽敞的地下室里。那里有点儿像学校里各种味道的厨房：火药味儿、皮革味儿、潮湿衣服的味道和恐惧的味道。从这里走过一条铺着石头地面的长长的走廊，所以这里也散发着石头味道，然后走到散发着清漆味儿、粉笔味儿和潮湿黑板味儿的教室。

开学第一天，有一班似乎是"靠边站"的学生就引起了我们的注意。他们真的很另类，蓝色的校服不像我们那样是全新的，而且也不那么松松垮垮，与身体几乎毫无接触地套在身上。与他们相比，我们就像成衣店橱窗里的娃娃。特别让我们嫉妒的是他们肥腿裤的屁股位置磨得像镜子般发亮，这成了顽皮的校园时尚特征。他们行动无拘无束，而且居高临下地看我们。经历的生活给他们脸上添了一层苦涩的高傲。

复读生。看起来，他们过于从字面上理解"复习是学习之母"①的原则了。在我们这些"黄口小儿"中间，他们就像老兵一样拥有权威，这似乎缓解了他们失败的苦涩。是他们最早将我们领入纷繁复杂、危机四伏的学校生活。因为我们的每位老师都超凡绝伦——如果不是特立独行的话——应该尽可能详细地了解对手。命运给我们班安排了一位极富魅力的班主任，一位花白头发的波兰语老师，由于性格和善，我们叫他"鲁佳"。然而数学老师和拉丁语老师却十分吓人。

我不知道为什么拉丁语老师被我们起外号叫"老格瑞"，尽管他跟农村里好心的乡巴佬毫无瓜葛。我想，这里面体现的是人类对美好事物的追求，即总是希望努力适应难以理解和令人恐惧的事物或现象。大概出于同样的原因，热带气旋总是选用女性的名字。

我清楚地记得那一天，他第一次走进来，就是说迈进我们的教

---

① 原文为拉丁文。——原注

室。我们起立，站在凳子前，而他在通道中间走过，审视着我们，就像指挥官在阅兵前检阅自己的部队。这持续了很长时间，然后他让我们坐下，给了我们必读和选读的书单。他说不会劝我们学习，他寄希望于我们的自觉和责任感，因为毕竟罗马的青年在我们这个年纪就已经套上长袍，准备好统治世界上最大的帝国了。

然后突然之间，至少我们觉得是突然之间，他开始在黑板上画古罗马广场，从塞维鲁凯旋门一直到马克森提乌斯和君士坦丁巴西利卡①和尼禄金宫的柱廊。然后是一大堆神秘的名称：罗马元老院②、黑色大理石③、演讲台④、朱里亚巴西利卡⑤、圣道⑥、朱图尔纳泉⑦、珍珠门廊。我们在笔记本里照着样子把古罗马广场的地图画了下来，但并不太明白是怎么回事。老师答应以后解释，暂时他满足于自己的一个观点："也许有一天你们会跟在资深执政官⑧的随从队伍里来到罗马。因此你们应该了解这座永恒之城的主要建筑。我不希望你们像没开化的野蛮人一样，在帝王之都到处乱撞。"

我在二十年后来到罗马，不是在随从队伍中，而是独自一人。我

---

① 马克森提乌斯和君士坦丁巴西利卡是古罗马广场上最大的建筑物，位于广场北侧。公元308年马克森提乌斯皇帝开始建造，公元312年君士坦丁一世在米里维桥战役中击败马克森提乌斯之后续建完成。

② 此处指罗马元老院所在的建筑物。

③ 位于元老院前方的广场，即覆盖在圣地上的巨大黑色大理石，上面刻有迄今最早的拉丁文铭文。

④ 古罗马时代人们进行演讲的平台，历史上曾历次重建、搬迁、扩建。

⑤ 一座装饰华丽的巨大公共建筑，在罗马帝国早期用于会议和其他公务。

⑥ 古罗马的主街道，从卡比托利欧山顶，经过古罗马广场的一些最重要的宗教遗迹，到达罗马斗兽场。

⑦ 朱图尔纳是罗马神话中掌管泉水的女神。在罗马的朱图尔纳神庙附近有朱图尔纳泉。据说泉水有治病的功效。

⑧ 在共和时期，当值的执政官在卸任后，赴罗马的某个行省担任一年总督，就被称为资深执政官。

出生的土地此刻已经不属于罗马帝国。严格地讲，在政治上那里从未属于罗马帝国。如果属于，那也是在完全不同的意义上。

我先去了古罗马广场。那是个夜晚，广场已经关闭。我从卡比托利欧山眺望那些拱门、残存的廊柱、被时光吞噬的石头。眼前的景象有些鬼魅。在射灯冰冷的光线里，这个古代世界的中心此刻是一个巨大而令人肃然起敬的旧物堆放场，是世界的底层，是文明末世论，是一切豪情与强权的最终形态。从浓浓夜色中分割出来的部分像一张照片，给人虚幻的感觉，周围被沥青路面环绕，灯光闪烁的车辆夹杂着喧嚣从路面上驶过。毫无疑问，是谁赢得了这场对决。

第二天，我在明媚的阳光下按计划去参观古罗马广场。没有在石头丛林里迷失，这全是我那位拉丁语老师的功劳。我满怀感激之情地想起他，但同时另一个想法在折磨着我，那就是不应该置身罗马寻找罗马，这里并非这个文明最让我感受其伟大的地方。

如果我说，这种伟大感是在几年之后，在去苏格兰的途中经过一个名叫纽卡斯尔的地方时，在不经意间突然感受到的，但愿这不会被读者理解为我喜好猎取自相矛盾的说法。当时我去英国的目的，完全不是为了追寻罗马人的足迹。那时我已经对法国南部，也就是*纳尔榜南西斯高卢*①很熟悉，但无论是加尔桥②、卡利神殿③、阿尔勒④的剧场还是奥朗日⑤的剧院，尽管都是非常漂亮的古迹，但从未像我在不列颠和苏格兰边界上遇到的一切让我印象深刻，并且将我的思想引上了新的轨迹。普罗旺斯就像西班牙或者达尔马提亚一样，与罗马拥有同样的天空、同样的大自然，所以那里属于罗马也就是自然而然的

---

① 原文为拉丁文。古罗马在高卢的行省之一，在今法国隆格多克和普罗旺斯一带。——原注
② 位于今法国加尔省附近，是古罗马时代修建的输水设施。
③ 也称四方神殿或方形房屋，是一座保存完好的罗马时期方形神殿。
④ 法国南部城市。
⑤ 法国沃克吕兹省的小镇，保存有古罗马凯旋门和古罗马剧院。

事。当我们想到这些被征服并且并入帝国的省份时,不会产生任何惊异和抵触情绪。然而与此相反,在那天幕低垂、冷雨飘飞的地方①,罗马人的使命就是非同寻常到近乎疯狂的地步了。

在纽卡斯尔这个令我想起罗马的地方,既没有大理石神庙,也没有凯旋门,没有,没有任何可以激起丁点儿美学激情的东西。但那里有一道保存完好的长城,从最西端的泰恩河入海口,经过绵延起伏的丘陵地带,几乎呈一条直线,一直伸展到最东端的索尔威湾,将整个岛屿拦腰分开——这是文明世界向北延伸最远的防御工事,目的是抵御未被征服的野蛮部落。

不列颠的征服是如何发生的?这个岛屿孤悬海外,远离地中海地区,而且可能还会让人感觉,这里并不处在帝国重要利益范围之内。有关这个岛的形状、资源以及岛上居民的信息都来源于水手和商人,因此非常混乱且充满幻想成分。最著名的大概是生活在马其顿国王亚历山大大帝统治时期,来自高卢的马西利亚的希腊旅行家皮西亚斯②的报告。对于普通的罗马人来说,不列颠位于边境地带——如果不是在现实地理边境之外的话——位于图勒岛③附近,也就是说是在当时世界的尽头。

尤里乌斯·恺撒统帅下的罗马军队第一次踏上该岛是在公元前五十五年。这次大胆的军事行动事发突然,因此战前准备不足。由两个军团组成的入侵军队险些以失败告终。岛上居民以逸待劳,在入侵者登陆时便给予他们迎头痛击。尤里乌斯·恺撒没有与他们进行任何决战,而是率军深入敌国腹地。后勤补给的困难、日益恶劣的天气,特别是部分战船被涨潮的海水损毁,这一切都迫使这位统帅接受了不列

---

① 此处指气候和自然条件与罗马完全不同的英国。

② 皮西亚斯,活动于公元前4世纪的希腊著名地理学家和探险家,出生于当时希腊殖民城市马西利亚,即今马赛。

③ 古代欧洲传说中位于极北之地,通常认为是一个岛屿。

颠人的和平建议,然后退回了高卢。这虽然算不上一次失败,但至少是一次相当可疑且代价高昂的半拉子胜利。

一年后的第二次行动比第一次的规模要大得多。有五个军团和两千辆战车参加了行动。多达八百艘战船的庞大舰队吓坏了不列颠人,以致他们直到如今的坎特伯雷附近才开始抵抗入侵者。但是恺撒又犯了糟糕的错误。他忽视了大海的威严,部分战船又被风暴吞没。假如不列颠人能够毁掉罗马舰队,那么那些罗马军团就只能任由当地人摆布了。

恺撒的最大盟友就是对手总是缺乏政治敏锐性。他对此寄予的期望大概丝毫不亚于对己方士兵骁勇善战的期望。

就像高卢人一样,那些来自岛上的凯尔特同宗也没能形成统一的领导,更没有任何足以有效抵抗入侵者的理智的战略谋划。要知道,与入侵者相比,他们人多势众且武器装备并不算差,而且还有森林、沼泽等天然盟友。要想取胜,他们应该避免正面交锋,运用能令罗马军团举步维艰的小型战斗,即游击战术,打击辎重部队和迷路走散的部队。假如战争以这样的进程发展,且能拖延一年以上,罗马人就会被迫撤退,而且肯定损失惨重。

在两千年之后向战败方的统帅出主意该如何行事,这是历史作家们喜好的消遣,但却没有多大意义,特别是当岛上居民已为抵抗入侵者竭尽所能之后。开始时,不列颠东南部的大部分部族统一到了卡西维劳努斯国王的指挥之下,并且使用了最恰当的袭扰战术。这使得披荆斩棘、深入陌生国度腹地的罗马军团苦不堪言。但是不久,恺撒的敌对阵营里就出现了矛盾,各部族的国王们开始与罗马统帅媾和。恰在此时,从高卢传来了令人不安的叛乱消息,恺撒利用了第一次机会,与卡西维劳努斯缔结了和约。但是,这个和平是有利于罗马人的,因为他们从一次本可能失败的战争中凯旋,而且还带回大批的战利品、俘虏,以及给被征服人民头上强加的贡赋。

许多历史学家纠结于一个问题,即恺撒为什么要开始这场胜负未卜的冒险。这大概并非像苏埃托尼乌斯①所暗示的那样，是出于对珍珠的狂热追求。法国历史学家艾伯特·格勒尼耶②将这次远征不列颠称为出格的和疯狂的举动；杰罗姆·卡克皮诺③将其称为没有任何未来、纯粹为了声望的行动；而卡米尔·于连④则在这次行动中看到了恺撒所特有的贪婪："他总想夺取比自己能够承受的更多的东西。"

然而看起来，这位未来独裁者的初衷其实平淡无奇，而且经过冷静的算计：他渴望为自己和自己的军团增加财富，同时防备新征服的高卢遭到来自西面的攻击。理论上讲，某一天不列颠人有可能会前来援助自己在大陆上的凯尔特同宗。还有最后一个特别重要的原因，那就是对不列颠的征伐在某种程度上可以平衡自己的权力竞争者格奈乌斯·庞培⑤在东方取得的战功。的确，罗马军队在那个传说中的岛屿上所取得的胜利在罗马激起了空前的热情。

然而很难说不列颠——哪怕是它的一部分——并入了帝国版图。系统性的征服是在恺撒远征差不多一百年后才开始的。此时，罗马人要奴役这个常年浓雾笼罩、冰冷海水环绕的岛屿，成功的机会已经大大增加。首先，他们拥有非常详细的情报，对对手及其国家有着相当深入的了解。不列颠被罗马商人渗透，他们既提供了大量珍贵的地理信息，同时也汇报了很多有关不列颠社会关系的情况。此时，在世界之都还有一批来自不列颠岛的政治移民，例如那个被儿子篡了权并且被驱逐出来，只好到罗马来寻求公道的不幸的库诺贝林纽斯⑥。不列颠人犯了严重的错误，他们要求罗马交出叛逃者，而且在高卢海岸制

---

① 苏埃托尼乌斯（约69或75—130），罗马帝国时期历史学家。
② 艾伯特·格勒尼耶（1878—1961），法国历史学家、神学家、考古学家。
③ 杰罗姆·卡克皮诺（1881—1970），法国历史学家、作家。
④ 卡米尔·于连（1859—1933），法国历史学家。
⑤ 格奈乌斯·庞培（公元前106—前48），古罗马政治家、军事家。曾率兵平定叙利亚一带。公元前60年与恺撒和克拉苏结成"三头政治同盟"，对抗元老院。
⑥ 库诺贝林纽斯，罗马统治之前的不列颠国王。

造骚乱。这惹恼了罗马人。关于此事，苏埃托尼乌斯曾说道："不列颠人因为（罗马人）收留了他们的逃亡者而起来造反了"①。战争已经不可避免。

公元四三年，在尼禄的继任者克劳狄一世皇帝统治时期，由四个军团组成的罗马军队出征不列颠。这支部队的四分之三由莱茵河畔和日耳曼尼亚的驻军组成，包括来自阿尔根托拉图姆（今斯特拉斯堡）的第二"奥古斯都"军团、来自诺瓦埃修姆（今诺伊斯）的第二十"英勇凯旋"军团和驻扎在莱茵河下游的第十四"格米那"军团②，此外还有来自潘诺尼亚（今奥地利）的第九"西班牙"军团。如果再算上辅助部队和高卢以及色雷斯的部队的话，这支部队足有约四万人，在当时算得上是一支大军了。

远征军的统帅是奥鲁斯·普劳提乌斯③，后来成为不列颠的第一位统治者。部队在三个地点登陆，然后向西进发。不列颠人的部队由卡拉塔克斯和科基杜穆努斯指挥，但后者很快就去世了。这样，在很长一段时间里，来自泰晤士河中下游地区公国的卡拉塔克斯成为了反罗马抵抗运动的领袖。

岛上居民的战术似乎是利用自然防线阻止罗马人渡河。在麦特威河畔发生了一场持续两天的激烈战斗。尽管最终罗马人获胜，但他们的对手也并未被击溃。"在漫长的十年中，卡拉塔克斯是罗马军队的眼中钉、肉中刺，他取得了一系列大大小小的胜利，但历史提到他的战斗时，只说一场由他选定战场的大战，那一次他孤注一掷，最后一败涂地。"英国历史学家伊恩·A. 里士满如是说。

在渡过泰晤士河后，罗马军团停下来等候克劳狄一世皇帝，因为

---

① 原文为拉丁语。——原注
② 又称双子军团。
③ 奥鲁斯·普劳提乌斯，古罗马1世纪中期的政治家，带领罗马军征服了不列颠，成为不列颠第一任总督。

他"渴望一场真正胜利的荣耀"。但皇帝却因为天气原因姗姗来迟。许多历史学家认为，从军事角度讲，皇帝的参与对整个行动毫无意义。何况皇帝看重的是别的东西，具体地说，是出于声望的考虑，"罗马希望看到自己的统治者头戴胜利者的花环"。就这样，以克劳狄一世为首的罗马军团进入了流亡国王库诺贝林纽斯的首都科尔切斯特。在此之后，皇帝匆匆回到罗马去"举行最为盛大的凯旋仪式"。

但这一切只是那场漫长而血腥，且并不明朗的远征的宣传装饰。说它并不明朗，是因为那场征服的全部历史就像一幅斑驳的壁画。那是一宗发生在边远地区的丑闻，所以它的历史需要用散落在罗马帝国历史学家们著作中的片段加以重建。而且那些并非亲历者的记载，而大都是二手材料，且常常流于概括和粗略。由于这些原因，如今重新建构那些事件，给出每次行动的进程、军队的运动，对主要战役和冲突的地点进行定位，都已十分困难，有时甚至连列出罗马人与之战斗过的部族名称都难以做到。例如维斯帕西亚努斯——后来的罗马皇帝、当时第二军团的指挥官，他的传记作者只说他征服了两个强悍的土著部落，攻克了二十座要塞。仅此而已。

但我们并非完全束手无策。大地忠实记录了那些战斗的足迹。我们不了解有关夺取杜努姆要塞（今梅登堡）的任何细节，但是考古学家发现了一些恐怖的残片，从中足以解读出这座堡垒保卫者的命运。在掩体附近发现了一处军人墓地，大概是在围困期间匆忙修建的。在一些残骸的头骨里发现了罗马刀剑的碎片，而在一个守军的脊骨里，则嵌着一枚大概是从罗马兵器中发射出来的，被称为埃乌提托诺斯的箭镞。

然而我们不应以为，夺取不列颠全靠战争巨轮的碾压。凡是武力不能发挥作用的地方就由政治出马。当地首领和部落国王们与入侵者达成各种各样的协议。这种情况主要是由于，罗马人根本不需要破坏这个国家的社会结构和权力阶梯，而只是一定要削减其独立性：向皇帝宣誓效忠和对罗马表示忠诚。

有些人公开地这么做，而且看起来坚定不移，就像那个维瑞卡王国（在苏塞克斯郡）的统治者科基杜穆努斯。他是最先与入侵者合作的人之一，所以罗马人同意他继续统治自己的人民，甚至授予他一个特殊的封号：*不列颠之王及奥古斯都在不列颠的副手*①。"遵循早已被罗马民族所接受的古老习俗，也需要拥有国王作为奴役的工具"——塔西佗②如此冷静地评价说。而其他部落的统治者们则扮演了华伦洛德③的角色。他们缔结了和约，宣誓臣服于占领者的意志，但实际上是在等待合适的时机，以便像爱西尼人④的国王普拉苏塔古斯一样从盟友变身为叛徒。

罗马军团的主要进攻线路是在西北方向。我们知道，或者说我们能够猜到这条进军路线以及在一世纪四十年代末主要军团的部署情况：第二军团驻扎在西南方向，可能是在埃克塞特⑤，第二十军团在格罗斯特⑥，而第十四军团最远到达西北方向的罗克赛特⑦。当时罗马人在东北方向所占领区域的范围尚不明朗。

最惨烈的战斗发生在威尔士，那里的罗马军队由不列颠尼亚的所有者欧斯托瑞乌斯·斯卡普拉指挥。这片山峦起伏、林木茂盛的地区创造了理想的防御条件，罗马人顽强不屈的敌人卡拉塔克斯对此非常

---

① 原文为拉丁文。——原注
② 塔西佗（约55—120），古罗马著名的历史学家与文体家。
③ 波兰浪漫主义诗人亚当·密茨凯维奇的作品《康拉德·华伦洛德》的主人公。主人公童年时不幸沦为十字军骑士团的奴隶。后来逃到了立陶宛成为公爵的亲信，并娶了公爵小姐为妻。但是，他看到立陶宛在力量悬殊的对敌斗争中独力难支，便悄然离开亲人，化名康拉德·华伦洛德，投效十字军骑士团，意欲暗中设法削弱骑士团的力量。经过种种努力，他终于当上了骑士团大总管。他利用职权，故意贻误战机，使骑士团全军覆没，实现了预期计划。而他的真实面目也同时被揭穿，被逼自杀，献出了宝贵的生命。此处指投效敌人，以待时机的人。
④ 古英格兰部落。
⑤ 英格兰西南区域德文郡城市。
⑥ 英国西南部港口城市。
⑦ 位于英格兰什罗浦郡。

清楚。然而他犯了大错,他决定在这里进行决战,最后惨遭失败,自己只得逃往布雷根特人①的女王卡逊蔓杜阿的宫廷。这位岛上最强大部落的女王显然更加谨小慎微,而非热爱祖国。公元五一年,她把卡拉塔克斯镣铐加身,送到了罗马人手上。同一年,欧斯托瑞乌斯"思虑过度,撒手人寰,令敌人称快"。

就像在高卢一样,反抗罗马的发动者是德鲁伊们②。他们最主要的中心之一是位于威尔士海岸附近的莫纳岛(安格尔西岛)。一九四四年,人们在那里找到了大量军需用品,首先是武器装备,但还有一种特殊的东西——用于捆绑奴隶的锁链。考古学家推想,这里曾经是宗教信徒祈愿还愿之地,而并非人们推测的武器库。这些物品来自北方凯尔特人生存的各个遥远角落,从爱尔兰到约克郡。这足以证明莫纳岛的德鲁伊们影响范围之广。在这个岛屿上,所有不能忍受被占领命运的人、政治逃亡者、逃跑的战俘、被剥夺了继承权的王公们都找到了自己的庇护所。更重要的是,反罗马起义的计划很可能就是在这里制定的。

苏埃托尼乌斯·保利努斯是位杰出的军事统帅,阿特拉斯山脉地区各野蛮民族的征服者③。早在开始统治不列颠后的第一年,他就下决心夺取这个文化和政治中心。此次出征发生于公元五九年。这是两个世界的冲突,塔西佗以非同寻常的笔调描写了这场战斗:"敌军在海岸上布阵——持着武器的男人绵延不绝,女人则在中间穿梭。她们模仿冥神的模样,身穿丧袍,披头散发,身前擎着火把。她们的周围是双手举向天空,不停祈祷和诅咒的德鲁伊们。眼前非凡的景象让士

---

① 古代不列颠北方最强盛的部族,主城位于Eburacum(约克)。

② 德鲁伊是古代凯尔特人社会中的重要阶层,他们不仅是僧侣,也是医生、教师、先知与法官,在凯尔特社会中地位崇高,阶级仅次于诸王或部族首领,可以免除兵役及纳贡义务。

③ 阿特拉斯山脉位于北非一带,苏埃托尼乌斯·保利努斯曾于公元41年率军征服北非的柏柏尔人。

兵们惊慌失措,以致所有人仿佛都浑身发麻、呆若木鸡,静等着对方的攻击。"罗马人对岛上的居民大开杀戒,甚至连树也没有留下,"他们砍掉了献给残酷迷信活动的树林:因为德鲁伊们认为树木是合适的东西,可用来将战俘的血献上祭坛,把人的内脏用来向天神问计。"

当大部分罗马军队都忙于在岛的西部作战时,岛的另一边——东部地区爆发了起义,而且可能导致罗马人的灭顶之灾,规模甚至不会小于瓦卢斯在条顿堡森林①的惨败。这些在历史上被称为布狄卡反抗的事件,需要我们多说一些。首先必须解释一下这些事件的背景,因为它们清晰地表现了占领者对被征服者的态度。

公元前五九/六○年冬,定居在不列颠东南部(坎伯瑞图姆一带,今剑桥)的爱西尼部族的国王普拉苏塔古斯去世了。因为没有男性子嗣,他将自己一半的土地留给了两个女儿,而另一半献给了皇帝。看起来,这是一个非常谨慎,而且在政治上经过深思熟虑的遗嘱。但是,有两个使这份遗嘱无论在爱西尼人眼中还是在罗马人眼中都无效的非常严重的原因。首先,根据当地法律,合法的王位继承人应该是在遗嘱中被完全撇在一边的国王遗孀——布狄卡。其次,尽管有很多例外,但罗马人不承认妇女登上王位。而且连那个将卡拉塔克斯交到他们手上的忠诚的卡逊蔓杜阿也未获得女王封号。入侵者的目的很明确:他们想在国王死后使他的遗产成为罗马的土地,军官们、老兵们和帝国的宝库都在迫不及待地期待着这一天。

罗马人把爱西尼人的国家当作自己的财产。他们霸占当地人的房产,甚至剥夺国王亲眷们继承的财产,还肆意加以侮辱:"布狄卡被鞭打蹂躏,而女儿们则被淫乱玷污。"彻底绝望的爱西尼人拿起武器,

---

① 位于德国北莱茵-威斯特法伦州和下萨克森州。瓦卢斯(公元前46—公元9)又称瓦鲁斯,全名为普布利乌斯·昆蒂利乌斯·瓦卢斯,是奥古斯都统治下罗马帝国的政治家和将军,因为条顿堡森林战役而闻名。在这场战役中,瓦卢斯被条顿领袖阿尔米尼乌斯伏击,失去了三支罗马军团,瓦卢斯自己亦因战败而自杀。

甚至劝说相邻的特里诺温特人参加起义。假如布雷根特人也加入他们的话,那么岛上罗马军团的命运大概就已经注定了。

此时起义者掌握着主动权,因为驻扎在起义波及地区的罗马军力并不多,而且他们的统帅也惊慌失措,不知如何是好。起义者在布狄卡的领导下杀向科尔切斯特郡的旧都,那一带有大量被当地老兵们恨之入骨的人们的田产。此时城防工事已经拆除,所以对起义军来说简直是唾手可得。塔西佗的记载,让我们对这一系列灰暗事件的前兆有所了解:

> 毫无任何明显的征兆,科尔切斯特的胜利女神像轰然倒下,而且是向后倒,就仿佛是给敌人让出了位置。被预言家疯言疯语笼罩的女人们,到处散播着灾祸即将到来的流言,在当地的库里亚①里也能听到外国人的叫喊,剧院里传出哀号声,人们在泰晤士河的潟湖里看到殖民城市化为废墟的景象,不仅如此,大海突然呈现血色,而海水退潮后竟然留下了尸骸幽灵,不列颠人将这一切解释为希望的前兆,而老兵们则为此胆战心惊。

预言成真了。两天之内科尔切斯特就被攻占,住在那里的罗马和亲罗马居民惨遭屠戮。陶醉在胜利之中的不列颠人转而进攻由使节佩提里乌斯·柯瑞阿里斯②统帅的第九军团,并给其造成惨重损失。

在不列颠驻扎的罗马军队,现在的命运掌握在一个人的手里,那就是苏埃托尼乌斯·保利努斯。他很快从威尔士赶到伦敦,并且立刻意识到情况十分危急。于是他立刻果断而冷酷地采取了行动。他首先摒弃了据守城市的计划,而是先后弃守了伦敦和维鲁拉米恩③,以满足叛

---

① 古罗马政治区划,由若干氏族组成。
② 佩提里乌斯·柯瑞阿里斯,罗马将军。
③ 罗马统治时期的古代城市,位于英国东南部。

乱者的胃口。而那些叛乱者则对这些城市的居民进行了血腥的屠杀。

一件事确定无疑，那就是在这些提到的地方，有约七万公民和（罗马的）盟友惨遭杀害。因为他们不搜罗、不售卖战俘，也不搞任何战争买卖，而只是忙着杀戮、绞刑、火刑和钉十字架……

苏埃托尼乌斯的眼里只有一个目标。他带着罗马式的坚忍不拔精神去逐步实现这个目标，那就是将分散的兵力集中到自己的麾下，并且确保自己的最大行动自由。

而这并不容易。第二军团没有出现在集合地域。苏埃托尼乌斯的麾下有第十四军团、第二十军团的部分部队和一些保障部队，一共约有一万名士兵。

当双方军队抵达决战的战场时（像往常一样，战场还是由罗马人精心选择），罗马人发现对手的实力要强大八倍，"而且洋溢着目空一切的情绪，甚至把自己的老婆也都放到大车上拉来，以见证即将到来的胜利"。但是不列颠人装备落后，不太会实施什么像样的战略战术，而且他们单个士兵的作战勇气在面对一支像千手巨人般能不断给对手无情打击的训练有素的军队时，也显得毫无还手之力了。这是一场彻底的失败，不列颠人的大车阻住了撤退的道路，战斗演变成一场屠杀。布狄卡侥幸逃脱，但如某些信息渠道所期望的那样，很快就服毒自尽了。反抗被彻底剿灭，而罗马军团则用劫掠和屠杀来平息自己的愤怒。

然而士兵们的恣意妄为没有持续太久。这并非是恶狼突然变成了羔羊，而是因为设立有地方行政官，即行省的税收财政官。除军权之外，行政官还可以向皇帝呈交报告，并且能够在很大程度上影响针对被征服者的政策。曾经发生过这样的情况：不列颠的新任行政官是一位在高卢北方出生，而且娶了高卢大贵族之女为妻的人，这使他预先就倾向于维护被压迫人民的权益，并且要求实施比较自由的政策。尽管战功卓著，残酷的苏埃托尼乌斯还是被撤换了。"罗马的历史也很少有罗马与各省的影响、感受与西欧形成的新世界中的利益相互渗透的明显例证。"某位研究这一时期的学者曾经如是说。

接下来的几位总督——佩提里乌斯·柯瑞阿里斯、尤里斯·弗朗提努斯①和尤里斯·阿古利可拉②施行了更加和缓的政策。然而这并不意味着，这个岛屿已经彻底平定，在新统治者的治理下享受着祥和的时光。在不列颠孕育着民族解放之火。公元六九年和七〇年之交，罗马人遭受了最出乎意料的打击，因为这次打击来自之前的盟友——最强大的部族布雷根特人。他们拥有的土地相当于今天的约克郡、兰开夏郡、威斯特摩兰郡、坎伯兰郡和达拉谟地区。

如我们前面提到的，布雷根特人此时处于对罗马无比忠诚的卡逊蔓杜阿女王统治之下，也就是那位将卡拉塔克斯交到罗马人手上的女王。这是一位专横跋扈且雄心勃勃的女人。她完全可以做"妇女解放"③的守护神，因为她抛弃了自己的丈夫，然后嫁给了一个年轻的什么侍卫或者斟酒官。那个被赶走并且被剥夺了权力的丈夫名叫维鲁提乌斯。此时恰逢罗马爆发内战，部分罗马军团从岛上撤离，维鲁提乌斯利用这个机会鼓动骚乱，进攻布雷根特人的王国并且占领了那里。关于这些事，塔西佗曾这样写道：

> 尽管战场上的情势瞬息万变，我们的步兵军团和战车军团还是将女王从险境中解救出来，国家留给了维鲁提乌斯，我们只有开战。

---

① 尤里斯·弗朗提努斯，不详。
② 尤里斯·阿古利可拉，古罗马政治家、将领，曾于公元77—84年担任罗马驻不列颠总督。
③ 原文为英文。

在维斯帕西亚努斯皇帝统治时期，罗马人发动了一系列针对布雷根特人和西卢尔人（威尔士南部居民）的成功征讨。在一世纪末期，这个岛屿（严格地说，是岛屿的绝大部分）的统一进程进入了决定性阶段。最动荡不安的是北部边界。几个世纪里，这条边界在从未被驯服的皮克特人①和苏格兰人等野蛮民族的反复打击下几度变更。

而就在此时，一个说到不列颠征服就一定不容忽视的人物登上了历史舞台，那就是尤里斯·阿古利可拉。此人于公元四〇年出生在普罗旺斯，知识渊博，却是在不列颠开始了自己的政治生涯。六一年，他曾在苏埃托尼乌斯·保利努斯的麾下战斗。这之后，他担任了一系列责任重大的国家要职，其中包括小亚细亚的财务官、阿奎塔尼亚总督、罗马执政官，最终于三十八岁时被任命为不列颠总督。这成为他事业的巅峰，但同时也是飞黄腾达的终点。只是这个终点有些莫名其妙。

有些历史学家告诫人们，不要受到通过崇拜的放大镜看待自己岳父的塔西佗的影响②，然而我们很难对阿古利可拉在军事方面及政治和管理方面的贡献视而不见。在他的指挥下，罗马的战鹰最远向北推进到大众湾③和克莱德河④一线，甚至到达更北的地方。阿古利可拉统治的七年（公元七八年至八五年）间，一共发动了针对苏格兰人和皮克特人的七次行动，最终以公元八三年在格劳庇乌山取得的决定性胜利而告终。他还建造了舰队，建起了防御工事和要塞，推进城市建设。在他的治理下，罗马法制和地方自治得以推广，对当地人采取减轻税负，轻徭薄役的政策。

但是阿古利可拉被图密善皇帝出乎意料地撤换掉了，因而未能将自己的计划彻底付诸实施。看起来，也许只有这位被免职的总督对事

---

① 乃先于苏格兰人居住于福斯河以北的皮克塔维亚，也就是加勒多尼亚（今苏格兰）的先住民。
② 塔西佗是尤里斯·阿古利可拉的女婿。
③ 位于苏格兰东部，在福斯河的入海口。
④ 苏格兰境内的主要河流之一。

态有清晰而准确的认识。他的目标是征服全岛，同时还在准备远征爱尔兰。因为他清楚，按照逻辑，卧榻之侧岂容他人安睡，征服必须是完全彻底的。历史证明，他是有道理的，但他过早地过上了一定很苦涩的政治赋闲者生活，没有任何职务和荣誉，就此终老余生。

一些人用人类常有的嫉妒心来解释图密善的决定，也有人用这个在位暴君的迫害狂倾向来解释这一切。这个皇帝既是哲学家和元老院的敌人，同时也是告密者的保护人。他到处都能闻到阴谋的气息，也许是这位很不讨人喜欢的皇帝（他最喜欢做的事是抓苍蝇，而且不只是抓，还喜欢用针将苍蝇刺穿）因自己对日耳曼人和达西亚人①征讨不利，于是决定停止征伐，而在现有疆界内巩固帝国。

古人将不列颠的形状比作斧头。罗马人用力攥着斧柄，但北方的斧刃很快就要转向他们自己。人们放弃了阿古利可拉的斩获与计划。而既然那些居住在苏格兰的骁勇善战的部落未被征服，那么人们就决定以真正的罗马式的天真与野蛮人隔绝开——用墙。

不，那段横贯岛屿东西两端，从泰恩河②口到索尔威海湾的城墙并不是一件优美的建筑作品。城墙很难是美丽的，而是一种僵滞在抽搐般的防守姿态内的反建筑。但是，尽管它并不能激发美感，却不能不令人对罗马的天才工程师们叹服不已。特别是这道城墙几乎完好无损地保存至今，除了在个别地方，光阴给它们留下了一些缺口，如今只有孤单的奶牛不时在两边游荡。

哈德良长城的名称源于其建成于哈德良统治时期，即公元一二三年至一二八年。它的长度达到七十六罗马哩③，即约一百一十三公里，从西部的索尔威海湾到东部的泰恩河口，横贯全岛。哈德良长城的东段长四十五罗马哩，起初是用石头建造，剩余的西段是覆盖着草

---

① 主要生活在今罗马尼亚境内的古代游牧民族。
② 英格兰北部河流。
③ 古罗马恺撒大帝时代规定，罗马士兵行军时的 1000 双步定为 1 哩。

皮的土墙。城墙高达六米,宽三米。每隔一哩有一个供守城士兵和哨兵使用的敌楼以及两个瞭望塔。城墙上还开有很多出击门。当野蛮人的攻击集中于一点时,罗马军团的战士就从临近的城门冲出,像猎手一样从后面包抄进攻者。城墙跟前有一道很宽的壕沟,而在城墙后面则建有十六座堡垒——那是军队日常驻扎之地,其数量达到一万至一万五千人。作为这座精心策划的防御工程的配套部分,还有一条拥有防御设施的道路与城墙平行而建,以便于快速投送兵力和装备。

在公元一四〇年至一四二年之间,在哈德良长城以北一百多公里的地方还建起了安多宁长城(名称源于安敦宁·毕尤①皇帝)。这座长城的长度是三十七哩,将岛屿两岸的福斯河和克莱德河连接起来。然而在这条长城建成四十年后,罗马人弃守了这条防线。与哈德良长城相比,这条长城在防御方面要弱得多,特别是两翼很不牢靠,而且位置也过于靠北,使得两条防线在协同防御行动时难以有效地相互支援。于是罗马人自己拆毁了这条长城。

更大的问题是不应靠城墙来解决防御问题。致命的疾病来自帝国内部。皇位之争震撼了整个罗马帝国,不列颠总督克劳迪乌斯·阿尔比努斯也不幸地参与到这场争斗中。他毫不犹豫地调动了岛上的罗马军团去与塞普蒂米乌斯·塞维鲁皇帝②进行皇位之争。不久这位不列颠总督死去,然而苏格兰凯尔特人却利用这次良机越过了哈德良长城,以大胆而具有破坏性的远征直达约克和切斯特。二〇八年至二一一年,塞普蒂米乌斯·塞维鲁皇帝采取了如阿古利可拉一样有远见的计划,将野蛮人重新赶出了哈德良长城,甚至推进到亚伯丁以北很远的地方。然而他也没能实现自己的想法。二一一年他在约克去世时本应说一句话:"当我取得皇位时,国内纷争四起,而我留下的是和平,

---

① 安敦宁·毕尤,又译安东尼·庇护、安托比乌斯·比乌斯、安托尼乌斯·披乌斯,《后汉书》称其为"大秦王安敦",是罗马"五贤帝"中的第四位。

② 塞普蒂米乌斯·塞维鲁,罗马帝国皇帝,193年至211年在位。

甚至远及不列颠。"

和平只是错觉而且并不持久。不久,岛屿东岸出现了法兰克人和撒克逊人的海盗船,这预示着即将到来的灾祸。人们不安地观察这些船只,就像几个世纪之后,在强大的查理大帝统治时期,人们在法国海岸不安地注视着预示灾祸降临的诺曼人的直角帆时一样。

在罗马治下的不列颠动荡起伏的历史中,我们还能找到一个自封的皇帝。此人名叫卡劳修斯,是个舰队指挥官,在与海盗的战斗中聚敛了大量财富。在取得了财富之后,他又觊觎名望。公元二八六年,他宣布自己为不列颠皇帝。当时在位的罗马皇帝戴克里先起初容忍了这一侮辱。但几年后,当卡劳修斯被自己的一个密探谋杀之后,西罗马帝国皇帝弗拉维乌斯·瓦勒里乌斯·君士坦提乌斯①亲率平叛大军在不列颠岛登陆。弗拉维乌斯征服了叛乱者,同时也对被破坏的约克城、维鲁拉米恩等城市进行了大规模重建工程,强化了伦敦的防御系统和哈德良长城,并主要在东部海岸上建起了新的要塞。他还发动了针对皮克特人的军事行动并且获胜,但之后不久,他就于三〇六年在约克城去世。弗拉维乌斯在军事方面做出的努力确保了不列颠岛三十年的平静。

戴克里先在位期间进行了一系列重要的行政改革。帝国被划分为十二个行政区。其中之一是不列颠行政区。该行政区由四个新建立的省组成。每个省建立自己的边防军,受不列颠统帅——不列颠督军统辖。北方边境防御的重任自此落在了不列颠统帅的肩上,而东部海岸则由撒克逊海岸督军负责保卫。看起来,这些改革的主要理念是提高指挥效率,同时吸收比迄今为止更多的当地居民加入岛屿防卫。

但是当地居民并未被充分罗马化,并非所有人都将自己的命运与罗马的命运联系起来,也不是所有人都会扪心自问:如果罗马死去,

---

① 弗拉维乌斯·瓦勒里乌斯·君士坦提乌斯(250—306),西罗马帝国皇帝,又称君士坦丁乌斯一世。君士坦丁王朝的开创者,君士坦丁大帝的父亲。

*什么能够保全？*①更糟糕的是，不列颠行政区的种族构成在大规模移民潮的影响下发生了不利的变化。四世纪上半叶，被罗马人占领并且最终平定的区域内，主要是在岛的西部，来自苏格兰和爱尔兰的凯尔特人逐渐定居。起初那是一些和平的移民。新移民得到罗马皇帝的准许，可以按照盟友的条件在此定居。但这种情况到三六七年发生了变化，因为此时他们加入了正打算从北部、西部和南部集中进攻岛屿的皮克特人、苏格兰人、法兰克人和撒克逊人的行列。撒克逊海岸督军在战斗中丧生，而不列颠督军侥幸逃生。全岛几乎都被野蛮人的波涛淹没。

瓦伦提尼安一世皇帝②派遣督军狄奥多西率一支大军挽救危局，恢复秩序，重建了被摧毁的哈德良长城和撒克逊海岸上的一系列要塞，并且深入苏格兰腹地进行惩罚性征讨。然而这已是悲剧结局之前的最后一次壮观场面了。

五世纪初，最后一批罗马军队撤出岛屿，去与哥特人作战。向罗马求援杳无音讯，岛上居民现在只能靠自己的力量了。帝国的大船正在沉没，已经没人再关心这个北方岛屿的命运了。最后一个罗马人——埃提乌斯皇帝一定带着无能为力的自嘲读了不列颠人的求援信及对他们境况的描写："野蛮人正把我们赶到海里，而大海又把我们抛给野蛮人。"

基督教——"奴隶们的宗教"接手了罗马的遗产和文明保卫者的角色。五世纪二十年代后期，来自欧塞尔③的圣日耳曼④肩负神学使命——如果可以这样表述的话——来到岛上，以回击不列颠修道士

---

① 原文为拉丁语。——原注
② 瓦伦提尼安一世皇帝（312—375），罗马帝国皇帝，364 年至 375 年在位，也称作"瓦伦提尼安大帝"。
③ 位于法国勃艮第大区，巴黎与第戎之间。
④ 欧塞尔的圣日耳曼（约378—448），天主教圣徒，主教。

伯拉纠①的异端邪说。关于后者,圣哲罗姆②曾以充满智慧和轻蔑的口吻说道:"这个喝饱了苏格兰麦片粥的家伙正饱受失忆的痛苦"。公元四二九年,不是任何一个罗马的百夫长,而是这位圣日耳曼率领着不列颠边防军,高喊着哈利路亚与皮克特人鏖战。

二

且说那位老格瑞教我们拉丁语,如果我说学习很轻松,我们满怀热情投入学习,那我是在撒谎。但我还是想先描写一下我们的那位老师。那是个中年男子,身材高大匀称,像地中海人种一样,面颊呈橄榄色(后来我们得知,他来自科尔基斯③)。他面容严厉,硕大的鹰钩鼻上夹着一副夹鼻眼镜。这是那张脸上唯一具有的加利西亚特征,而非古典的部分。黑色的头发微微卷曲,一双大眼睛炯炯有神。

对我们来说,他就是男性的化身,同时也是一切与罗马相关的事物的化身。我们很容易想象他穿着镶紫边的长袍,或者站在军团前面的样子。他不苟言笑,即便是偶尔发笑,也是带着讥讽的意味。然而他的愤怒却丰富到无与伦比的程度——从讽刺的嘘声,到有关年轻人责任的大声演说,直到如朱庇特般爆发的雷霆之怒:坐下,傻瓜!我们谦卑地忍受着他的打击,因为我们清楚地知道,*爱之深,责之切*④。

---

① 伯拉纠(约360—约420),又译为白拉奇,英国基督教神学家。
② 圣哲罗姆(生于331年至347年之间,卒于419年或420年),又译圣热罗尼莫或圣叶理诺,出生于意大利北部,拉丁教会杰出的圣经学者。
③ 位于今格鲁吉亚西部。
④ 原文为拉丁文。——原注

课本的淡绿色封皮上写着罗马男孩①。开始的几课非常简单，都是一些简短的陈述句，如*地球是圆的*③（这句论断一定会让罗马人不安），甚至最一根筋的野蛮人也可以毫不费力地读出来。我们没费多少劲就学完了五个格（最受欢迎的是最简单的第四格），掌握了集体大声背诵所有单数复数的方法——总要带着不可分割的形容词：*好男孩*④，*不幸的奴隶*⑤。于是，大声重复的诵读就声声入耳了。

动词变位造成的困难要大得多，主要是由于它有着我们认为过于复杂的时态。于是我们在床头贴一些纸片，上面像魔咒一样用红铅笔写出各种变位的词尾：-o, -as, -at, -amus, -atis, -ant; -abam, -abas, -abat, -abamus, -abatis, -abant; -abo, -abis……我们就伴着这些铃铛一样的纸片进入不平静的校园梦乡，而老格瑞则时而化作神明，时而化作暴君出现在梦中。

最后，我们终于触及了顶级秘密——句法，于是面前出现了一片森林，而且是林木最浓密之地，令人咋舌。这不再是那些被好心的教育家们为了让我们习惯于文明发达的祖先的语言而编出来的无聊单句，而是像柱廊一样优美的长句，长得像一个个无眠之夜，像古典演说家和哲学家们的时代。

*我所说的那个来自科萨的嘉维乌斯，当他被与其他人一起钉上镣铐，不知他如何能偷偷地从矿井里逃脱，逃到墨西拿。当他如此近切地看到意大利和雷焦的城墙时，他从死亡的恐惧中冷静下来，从黑暗中走出，仿佛被自由的光芒抚慰*⑥。噢！

那时我们每天围着这些文章转，就像一群四处乱撞的鸟，要从中啄出主语、谓语，然后是定语、补语和状语。从从句构成的密林中，我们要找出主句，根据*时间先后的原则*⑦确定时态。比较懒的学生会使用教学参考书里的答案，但结果通常很糟（比坏成绩还糟，因为会彻底丢人），因为老格瑞根本不在意通顺的翻译，而是要我们努力进

---

①②③④⑤⑥⑦　原文为拉丁文。——原注

入语言的灵魂深处，进入它的内部结构。谁翻译得很流畅，但不会解释语法结构，立刻就会现出原形，承认自己借了别人的作业，于是不可避免地从罗马公民候选人的身份落入奴隶之列。为了避免这种情况发生，我们总是在课文旁边的空白处写上这样一些要点——"宾格加动词原型的结构，名词与位置分词搭配表示状语，动名词……"①，以应对反复的追问。但没有用。我们的老师痛恨打小抄，他总是用一块大橡皮把我们书里写的所有辅助要点全都涂掉，好让拉丁语融入我们的血液。

那时候，没有一个严谨的人（或者几乎没有）会质疑在中学学习古典语言的目的何在，也没有人承诺我们阅读柏拉图或者塞内卡②的原著能有什么物质好处。那不过是一种思维训练，一种性格养成，因为我们是在与一些难题对抗。我至今也不知道，因为没有人证明过这种训练是否比解线性方程益处更大。

我们的老师们，其中老格瑞是个典型的例子，还没有接受弗洛伊德学说的新思想，没有注意在我们的内心培养情结③。他们做的也许是对的。学校的残酷为人生的残酷做了准备。但后来我们也发现，情结是非常宝贵的东西，能使我们的内心生活更加丰富。

所以我们跟老格瑞学习拉丁语。怎么学？在折磨中学。教室里几乎是军训的气氛，而且两分满天飞。当气氛已经到了不可忍受的程度时，我们的老师——百夫长就把我们从凳子上叫起来，让我们扯着嗓子喊（随便什么，只要是用拉丁语），最常喊的是"*向恺撒（皇帝）*

---

① 原文为拉丁文。——原注
② 塞内卡（约公元前4—公元65），古罗马悲剧作家，受斯多葛学派影响，精于修辞和哲学，曾担任尼禄的老师。
③ 情结，又称情意结或情意综，是一心理学术语，指的是一群重要的无意识组合，或是一种藏在一个人神秘的心理状态中，强烈而无意识的冲动。每个心理学理论对于情结的详细定义不同，但不论是弗洛伊德体系还是荣格体系的理论都公认情结是非常重要的。情结是探索心理的一种方法，也是重要的理论工具。

致敬！准备赴死的将士问候你！"①，所以我们就一起喊，在那喊声中大家团结在一起，战胜了灵魂的恐惧和软弱。

罗马强大实力的奠基者之一和主要的保障者就是罗马军队。人们将他们比作帝国的心脏或者脊梁。的确，这是一支在当时世界无与伦比的军事力量，在后来的历史上也很难找到一支足以匹敌的军队。那么值得我们思考的是，这支军队成功的秘诀何在？在我们尝试给出答案之前，让我们且先回到驻扎在不列颠的那些罗马军团。

如我们前面提到的，罗马在公元四三年入侵时的军事力量由四个军团组成，两支后续部队是稍后在岛上登陆的。各个军团分别在不列颠驻防了多长时间？他们主要的集结地点在哪里？

第二"奥古斯都"军团（军团名称源于其诞生的时间是奥古斯都统治时期）开始时驻扎在格洛斯特。而公元七一年，由于在西部发动总攻，该军团移防到威尔士南部的卡利恩要塞，并在那里一直待到三世纪末。在戴克里先统治时期对军队进行重组之后，该军团一部被调往苏格兰海岸，驻扎在里奇伯勒要塞，距今天肯特郡的桑威治不远。

第九"西班牙"军团（因从西班牙调来而得名）一直到公元七一年都驻扎在林肯要塞，然后移防约克郡的北部，这里是罗马在岛上的主要据点，也是历任皇帝访问不列颠时的驻跸之所。公元一二〇年前后，这个军团被撤回，而由第六"胜利"军团替换。后者一直在约克郡驻扎至占领期结束。

第十四"格米那"军团（又称双子军团——可能是由两个军团合编而成）在岛上驻扎到公元七〇年，之后则被派往日耳曼尼亚。

第二十"英勇凯旋"军团据推测先是驻扎在格洛斯特，公元七八年前后调往威尔士的切斯特。该军团的命运不太为人们所知，很有

---

① 原文为拉丁文。——原注

可能是在四世纪末被撤回去保卫帝国北部边界。

第二"奥古斯都"军团（由维斯帕西亚努斯皇帝在亚得里亚海岸边作为后备军团建立）在公元七一年被派往不列颠，负责据守林肯要塞（接替此前的第九军团），后来被调往切斯特，公元八六年被撤往多瑙河沿岸地区。详述以上这些，是为了消除人们关于罗马军团在某地驻扎，从不变更防地的传统印象。

罗马帝国幅员辽阔（在哈德良统治时期达到三百三十四万平方公里），陆上边界绵延一万公里，连绵不息的战争与征服不由得让人猜想，罗马一定是个军事国家，每两个公民中就有一个是带甲武士或者为军队效命。但这是个错误的推测。据估算，罗马军队即便在其最强盛时期也远远低于五十万人。考虑到在奥古斯都时期，如统计学家推算，整个帝国的人口数量达到五千四百万，则军人数量占公民数的比例低于百分之一。

然而并非数量，而是质量——包括训练、组织和战术能力，决定了罗马雄鹰的优势。罗马人在战场上与那些为保卫自由而战的高贵的志愿兵和决斗武士一起战斗。他们自愿加入基于征募制的常备军，而每个战士都是某个行当里的专家里手。

军团的数量，也就是一线部队的数量，在帝国漫长的历史中始终保持稳定：在二十七到三十三个之间（也有人认为是二十五到三十五个）。这不禁发人深省。加入军团的是罗马公民，他们通常驻扎在帝国的边界地区。在首都驻扎的只有罗马禁卫军——皇帝行动时的近卫部队。在帝国后期，它成为重要的政治因素，并且多次影响了恺撒的选举，或者是血腥地罢黜恺撒。

被称为auxilia的盟友部队是罗马军团的补充。他们来自邻近的省份，由当地首领们统辖。开始时，这些部队保持一定的独立性，因为是以自己的方式进行战斗，例如叙利亚的弓箭兵或者萨尔马提亚人的重装骑兵。但从奥古斯都时代开始，这些部队成为了统一的罗马军队的一部分，接受其总体指挥。

在战斗中，伴随军团的还有非正规步兵部队和骑兵部队，他们由新近征服的边境地带部落兵士组成。这些算不上精锐部队，经常训练不足，但在某些情况下也能发挥很重要的作用。历史学家们发现，在不列颠的兰卡斯特以及后来的南希尔兹①，驻扎过一支很有异国风情的部队——底格里斯河帆船部队②。如名称所示，该部队来自遥远的底格里斯河沿岸地区。在塞普蒂米乌斯·塞维鲁③对安息人的国家进行的昙花一现的征服期间，这支部队被组建，然后调往不列颠，任务是建造军用渡船以渡过泰恩河和莫克姆湾，因为这里四处泛滥但并不很深的水情让人联想起底格里斯河的水文条件。

军团及其辅助部队的指挥官称为*军团长*④——总是一位三十岁上下的元老院议员，该职务通常履职三年。他的副手是*军团宿营长*⑤，负责日常训练、内部组织和后勤补给。从属于军团长的是六位军事保民官。保民官（是为政治升迁做准备的职务）不直接参与指挥，主要从事行政和司法事务。

专业军官团中军阶最高的是军团宿营长。这通常是一位连续服役三十年以上、经验丰富的指挥官。每支军团的脊梁和坚强的骨架都是由六十名百夫长组成——他们直接负责对属下的八十名百人队成员进行军事训练和战斗指挥。大部分百夫长产生于普通士兵或者辅助部队。级别最高的百夫长们被称为*一级百夫长*⑥，负责指挥军团第一步兵大队（一个大队为一个军团的十分之一，是由六个百人队组成的基本战术单元）。每年还要评选一次*首席百夫长*⑦，在五十到六十岁之前是很难获得这一荣耀的。

军团成员一生大部分时间远离自己的家人和故土。他们就像一个

---

① 英格兰东北部港口城市。
②④⑤⑥⑦ 原文为拉丁文。——原注
③ 塞普蒂米乌斯·塞维鲁，145 年出生于罗马阿非利加行省，193 年至 211 年任罗马皇帝。

游荡的小社会，也唯其如此，在军团序列中不仅有直接参战的人员，而且还有那些负责满足他们日常生活需要的人员。这些行政和经济岗位通常由那些已长期服役的士兵担任，被称为*免役老兵*①。百人队的旗手传统上还担任士兵司库，负责士兵借款和丧葬基金，但还有一些专业职员协助他，负责为军队征集粮饷。此外还有很多各种*财会人员*②和*缴税人员*③，分别相当于我们的出纳和会计，负责发放军饷、管理粮库或者负责处理战争中被杀将士的遗嘱和财产事务。

在遥远和艰苦地区作战，如我们今天所说，要求有庞大的技术支撑，首先是需要能够完成从最简单到最复杂的军事工程的专业技术人员，所以在每个军团里都有*建筑师*④——地上和地下工程专家、*测绘师*⑤——营地测绘专家、负责向营地引水或者将沼泽地抽干的*水利专家*⑥。除此之外还有大批的工匠：抛石机和围城机械建造师、造船的木匠、玻璃匠、弓箭匠以及负责为士兵在丛林里开路的伐木工。

对军团的精神关怀由祭司和占卜师负责，被称为*占卜师*⑦。他们与现代军队中的随军神职人员并不相同，因此称其为"灵魂关怀者"并不很恰当。他们的任务更多在于如何获得神明的垂青，以及预见军队的整体命运，而非单独个体的命运。图拉真柱⑧——像巨大的电影胶片和难以估量的图像信息来源，使人们得以了解罗马帝国士兵们的真实生活——其中一幅画面展现的是在战场祭坛边以动物献祭的场景：祭司们以长袍蒙头，手持巨大扭曲号角的士兵陪伴他们接待献祭者的队伍。

指挥官们对士兵健康和体能状况的关注，并不弱于对武器装备的关注。伙食很健康，几乎全是素食——奶酪、蔬菜、面条，肉食很少

---

①②③④⑤⑥⑦ 原文为拉丁文。——原注
⑧ 又译"图拉真凯旋柱"，位于意大利罗马奎利那尔山边的图拉真广场，为罗马帝国皇帝图拉真所立，以纪念图拉真征服达西亚。该柱于公元113年落成，以柱身精美的浮雕而闻名。

见，但葡萄酒可以开怀畅饮，滋润干渴的喉咙。在不列颠找到的大量双耳瓶和巨大的陶制器皿证明，这些是岛上最早的进口产品。

每个较大的军事单位都拥有自己的医生。这些医生拥有军官衔，通常是希腊人，例如那个赫莫杰尼斯，其许愿祭坛至今还可以在切斯特博物馆里看到。医生属下有卫生员和护士。护士的称呼来自他们在战场上配备的"急救包"（capsa）。图拉真柱上的一个片段还展示了一个辅助部队士兵往一个军团士兵的大腿上绑绷带的场景。希腊医生的医术无与伦比：他们能熟练地进行各种手术，去除异物，而截肢对于外科医生来说则是寻常之事，他们使用焦油、松节油和各种植物提取液作为抗菌防腐剂。在很多营地和要塞都建立了医院。

罗马军队的成功并非偶然事件或者是战争运气的垂青——这一点大部分作者，甚至罗马的敌人都予以承认。这支军事力量非凡的高效在于，每次行动、每场战役都是精心准备，参谋部的计划被各级士兵以钢铁般的意志加以落实。高强度行军（罗马晚期作者维盖提乌斯[①]曾说，每月至少要进行三次距离为十罗马哩的全副武装的长途拉练）、队形训练、武器训练和战术训练无论在和平时期还是在战时，都是军团士兵的每日功课。弗拉维奥·约瑟夫斯[②]，就是那个敢于抗衡帝国大军的人，曾经很简洁地描述过罗马军团。他把日常训练比作血腥的战斗，而把战斗称为血腥的训练。

当然，训练不总能保持在最高水平上，而且在不同时期也有所变化。在共和时期和帝国早期，军事训练由各个军队的统帅负责，这就取决于他们的军事知识和指挥官的个人才干了。在恺撒手中的罗马军队远比在奥古斯都时代的罗马军队要强大得多。当杰出的罗马统帅科

[①] 维盖提乌斯，约活跃于公元4世纪后半期，著有关于古罗马军事体制的论著《论军事》4卷。

[②] 弗拉维奥·约瑟夫斯（37—100），公元1世纪著名的犹太历史学家、军官和辩论家。他早年曾作为犹太军官与罗马军队作战，被俘虏后入罗马军队服役。晚年在罗马潜心研究《圣经》，专注写作。

尔布罗（活跃于克劳狄一世和尼禄时代，因战胜安息人而名声大振）抵达叙利亚时，看到的是一支令人绝望的罗马军队。他们不是驻扎在军营里，而是住在城里老百姓的家里，享受着生活的甜蜜。科尔布罗把那些已经失去男人味儿的军团士兵集合起来，在严冬季节带到山区、沙漠，顶着凛冽的寒风进行长途行军，路上很多人因为寒冷和体力衰竭而死去。但唯其如此，在春天来临的时候，他才能率领那些经受了魔鬼训练的士兵，在亚美尼亚打一场迅雷不及掩耳的胜仗。在图拉真时代，模仿角斗士学校里的教练，军团训练也引入了队形训练专家，因而获得了很高的水平。

对违纪行为的惩罚清单很长而且很吓人。叛乱者和逃兵都会被处以死刑。如果是较大的部队集体触犯这些罪行，则会使用每十人选一人处以死刑的办法。在站岗时睡觉的士兵一旦被抓获，则会被自己的同伴用乱石砸死。有些指挥官会让人砍掉逃兵的右手。鞭刑被频繁使用，而且只是因为一些微小的过错——百夫长总是随身带着葡萄藤鞭，而且绝不是为了指挥阅兵。对其他一些较小的过失则使用降级、罚俸、惩罚性训练和减小伙食量。

自从罗马军队成为职业军队以来，军团士兵就将自己一生的发展与生存与之紧密相连。除高级军官外，其他的都是一些被剥夺了个人财产的人。离开军队后他们什么也不是。军队给他们提供晋升的机会，保证他们的养老，还能慢慢积攒点儿小钱。所以值得关注一下的是，他们的收入到底有多少。薪俸的差别突出展示了这个职业中不同群体之间等级分明。

在图密善皇帝统治时期，百夫长每年可获得五千第纳尔[①]，这比普通军团士兵的薪俸要高十七倍。每个军团里的一级百夫长们的收入是普通百夫长的两倍，即一万第纳尔。首席百夫长们的薪俸则又高出

[①] 古罗马时用白银铸造的一种货币。

一倍（达到二万第纳尔）。英国研究者彼得·阿斯特波里·布伦特①编制出了一个薪俸表，并努力从中发现从奥古斯都时代到卡拉卡拉时代，即从一世纪初到三世纪的变迁。在奥古斯都时代，一个普通士兵每年获得二百二十五第纳尔，百夫长每年得到三千七百五十第纳尔，一级百夫长七千五百第纳尔，而首席百夫长为一万五千第纳尔。两个世纪之后，薪俸增长了超过三倍，即相同人群的薪水分别涨到了七百五十、一万二千五百、二万五千、五万第纳尔。如果考虑到罗马货币的大规模通胀，这些通过绝对数字显示的加薪就不太引人注目了。

如今我们很难理解这些数字。它们更能说明在军队中服役所获薪水的巨大差异，而不是士兵们真正的生活水准。另一位英国学者拉尔夫·韦斯特伍德·摩尔建议我们将粮食价格作为一个参照尺度从而得出结论，一个普通士兵花费三分之二的薪水才能够维持生活，而在晚期只需花销五分之一即可。

然而既然经常发生要求改善生活条件的反抗，那么说明情况并非像这些数字所显示的那样美妙。塔西佗描写了一次发生在公元一四年的暴动，其主要原因是军团成员还必须从自己的薪金里拿出钱购置武器、服装和帐篷。在此情况下，皇帝宁愿不要惹恼自己权力的主要支柱，于是满足了士兵们的要求。为了保证军队的忠诚，新登基的皇帝总会拨大笔款项分发给自己的将士。

军队服役期是多久？在奥古斯都时代——十六年外加四年不拿武器，在军团里担任行政职务的时间。离开军队后，老兵们可获得退休津贴和一块土地，而盟友部队的退役军人则可以获得公民权（公元二一二年的《安东尼努斯敕令》②向各行省的全体居民赋予了公民权）。在一世纪上半叶，服役时间提高到二十年，而老兵们还要在军队里再服务五年。后来积极兵役期达到二十五年。

---

① 彼得·阿斯特波里·布伦特（1917—2005），英国学者、古代历史学家。
② 罗马皇帝卡拉卡拉公元212年颁布的敕令。

士兵入伍年龄相当早，十几岁的新兵屡见不鲜。在切斯特的格罗夫纳博物馆里有一块墓碑，上面写道：*凯基利乌斯·阿维图斯，生于梅里达*①，*第二十"英勇凯旋"军团副百夫长，在军中服役十五年，卒年三十四岁。不胜痛惜！*②

爱德华·吉本在其著名的《罗马帝国衰亡史》一书中这样描述驻扎在不列颠的罗马军团：

> 面对严冬风暴蹂躏下的阴郁群山，面对蓝色雾霭笼罩的大小湖泊，面对寒冷寂寥、杳无人烟，只有成群的野蛮人追赶着野鹿的帚石楠荒原③，那些来自地球上最美丽、最富饶之地的先生们，轻蔑地背转身去。

吉本以及后来的追随者，无疑将那些被驱使到这个遥远国度的帝国士兵理想化了。我们不应将他们想象成在行军途中小憩时还在阅读马可·奥勒留的《沉思录》④，沉浸在对莱斯比亚⑤和罗马的无尽思念之中的满怀忧伤、面色苍白的年轻人。那些文明的保卫者，更应是些嗜血成性、粗鲁暴躁的壮汉。况且军团的人种构成十分复杂，其中"真正的罗马人"微乎其微。碑铭上的文字可以说明，绝大多数人来自达尔马提亚、色雷斯、西班牙、高卢、莱茵河畔各国、达西亚，甚

---

① 全名"至高贵、古老和忠诚的城市梅里达"，现为西班牙埃斯特雷马杜拉大区的首府。建城于公元前 25 年。

② 原文为拉丁文。

③ 帚石楠是指杜鹃花科帚石楠属的植物，是一种多年生灌木，普遍高度有 20 至 50 厘米（亦有少数种类高至一米），大致分布在欧洲及小亚细亚地区。帚石楠荒原是欧洲一种著名地貌。

④ 马可·奥勒留是罗马帝国最伟大的皇帝之一、斯多葛学派学者，其统治时期被认为是罗马黄金时代的标志。有以希腊文写成的关于斯多葛哲学的著作《沉思录》传世。

⑤ 罗马诗人卡图卢斯在自己作品中臆想出来的人名。作为诗歌的核心人物，莱斯比亚出现在卡图卢斯多达 25 首诗歌中。此处指罗马士兵思念自己的恋人。

至遥远的卡帕达奇亚①和叙利亚。他们之间大概只能用不太文雅的拉丁语交流,其与西塞罗使用的语言大概没有多少共通之处,就像弗朗茨·约瑟夫一世的新兵与霍夫曼史塔②的德语有天壤之别一样。

当每个军团在固定营地驻扎的时候,周围就会聚集起一些当地人和外来人——商人和工匠。直到三世纪初,他们在服役期间都不能合法缔结婚姻。然而他们拥有自己的情人,生下的儿子通常也会加入军团。那些出生在远离首都的地方的人,也只能从别人的描述中了解罗马的样子,而皇帝的圣颜则只能从元首像护卫兵擎着的肖像上见到了。正因如此,士兵与帝国和君主之间的思想纽带一代一代越来越淡漠也就不足为奇了。

驻扎在边境附近的部队逐渐演化为训练不良、战斗力低下的地方部队。公元三六七年,在撒克逊人、皮克特人、苏格兰人大举进攻之际,由于野蛮人允诺戍边的士兵参与瓜分战利品,于是大批士兵反叛,从而使罗马军团措手不及。逃兵事件也时有发生。

边疆城市和要塞的特点甚至外观都已变得面目全非。研究这一时期的专家伊恩·A. 里士满对此曾写道:

> 新兵连同自己的妻小仅生活在要塞内部,而那些要塞都是入侵过后由当地工匠草草重建的。要塞成为带防御设施的小宫廷,更像中世纪的府邸而非罗马人的堡垒③。像中世纪一样,士兵们也获得附近的耕地作为服役的报偿。这种新的组织形式,或者说缺陷,导致依然按照传统方式建造的建筑日渐荒废。人们在许多要塞里发现,粮仓变成了居所,指挥所变成了商店。前辈百夫长

---

① 亚洲古地名,大致位于安纳托利亚东南部。在古希腊历史学家希罗多德时代,卡帕达奇亚包括了从托罗斯山脉到黑海之间的广大地域。
② 胡戈·冯·霍夫曼史塔(1874—1929),奥地利作家、诗人。
③ 原文为拉丁文。——原注

看到此情此景一定会目瞪口呆吧。

三

尽管老格瑞对我们运用了铁一般的纪律，（也许正因如此）我们喜欢（虽然这个词既不能表达实质内容，也不能表达感情强度）他这个人和他的那门课。慢慢地，课上不再仅是枯燥的翻译和纠正语法，而是加上了一些有关文化和古代文明的内容。这时我们不仅钻研动词变位的奥秘，还了解了罗马帝国首都的日常生活、军团士兵的武器装备以及农神节的仪式。

当然，那是被理想化的罗马，是公民品格高贵的罗马，是勇往直前的罗马。无论是苏埃托尼乌斯笔下恺撒们丑闻不断的生活，还是庞贝小酒馆里荒淫无耻的景象都没有玷污我们的意识。大西庇阿①、小加图②、格拉古家族③、安东尼家族的好皇帝们都仿佛被当作了学习的榜样。很显然，我们那时候知道奴隶们的命运，知道对基督徒残酷的迫害，知道卡利古拉皇帝的疯狂，但理智的星光高高照耀，没有这些阴暗的容身之地。

我不知道，从什么时候开始（大概一定不是突然之间发生的），拉丁语开始吸引我们，让我们着迷。首先，如果我记得不错的话，它的发音庄严浑厚，但又非常清晰——辅音与元音搭配和谐。最简单的句式也有线条与轮廓，就像雕刻在石头上一般。那一夜出现的，是一

---

① 大西庇阿（公元前235—前183），全名为普布利乌斯·科尔内利乌斯·西庇阿，古罗马政治家和军事将领，第二次布匿战争中罗马方面的统帅。
② 小加图（公元前95—前46），全名为马尔库斯·波尔基乌斯·卡托·乌地森西斯，罗马共和国末期的政治家和演说家，斯多葛学派的追随者。
③ 古罗马最有政治影响力的家族之一。

轮满月。看似相同，实则不同。就这样，我们把自己那荒草一般、泥土和泥土的私语一般的语言缠绕起来，像常青藤般爬上大理石柱。

我对拉丁语的兴趣，以及在该领域的些许进步——我承认，有一些个人因素。我家对面的楼里住着一位年轻姑娘，她窈窕的身姿、栗色的头发和脸颊上的小酒窝儿都让我倾倒，让我痴迷。她是一位拉丁语教授的女儿（不是我们学校的老师），但我们认识他，是因为他编写了很多让我们绞尽脑汁的课文，他还在《爱学者》月刊上发表了不少文章。老格瑞帮我们订了那本杂志（必须订阅）。我拿着奥尔巴赫和东布罗夫斯基的《拉丁语语法》坐在阳台上，假装那本枯燥无比的著作让我兴趣盎然。

但这实际上是绝望的举动。即便我炽热情感的倾注对象出现在阳台上，那也不是因为我的缘故。有时她茫然的目光会触碰到我，就像看天上飘过的浮云。她在等一个比我大的高中同学，一个满头金色卷发的高个儿青年，的确很帅（他是我们学校的校旗旗手，在各种仪式上佩戴绶带，戴着白手套，确实很帅气），但我清楚地知道，他不会给她幸福。几乎每天下午五点，她和我的死敌就从家里出去，转过街角，消失在一条隐蔽在栗树阴影里的小街尽头，在那儿（我那狂热的想象告诉我）会发生一些可怕的事：他用双臂抱住她（尽管中学的校规严格禁止），也许还在她的丝绸手套上印上一个热吻。我受苦受难的灵魂里爆发了一场相互冲突的情感风暴：

我爱且恨。为何会如此？你问我。
我不知道，但我能感觉到，我受苦受难到发疯的程度。[①]

我在阳台上摆弄那本奥尔巴赫和东布罗夫斯基的《拉丁语语法》，只是为了能让人从远处看到封面。我在指望什么？指望有一天

---

① 原文为拉丁文。出自卡图卢斯《诗歌》第85首。——原注

她的父亲，那位古典语言学家能看到我，然后对我说："我观察你很久了，年轻人。你的谦虚和勤奋，你对罗马人语言的热爱，确保你是我女儿丈夫的合适人选，所以我要把女儿交给你。"接下来的故事就像童话里一样了。

然而故事没有发生。但我为此往铁板上刻了许多非常复杂的语法例句，以至我能在课上脱颖而出，甚至能收获老格瑞友善的目光。

我们辛勤劳作，收获的时刻即将到来：下一年我们要学卡图卢斯①和贺拉斯②的诗歌。但就在这时，野蛮人来了。

如何评价罗马文明对于不列颠的贡献？对这个问题，不同学者给出了不同的答案。英国考古学家弗朗西斯·约翰·哈维尔菲尔德③说："从曾经统治不列颠的罗马人那里，我们不列颠人实际上没有继承任何东西。"看来杰出历史学家乔治·麦考利·特里维廉④的观点更加公允。他在自己的《英国史》中写道：

> 最终罗马人在身后留下了三样有价值的东西：第一是（这一断言大概会让恺撒、阿古利可拉和哈德良既兴奋又激动）威尔士的基督教；第二是罗马的道路；第三则是某些新建城市，特别是伦敦的作用上升。然而无论是人们在城市和别墅里的拉丁生活方式，还是罗马的艺术、语言和政治体制都如梦一般地消散了。这个岛屿早期历史中最重要的事实是一个消极的事实，就是说罗马人没能以持久的方式实现不列颠的拉丁化，而他们在法国做到了。

---

① 卡图卢斯（约公元前87—前54），古罗马诗人，生于山南高卢的维罗纳。
② 贺拉斯（约公元前65—前8），古罗马诗人、批评家。
③ 弗朗西斯·约翰·哈维尔菲尔德（1860—1919），英国历史学家、考古学家。
④ 乔治·麦考利·特里维廉（1876—1962），美国历史学家。

然而建立城市并非占领者方面毫无私利的善举。就像皮埃尔·格里马尔①所强调的那样——罗马人在建造城市的时候，是将其当作巨大的政治工具。

> 罗马的城市并不只是等同于一系列物质上的舒适便利，它首先还是一个无处不在的象征，象征着构成罗马文明主体的宗教制度、政治制度和社会制度。

考古学家在岛上发现了二十多个罗马时代的较大型城市中心。它们大多建在之前各部族都城的原址上。西尔切斯特四周城墙环绕，城市布局呈方形，是典型的罗马建筑形式，城里约有八十栋房屋，居民可能不超过一千五百人。伦敦是个例外，据学者们估计，在最繁荣时期，伦敦的人口曾达到一万五千人，其他城市则很少超过三千人。决定其具有城市特点的是，这里曾是城市权力机构所在地，还有一些公共建筑——市中心典型的罗马广场和旁边的卡比托利欧山，即官方宗教的主要庙宇、地区元老院——举行行省元老院会议之所、法院举行会议的长方形会堂、剧院和露天剧场，还有起到如今俱乐部或咖啡馆作用的浴室。凯旋门、石柱和雕像装点着城市——一句话，是帝国首都的小型复制品，尽管往往并不太成功。

---

① 皮埃尔·格里马尔（1912—1996），法国历史学家、古典学者和拉丁语学者。

"蓝色东欧"译丛（部分书目）

第一辑

- 《石头城纪事》（小说）
  【阿尔巴尼亚】伊斯梅尔·卡达莱 著　李玉民 译

- 《错宴》（小说）
  【阿尔巴尼亚】伊斯梅尔·卡达莱 著　余中先 译

- 《谁带回了杜伦迪娜》（小说）
  【阿尔巴尼亚】伊斯梅尔·卡达莱 著　邹琰 译

- 《石头世界》（小说）
  【波兰】塔杜施·博罗夫斯基 著　杨德友 译

- 《权力之图的绘制者》（小说）
  【罗马尼亚】加布里埃尔·基富 著　林亭、周关超 译

- 《罗马尼亚当代抒情诗选》（诗歌）
  【罗马尼亚】卢齐安·布拉加等 著　高兴 译

第二辑

- 《我的疯狂世纪（第一部）》（传记）
  【捷克】伊凡·克里玛 著　刘宏 译

- 《我的疯狂世纪（第二部）》（传记）
  【捷克】伊凡·克里玛 著　袁观 译

- 《我的金饭碗》（小说）
  【捷克】伊凡·克里玛 著　刘星灿 译

- 《一日情人》（小说）
  【捷克】伊凡·克里玛 著　高兴、杜常婧 译

- 《终极亲密》（小说）
  【捷克】伊凡·克里玛 著　徐伟珠 译

- 《等待黑暗，等待光明》（小说）
  【捷克】伊凡·克里玛 著　杜常婧 译

- 《没有圣人，没有天使》（小说）
  【捷克】伊凡·克里玛 著　朱力安 译

- 《花园里的野蛮人》（散文）
  【波兰】兹比格涅夫·赫贝特 著　张振辉 译

- 《带马嚼子的静物画》（散文）
  【波兰】兹比格涅夫·赫贝特 著　易丽君 译

- 《海上迷宫》（散文）
  【波兰】兹比格涅夫·赫贝特 著　赵刚 译

- 《父辈书》（小说）
  【匈牙利】瓦莫什·米克罗什 著　许健 译

第 三 辑

- 《乌尔罗地》（散文）
  【波兰】切斯瓦夫·米沃什 著　　韩新忠、闫文驰 译

- 《路边狗》（散文）
  【波兰】切斯瓦夫·米沃什 著　　赵玮婷 译

- 《第二空间——米沃什诗选》（诗歌）
  【波兰】切斯瓦夫·米沃什 著　　周伟驰 译

- 《无止境——扎加耶夫斯基诗选》（诗歌）
  【波兰】亚当·扎加耶夫斯基 著　　李以亮 译

- 《捍卫热情》（散文）
  【波兰】亚当·扎加耶夫斯基 著　　李以亮 译

- 《索拉里斯星》（小说）
  【波兰】斯塔尼斯瓦夫·莱姆 著　　赵刚 译

- 《遗忘的梦境——查特·盖佐短篇小说精选》（小说）
  【匈牙利】查特·盖佐 著　　舒荪乐 译

- 《流星——卡雷尔·恰佩克哲理小说三部曲》（小说）
  【捷克】卡雷尔·恰佩克 著　　舒荪乐、蒋文惠、程淑娟 译

- 《神殿的基石——布拉加箴言录》（箴言）
  【罗马尼亚】卢齐安·布拉加 著　　陆象淦 译

- 《十亿个流浪汉，或者虚无——托马斯·萨拉蒙诗选》（诗歌）
  【斯洛文尼亚】托马斯·萨拉蒙 著　　高兴 译

第四辑

- 《耻辱龛》（小说）
  【阿尔巴尼亚】伊斯梅尔·卡达莱 著　吴天楚 译

- 《三孔桥》（小说）
  【阿尔巴尼亚】伊斯梅尔·卡达莱 著　施雪莹 译

- 《接班人》（小说）
  【阿尔巴尼亚】伊斯梅尔·卡达莱 著　李玉民 译

- 《绝对恐惧：致杜卞卡》（小说）
  【捷克】博胡米尔·赫拉巴尔 著　李晖 译

- 《严密监视的列车》（小说）
  【捷克】博胡米尔·赫拉巴尔 著　徐伟珠 译

- 《雪绒花的庆典》（小说）
  【捷克】博胡米尔·赫拉巴尔 著　徐伟珠 译

- 《温柔的野蛮人》（小说）
  【捷克】博胡米尔·赫拉巴尔 著　彭小航 译

- 《无常的夏天》（小说）
  【捷克】弗拉迪斯拉夫·万楚拉 著　张陟 译

- 《赫贝特诗集（上、下）》（诗歌）
  【波兰】兹比格涅夫·赫贝特 著　赵刚 译

- 《垃圾日》（小说）
  【匈牙利】马利亚什·贝拉 著　余泽民 译

第五辑

- 《壁画》（小说）
  【匈牙利】萨博·玛格达 著　舒荪乐 译

- 《鹿》（小说）
  【匈牙利】萨博·玛格达 著　余泽民 译

- 《两座城市：论流亡、历史和想象力》（散文）
  【波兰】亚当·扎加耶夫斯基 著　李以亮 译

- 《另一种美》（散文）
  【波兰】亚当·扎加耶夫斯基 著　李以亮 译

- 《思想的黄昏》（随笔）
  【罗马尼亚】埃米尔·齐奥朗 著　陆象淦 译

- 《着魔的指南》（随笔）
  【罗马尼亚】埃米尔·齐奥朗 著　陆象淦 译

- 《乌村幻影》（小说）
  【罗马尼亚】欧金·乌力卡罗 著　陆象淦 译

- 《裸浴场上的交响音乐会——罗马尼亚20世纪小说精选》（小说）
  【罗马尼亚】诺曼·马内阿等 著　高兴等 译

- 《我行走在你身体的荒漠——立陶宛新生代诗选》（诗歌）
  【立陶宛】阿纳斯·艾利索思卡斯等 著　叶丽贤 译

- 《魔鬼作坊》（小说）
  【捷克】雅辛·托波尔 著　李晖 译

第六辑

- **《简短，但完整的故事》**（小说）
  【波兰】斯瓦沃米尔·姆罗热克 著　茅银辉、方晨 译

- **《三个较长的故事》**（小说）
  【波兰】斯瓦沃米尔·姆罗热克 著　茅银辉、林歆、张慧玲 译

- **《挑衅以及其他故事》**（小说）
  【阿尔巴尼亚】伊斯梅尔·卡达莱 著　李焰明 译

- **《娃娃》**（小说）
  【阿尔巴尼亚】伊斯梅尔·卡达莱 著　张雯琴、宋学智 译

- **《天堂超市》**（小说）
  【匈牙利】马利亚什·贝拉 著　余泽民 译

- **《秘密生活》**（小说）
  【匈牙利】马利亚什·贝拉 著　余泽民 译

- **《蓝色阁楼寻梦》**（小说）
  【罗马尼亚】阿德里亚娜·毕特尔 著　陆象淦 译

- **《两天的世界（上、下）》**（小说）
  【罗马尼亚】乔治·伯勒伊泽 著　董希骁、Mara Arion 译

- **《生活边缘的女孩》**（小说）
  【罗马尼亚】米尔恰·格尔特雷斯库 著
  张志鹏、林慧芬、陈进、李昕 译

- **《希特勒金钱》**（小说）
  【捷克】拉德卡·德内玛尔科娃 著　姜蔚茜 译

· 部分书名为暂定，以出版时为准 ·